非限定Alpha

作者／米洛

3

週一清晨，剛過五點。

蘇珞從沒夜不歸宿過，站在還亮著夜燈的公寓門外，打了一個大大的哈欠。

或許再睡一小時，他就能清醒了，可得回家拿今天上課用的課本。

身上的衣服也得換，這件明顯有些寬鬆的連帽衫是昊一的。

「鑰匙在書包？」身後傳來昊一輕柔的問話。

「嗯，左邊口袋。」蘇珞說。他的書包在昊一手裡，昊一開車送他回來，然後再送他去上學。

「這邊？」昊一像是摸不到鑰匙。

「那是右口袋啦，笨蛋。」蘇珞笑著，正要湊過去找鑰匙，昊一就傾身吻了下來。

微啟的唇瓣被吮住，濕熱的舌頭更是趁機鑽進來，來回舔舐敏感的上顎和齒列，蘇珞的臉蛋「轟」一下熱了，而這股熱力更是直竄到下腹。

「唔嗯……等……！」他抬手阻止似地推著昊一的肩。天曉得他這個週末是怎麼過的，昊一不僅在床上，也在浴室裡和他做了。蘇珞記不清兩人到底做了幾次，而且一旦領略到那銷魂蝕骨的滋味，並意識到「啊，還能這樣做啊」，便好奇地想要知道更多。

非限定Alpha——米洛

不得不說，Alpha的好奇心和求知欲都是刻在基因裡的。

只是……被昊一狠狠貫穿到深處，感受那種連腳趾頭都熱融的極致快感，真的會把人逼瘋。

渾噩的大腦也好，還是敏感得不行的身體，都變得那樣陌生又「可怕」，需要重新去認知，就連昊一也是。

被他熾烈地擁抱時，蘇珞才體會到昊一再怎麼溫柔也是個Alpha。

尤其他還是頂A，擁有著超強的占有欲與性慾，那一次又一次近乎毫不留情的盡數內射，甚至讓蘇珞產生自己是Omega的錯覺。

還是個發情的Omega，在被Alpha狠狠地標記。

那混著麝香信息素的精液如烙鐵般深深印刻在他的體內，一次又一次提醒他，自己屬於誰。

就——霸道又纏人，超級不講道理。

蘇珞每被上一次，都覺得自己被榨乾到「一滴不剩」，昊一卻還想要「再一次」。

不得不說，昊一這種「續航力」簡直離譜到家了！

再怎麼說，自己也是Alpha，兩人不該相差這麼大，蘇珞都懷疑自己是不是需要去男科就診，昊一卻笑到掉出眼淚來，說他怎麼可以這麼可愛，裡面也很舒服，快要舒服死了。

還說蘇珞正常得不能再正常，完全不需要去醫院，真正需要去的是他。

因為他不想放開他了，想就這樣把他鎖在屋裡，沒日沒夜地寵他、疼他，讓他眼裡看見的、嘴裡呻吟的，就只有：「昊一～♥」

蘇珞能做的就是大笑著，摟緊昊一的頭，讓他的眼淚落在自己急促喘息著的、無比熾熱的胸膛上。

「你是笨蛋嗎，我又不會離開你。」

接著，他把這句話，清晰地送入昊一緋紅的耳朵裡。

——我不會離開你，就像現在明知是被套路了，明知不能在家門口這麼親個沒完沒了，卻還是忍不住……

蘇珞暗忖，反正天都沒亮透，就小小地親一會兒吧。

走廊上靜得只能聽到濕濡的唇舌交融聲。

「嗯……嗯唔……咕……」仰著頭的蘇珞，不自覺咽下大量混合著兩人信息素的唾液，身上熱得都快站不穩。

喀嚓一聲，門突然開了。

非限定Alpha——米洛

屋內的燈光毫無預兆地投射而出，明亮的燈光像一柄利刃洞穿兩人的臉，且將他們臉上的吃驚與意外照得分外鮮明。

「你是什麼人？」看著眼前這個穿著上字背心和大花褲衩的男人，昊一的眉心瞬間擰起，Alpha本能的情緒反應甚至超過思考力，直接輸出為「敵意」。

「老爸？」蘇珞被昊一吻得七葷八素，也是頓了一頓才反應過來，不由心下一怵地問：「你怎麼會在這？」

男人曬得像濃油醬赤的滷蛋，身材結實，黑色的頭髮短得貼緊頭皮，下巴冒著鬍子，像在工地裡掄鐵錘的壯漢。

就這戰力爆表的樣子，實在看不出是個Beta，更看不出已有一個高中生的兒子。

「爸？」昊一露出相當意外的神情看向蘇珞爸爸。這人和擺在家裡電視櫃上的合照長得不太一樣，不是該皮膚白皙、文質彬彬嗎？

不過昊一很快意識到，那些照片都是很久以前拍的。大概在王依依離家後，父子二人也不像以前那樣出去遊玩和拍照了。

「臭小子喊誰爸呢！誰是你爸啊？」醬油色的腦門倏地爆起一條青筋，男人整個化身猛火大灶，瞪著昊一就開始爆炒。「我說我兒子怎麼天天蹺課，現在連家都不回了，原來是你這小混帳……」

「叔叔。」昊一勸道：「您先別生氣。」

「爸你小聲點，會吵醒鄰居的。」瞅著老爸彎腰操起腳上的人字拖，蘇珞趕緊攔在昊一身前。「有事回家再說。」

「你在家門口又親又抱的，就不怕被鄰居瞧見？」蘇爸爸像是受了不小的刺激，怒氣沖沖道：「手機也關機，我在家等你一整晚了！你什麼意思？叛逆期到了？」

蘇珞想說，到底誰等誰的時間更久？又是誰總在逢年過節時加班不回家？可是望著明顯熬了一宿滿眼血絲的父親，蘇珞無法抱怨，只能使出慣用的招數，笑吟吟地推著老爸的肩膀，把他往屋裡請。「嗯嗯，你兒子的叛逆期終於來了，我們快點進去吧，別給鄰居看笑話。」

早年爸爸喝得爛醉發酒瘋時，他就是這樣連撒嬌帶哄勸地說服他去睡覺。

昊一站崗似地杵在門口，大概是不想激化衝突。

「你先回去吧。」蘇珞拿過昊一手裡的書包，對他道：「這裡有我。」

他早就習慣獨自應付老爸了，畢竟這個家只有他和老爸兩個人而已。

「我家不需要門僮。」蘇爸爸凶巴巴地道。

昊一看起來欲言又止，可蘇珞只能把門關了。

「哼，孬種。」蘇爸爸穿回拖鞋，看著兒子道：「我都不知道你喜歡Alpha。」

剛才那氣勢懾人、攻擊性極強的信息素，連他這個Beta都嚇一大跳。

「你不是還給我錢約會嗎？」蘇珞擺出無辜臉，「怎不知道我談戀愛？」

「我以為你交往的是Omega，那種甜美的小女生。」蘇爸爸有點氣不打一處來，「所以才給你錢約會。要知道是那種只有一張臉可看的小流氓，還引誘你蹺課、夜不歸宿，我肯定第一時間報警。你還想要錢約會？作夢吧！」

「爸，你別這麼生氣，這件事我們可以慢慢商量，你不常說遇事得講道理嗎？」蘇珞給爸爸燒水，泡了壺茶，還拿了一盒奶香的茶點，陪著笑臉：「先喝口茶。」

「這是能講道理的事？」蘇爸爸雖坐下喝茶，但顯然無法平靜。「我兒子都被混混拐了！我剛沒揍他已經算不錯了。」

問題是，你根本揍不過Alpha啊——這句話蘇珞只敢放在心裡，可不能火上澆油。

「爸，他不是混混，你兒子也沒那麼容易被拐走。」蘇珞說，明顯感覺到爸爸已經哄不好了。不過他很意外，比起兒子是Gay這一點，爸爸更討厭昊一。或許對爸爸來說，比起同是Alpha，兒子被小混混騙才是大問題。

「非要那種小白臉不可嗎？」蘇爸爸看著兒子道：「你的同桌，那個班長，我看著就很可靠啊，還是秦皇的太子爺……」

「你都說他是大集團的太子爺了，我們家小門小戶哪配得上？」蘇珞有點哭笑不得。「與其想那些不著邊際的事，不如我找個時間，讓你好好瞭解一下昊……」

「瞭解個屁！告訴你，這件事沒門！」

咚咚。門被敲響了，那小心翼翼的動靜聽著特別乖巧。

難道是昊一忘了東西？Alpha到底是敏捷的，蘇珞一個箭步衝到門口，卻攔不住爸爸一聲呵斥：「你小子讓開，我來！」

「你小心閃到腰啊。」蘇珞看著再次抄起拖鞋的爸爸，只得站到一旁提醒：「閃到腰就上不了班了。」

「滾！我還沒有老到會閃到腰的年紀！」真是兒大不中留，看著明顯胳膊肘往門外拐的兒子，蘇爸爸更氣了。

門「呼啦」一下打開，卻響起一陣聒噪的鴨叫聲。

「嘎嘎嘎！嘎嘎嘎！」

不是那種整蠱玩具，而是貨真價實的大白鴨子。

鴨子腳被繩子繫住，繩子另一端還繫著一袋活魚。

昊一左手抓著繩子，右手也沒閒著，提著七、八個超大購物袋，裡面裝著有機蔬菜、水果、海鮮和名牌菸酒，簡直是新女婿上門的豪華套餐。

只是實在太多了，昊一提著這些東西，根本沒法跨進門來。

不過他似乎也沒有直接闖入的打算，而是把所有東西就地一放，對著蘇爸爸露出一個迷人的微笑。

然後，不等蘇爸爸反應，他身體一屈 趴，一個標準的土下座。

「初次見面，蘇叔叔，我是昊一。」昊一畢恭畢敬跪在那道：「您兒子的男朋友。」

蘇珞不由得眨眨眼。

這是他家門口，鴨在叫，魚在跳，男朋友在鬧。

而他——在笑。笑得哈哈哈，笑得肚子疼。

他第一次知道他男朋友還會抓活鴨。等等，附近也沒有賣活的鴨子啊，這是去打劫公園了嗎？

※

「按時吃早餐是很重要的，可以養護胃腸。」

這麼說的昊一，站在蘇家的灶台前，穿著圍裙做早飯。

他買的東西裡有新鮮雞蛋、牛奶、還有剛出爐的全麥麵包。

「少說廢話，只是不想吵到鄰居才讓你進來的。」蘇爸爸霸氣地拉過一把餐椅，就坐在廚房門口。他像個惡婆婆盯著昊一，話裡話外盡是挑剔：「你別以為在這做一頓早飯，我就會允許你和小珞交往。」

「叔叔，不會的。」昊一邊說一邊清洗生菜葉，「我買了很多東西，不只早餐、午餐，連晚飯和宵夜也能做。」

「怎麼，你還想賴在這不走了？」蘇爸爸的腦門倏地又迸起青筋。

「爸，喝茶吧。」蘇珞趕緊給老爸續上一大杯綠茶，滅滅他的火氣。

大白鴨在客廳啪噠啪噠地溜達，還時不時啄一啄蘇爸爸的拖鞋。

「你在哪裡買的鴨子？」蘇珞走進廚房，撿了幾片生菜葉，打算餵給鴨子吃。

非限定Alpha —— 米洛

「就樓下寵物店買的，聽說叫柯爾鴨。」

「寵物店的鴨子，能紅燒嗎？」蘇珞疑惑地歪頭。

這鴨子雪雪白白的，像大號糯米糰，軟軟糯糯的讓人想咬牠一口。

「當然不能。」昊一笑著說：「就養著牠吧，叔叔看起來也挺喜歡牠的。」

「虧你想得出，提著活鴨上門。」蘇珞憋著笑，「我爸都傻眼了，你怎麼不再捉幾隻活雞呢？」

那雞鴨魚肉外加海鮮就全齊了，果真是新女婿的排場。

「我也想啊，」昊一小聲地對蘇珞道：「誰讓我買不到呢。」

「你老實告訴我，」蘇珞悄悄靠著昊一的肩，神祕兮兮地道：「你準備了多久？」

「誒？」

「你別以為我不知道，那瓶La Romanee-Conti紅酒（1985）都可以換一輛車了，還有那箱進口菸，不是我家樓下的超市手指一點就能買到的。」

「啊，原來騙不過你。」昊一反過來挨著蘇珞的肩，笑著說：「我男朋友好聰明。」

「滾，是你當我傻吧？」蘇珞假裝氣呼呼地說，耳朵卻紅紅的。

「紅酒和香菸的確是提前買好的，一直放在後車箱裡。」昊一趕緊哄道：「律師不打無準備之仗，何況是見未來岳父這樣的頭等大事，再怎麼提前準備都不過分。」

昊一沒說明的是，他一直想正式拜訪一下蘇爸爸，向對方介紹自己。

可蘇爸爸工作狂的屬性，讓昊一一直遇不到他，於是便把禮物放進後車箱，覺得哪天要是碰巧遇上了，就可以及時送出。

「誰是你岳父，叫那麼親切。」蘇珞的耳朵更紅了。

「我已經很克制了，我本來想叫『爸』的。」昊一說著，手指摸上蘇珞的手背。

「你們貼這麼近幹什麼！」蘇爸爸倏地站起。

「爸，你看這隻鴨子好肥啊。」蘇珞笑著打岔，回去客廳，把生菜葉餵給鴨子吃。「晚上讓昊一給你做啤酒鴨，好不好？」

「啤酒個頭，你一個高中生能喝酒嗎？」蘇爸爸依然殺氣騰騰，眼睛卻不由盯著胖乎乎的鴨子轉。「牠看起來也不能吃。」

「嗯，昊一說牠是寵物鴨來著。」蘇珞粲然一笑。

蘇爸爸頓時明白自己上了兒子的當，不由怒瞪兒子一眼。

同時他心裡也想著，這小子，什麼時候變得那麼機靈？

「叔叔，早餐都做好了。」昊一把熱騰騰的美食一一端上桌，「鴨子飼料我會買的，聽店長說這鴨很親人，也會定點上廁所。」

「誰說要養牠了？」蘇爸爸本想瞪昊一一眼，可瞥見桌上那豐盛得堪比米其林餐廳的早餐，眼睛倏地一亮。

三份雞肉玉米三明治、三份滑嫩美式炒蛋、一盤烤香腸、一碟開胃日式蘿蔔醃菜、一盤芥末鮭魚、一碗水果蔬菜沙拉，還有一鍋鮮奶和軟糯香濃的小米粥。

他因為擔心兒子，一晚上什麼都沒吃，早就餓得頭暈眼花。

「哇，看起來超好吃。」蘇珞興沖沖地拉起父親的胳膊。「老爸，不管你有多生氣，還是得先吃飯，不然又得胃痛。」

「你還知道我會氣到胃痛啊，帶著這麼個人回來……」蘇爸爸依然板著臉，但在兒子的拉拽下，還是在餐桌前坐下了。

「小米粥是半成品，所以煮得快，等週末的時候，我再熬更美味的海鮮粥給你們吃。」昊一笑著說，又去廚房拿碗筷。

蘇爸爸看著昊一的背影，趁機問兒子：「他是學廚師的？」

「不是，」蘇珞笑了笑，「他是法學院的。」

「法學院？」蘇爸爸感到意外，「哪個法學院？」

「就是我們國家以超級難考而排名第一的政法大學啊。」蘇珞開啟炫夫模式，「他是AO法學院的博士研究生。」

「他是博士生？騙人的吧？還這麼年輕……」蘇爸爸這下真的有驚到，不由得看向昊一。

昊一長得就和電視上的明星一樣，五官很精緻，氣質也特別張揚，哪像那種戴著眼鏡做學術的學霸……

而且，總覺得昊一長得像誰，可一時想不起來。

「叔叔見笑了。」昊一適時地把碗筷擺到桌上。「我就讀書厲害一點。」

「讀書厲害就是最大的本事。」大概是肚子餓了，蘇爸爸竟然接話。「當年我要是能考上政法大學，她就不會……」

蘇爸爸突然一頓，生硬地提起兒子：「小珞快高三了，我打算向公司申請調回來工作，直到他考上大學。」

蘇珞的成績在學校屬於中等偏上，最後一年衝刺一下，有很大機會能考上名牌大學。

「我覺得叔叔您不用太擔心蘇珞考大學的事。」昊一說，倒了一杯熱牛奶，端到蘇爸爸面前。「蘇珞在電腦程式語言方面有非常出色的成績，完全符合推甄入學的條件，我相信到時候會有很多名校爭搶著錄取他呢。」

「真的嗎？」蘇爸爸端起牛奶，表情就像突然中了樂透般驚喜，又難以置信。

他知道蘇珞很懂電腦，也幫自己整理過電腦資料，但具體有多厲害，他其實不太清楚。

不只如此，兒子的許多事，他都不太瞭解。

包括這個突然冒出來的「男朋友」。

「喂，你別把我吹得太好，再怎樣也是要入學考試的啊。」蘇珞趕緊道。雖然他有存上大學的費用，但具體考哪一所大學還沒有認真考慮過。

電腦老師的建議是報考他的母校，科技大學。

「你的實力很強的，」昊一笑說，「不用謙虛。」

「我哪是謙虛。」蘇珞湊近昊一，像要咬他一口般，凶惡地道：「你別給我挖坑，你知道我化學考幾分嗎？」

「有我呢，全給你補上去。」昊一寵溺地笑著。

「傻眼，你還想當我的老師啊？」

「怎麼不想？超想的。」昊一笑咪咪地小聲說，眼裡映的都是蘇珞。

「咳咳！」蘇爸爸像是被牛奶嗆到，大聲咳嗽，嚇得蘇珞趕緊從昊一身邊彈開。

「叔叔，這三明治還合您的口味嗎？」昊一在邊上乖巧地問。

蘇爸爸正吃著呢，忽然就愣住了。

「您怎麼了？爸。」蘇珞見狀，趕忙把牛奶遞過去。

「你是在哪買的雞肉和火腿片？」蘇爸爸看向昊一。

「就……超市裡。」昊一看了眼蘇珞，再看蘇爸爸，彷彿等著教授給論文提意見般緊張。

「我也是在那裡買的，怎麼我做出來的三明治都乾巴巴的，雞肉也柴，你做的就這麼好吃……」

「可能是和牛奶一起煮過，去了腥味，也軟化了肉質。」昊一鬆了口氣。

「牛奶嗎？還能這樣？」蘇爸爸一臉驚訝，然後又看了眼手裡的三明治。

「原來是太好吃了啊。」蘇珞笑起來，「爸，你嚇我一跳，我還以為你噎著了。」

蘇爸爸用力瞪一眼兒子後，把三明治飛快吃掉，又拿起一份。

有道是吃人嘴軟，看爸爸吃得挺高興的，蘇珞心裡也樂開了花。

說起來，雖然一大早就被爸爸驚嚇到，但他們父子也好久沒像現在這樣，坐在一起吃頓早飯了。

更別說，兩人之間還說了這麼多話。

以前爸爸回家，只是拿個換洗衣物，偶爾做點飯菜也是沒吃完又去忙了。好像看到兒子完整站在跟前，就是代表沒問題，不需要過多關注。

可今天蘇珞才知道，爸爸還是很在意自己的。

所以，儘管爸爸一臉「你怎麼找了個Alpha」這樣嫌棄的表情，蘇珞心裡還是很高興。

而且現在爸爸還吃著昊一親手做的早餐，這說明接下去也沒多大問題了。

「對了，」蘇爸爸吃完第二個三明治，滿足地用紙巾擦擦嘴後，看著蘇珞和昊一問：「你們昨晚幹什麼去了，要早上才回來？」

昨晚幹什麼去了？這可真是一個考驗靈魂的問題。

蘇珞瞬間想到昨晚洗完澡，昊一溫柔地幫他吹頭髮，然而吹風機還在響，兩人就接吻起來……

後來，昊一喘息著轉過他的身體，壓上洗手台，大有就這樣做一次的意思。

可明天要上學，再做又要請假了。

他只能紅著臉推開昊一的頭，但是推不動。

好在昊一自己冷靜下來，兩手撐在台沿，嘆著氣說：「我再去洗個澡。」

所以，昨晚可以說什麼事都沒有發生，又都什麼事都發生過了。

「念書。」相比耳朵一下紅透還啞口無言的蘇珞，昊一十分冷靜且面不改色地答道：「忍耐力的特訓。」

蘇珞看向昊。該稱呼他是大聰明，回答得這樣好？還是膽大包天，什麼話都敢往外說？真不怕被他爸打死啊。

「什麼忍耐力？」蘇爸爸看著兩人，顯然摸不著頭腦。

「就是不玩手機的特訓啦。」蘇珞決定岔開話題。「爸，我們才剛開始交往，你別問太多，我會答不出來。」

「我要你答了嗎？」蘇爸爸指向昊一，「我問的是他。」

「問他沒用。」不等昊一表態，蘇珞相當篤定地說：「他也回答不了你。」

「他怎麼就答不了？」面對兒子的一問三不知，蘇爸爸開始不爽。

「因為我們才剛交往啊，所以他瞭解我和我瞭解他一樣多。」

「就是說你還不太熟悉他，就先交往？」蘇爸爸像是無法理解當代年輕人的戀愛觀，嘆上好大一口氣。「你這是看臉交往的嗎？」

「當然不只是臉，他的腦袋也很聰明。」蘇珞也開始不爽了。「你不是說現在的功課比你那時候還難，所以都沒怎麼管過我的功課，他就可以輔導我啊。」

「那直接找個補習老師不就好了？」蘇爸爸冷道。

「補習老師能……」蘇珞想說，補習老師能親親抱抱舉高高嗎？

但理智告訴他，說了不被打死也半殘，於是話題一拐，轉到：「老師額外輔導需要不少錢。」

「所以，你是為了節省補習費才和他交往？」蘇爸爸似乎一定要一個結論，用以解釋他兒子和Alpha交往的理由。

「當然不是！」蘇珞口乾舌燥起來。理工科的男人為什麼腦筋這麼直，戀愛的事哪來這麼多的前因後果？

彼此喜歡，也沒有違背道德良俗，當然就是他了啊。

昊一坐在餐桌旁，看著父子二人「你來我往」地交流，顯然是誰也不服誰。

他雖然一句話都沒說，但腦袋上已經貼滿「不太瞭解」、「臉蛋好」、「腦袋聰明」、「免費補習」等等一堆標籤了。

還有越貼越多的趨勢，且對現狀沒有任何的改善。

「叔叔，您可以問我。」昊一先給蘇爸爸續上茶水，然後道：「我一定如實回答。」

蘇爸爸本想說，這是他們父子之間的事，可伸手不打笑臉人，何況剛吃了人家做的早飯。

而且，眼前這個Alpha確實和他印象裡的其他Alpha不太一樣。

昊一性格沉穩，舉止有禮，還會下廚，不是那種一點就燃的暴躁小子。

當然，蘇珞也不是那種脾氣差的孩子，只是有時也很執拗。

如果說，昊一要做蘇珞的朋友，他會舉雙手雙腳贊成，可若是戀人，遇到易感期他們該怎麼解決？

恐怕只會把對方暴揍一頓，然後去找Omega吧。

這樣一看，兩人的戀情根本是個笑話啊，到最後也只是彼此傷害而已。

就像他和前妻……雖然是有第三者介入，但和他不是Alpha，無法標記Omega有直接的關係。

「那我就不繞彎了。」蘇爸爸盯著昊一說：「我的兒子我瞭解，他雖然早就分化成Alpha，但畢竟年紀還小，他可能今天對某個Alpha愛得要死要活，明天就又喜歡Omega了，到時候，你打算怎麼辦？」

「如果真發生那樣的事，我想……我會尊重他的選擇。」昊一認真地回答。

「等一下！」蘇珞在一旁舉起三明治抗議道：「我喜歡的是他，為什麼要換成Omega？」

「傻小子，這世上沒什麼東西是不會變的，尤其是考驗人性的事。」蘇爸爸對兒子道：「你不要太天真了。」

「蘇珞，你別著急，叔叔說的話有他的道理。」昊一跟著道。

蘇爸爸像找到援軍，立刻點頭。「你看，他也這麼想。」然後蘇爸爸又看著昊一，「沒想到我和你溝通，還順利些。」

「叔叔，既然我們能溝通，我是不是也能發表一下我的想法？」昊一顯得恭順。

「你想說什麼？」蘇爸爸見他態度坦誠，便也沒那麼針鋒相對。

「其實，我暗戀蘇珞很久了。我從朋友那裡知道了他的名字、生日、血型，也在與他交往的過程中，知道他喜歡吃什麼……」

「停！我還以為你要說什麼，」蘇爸爸皺眉打斷：「這我也知道啊，他的生日是十月二十七日。」

昊一愣了愣，看著蘇珞問：「不是十一月二十七日嗎？射手座。」

蘇珞皮笑肉不笑地看著他爸說：「算了啦，我們家也很少慶生。」

「下週就是蘇珞的生日，我想幫他慶祝，叔叔也一起來吧。」昊一趁機提起這件事。

「這個……那天我有事。」蘇爸爸尷尬地摸摸頭。「不是故意不回來，是真的有事。」

「我們不說生日了，爸，我的血型是什麼？」蘇珞問。

「A……AB？」蘇爸爸回道，眼神裡滿是試探。

「對的。」昊一笑著點頭，「是AB。」

「我今年幾歲？」蘇珞又問。

「高二的話，十……十八？」

「是十七啦！不過馬上十八了。」蘇珞道，「爸！你到底有沒有更新過你兒子的資料庫？」

「我這不是工作忙嘛！」蘇爸爸自知對兒子關心不夠，可嘴上仍道：「再說，我就算不知道這些，你不也長得高高大大，還交上男朋友了嗎？」

「可是你不許我交男朋友啊。」蘇珞道：「你想拆散我們。」

「我沒想拆散誰，是不想你談一些不僅影響學業，還莫名其妙的戀愛。」蘇爸爸頓了頓道：「我不想你……將來受傷。」

「那麼，你能保證我和除了昊一以外的人在一起，一定能獲得幸福嗎？」

「這我當然不能保證……」

「既然不能保證，怎麼就知道我和昊一在一起一定會受傷？」

「那是機率很大的情況。你不是很喜歡統計那些數據嗎？應該知道兩個Alpha在一起，很可能會受傷的……就像當初我也不信，我不能給你母親帶來幸福……」

蘇爸爸說到這裡，沒往下說了。

一時間，父子倆都沉默下來。

「應該會有解決的辦法。」這時，昊一看著蘇珞道：「我相信叔叔的話，但我也相信如果到那時候，我們會找到解決的辦法。」

「沒錯。」看著昊一堅定的眼神，蘇珞忽然想起自己是怎麼度過那段暗黑時期的。

他看向一臉晦暗的父親道：「受傷的話，就治癒它啊。」

「爸，你不想我『受傷』，可是活在世上，怎麼可能一點傷都沒有呢？就算身上留下『疤痕』，也能提醒自己，最壞的時候已經過去了，現在的自己已經不一樣了。」

蘇爸爸怔怔地看著兒子，一直以為自己失敗的婚姻對兒子來說是負能量，更何況他還有酗酒、鬧自殺的黑歷史。

所以有時候，他不知道該怎麼和兒子交流。

總覺得在兒子面前，他已經失去身為「家長」的威信，說多了，可能還會被兒子嫌棄。

而且蘇珞分化成為Alpha，也讓身為Beta的他措手不及，沒有什麼東西是他可以教給兒子的，只能靠兒子自己摸索。

至於他這個爸爸能做的，就只有努力掙錢，讓兒子衣食無憂，將來想出國留學也沒問題。

除此之外，他不知道該怎麼維繫這個殘缺的家。

可是，原來兒子早已長大，並治癒了童年的創傷，只有自己還是一再地揭開舊傷疤，並相信周圍的人也是如此。

面對比自己還要成熟的兒子，蘇爸爸既感嘆歲月的流逝，又很心疼。

心疼自己不但沒能幫到兒子，還要被兒子治癒。

沒錯，這段歲月裡，他是慢慢被兒子治癒的。

身為如此不負責的爸爸，他怎麼能指責兒子選的人不對呢？他都保證不了自己就是正確的。

沒有人能算準未來的路，只能看著前方，努力去搏一把而已。

「叔叔，」昊一看著蘇爸爸，認真道：「雖然我和蘇珞才剛開始交往，但我不是抱著『隨便談談』的心態，而是想和他結婚。」

「什麼？」不僅蘇爸爸，連蘇珞都很驚訝。

昊一笑了笑，「從我看到蘇珞那刻起，就已經認定是他，並打算一輩子對他好，所以，像是房產購置、買車、銀行開戶，我會全部登記在蘇珞的名下。我知道金錢不能買來您對我的信任，但我想以此表示，我和我的一切都是屬於蘇珞的，就算您不要我，蘇珞他也得負責，不然我可就活不下去了。」

這前半段還挺像那麼回事，甚至讓人感動，沒想後半段直接訛上了，直把未來的老丈人看傻眼。

「你真夠厲害～」蘇珞哈哈大笑起來，「不愧是未來的大律師。」

說起來，蘇珞根本沒想過結婚之類的事情，畢竟那還早，他更想不到什麼置產、財產歸屬問題，只覺得昊一作為未來的大律師，果然很會說話，看他老爸都快被套懵了。

「我是認真的。」沒想到，昊一定定地看向蘇珞，「每句話都是。」

「誒——誒？」蘇珞的笑容僵住了。

父子二人同一副目瞪口呆的樣子，特別搞笑。

「我原來不會做飯，聽秦越說你特別愛吃，不管中餐、西餐、日本料理或韓式料理，只要是好吃的都來者不拒，所以我開始學習烹飪，連半夜都泡在廚房裡燉牛肉湯……」昊一說到這，衝著蘇珞笑了。「親愛的，我以後會精進糕點製作，保證你婚後的每一餐都是我做的愛心便當。」

蘇珞一臉神往地看著昊一，心裡直嘆：天啊，他竟然為我學做飯，他那麼忙……還要學做甜點，這是怎樣的小天使啊！我以後會有吃不完的美食吧！

毫無疑問，蘇珞都快感動死了。

「大話誰不會說，我就看看你們能好到幾時！」蘇爸爸回過神來，大腿一翹，抄起筷子繼續吃飯，生怕再說下去，兒子真的被這Alpha給拐走了。「還愣著幹什麼，今天不上課啊？」

蘇珞和昊一互相看一眼，臉上不免驚喜。

「知道了，爸，」蘇珞啃著三明治說：「你也多吃點。」

「叔叔放心，我會開車送他去學校。」昊一賣乖道：「不會遲到的。」

三人溫馨地吃著早餐，蘇爸爸突然意識到，這樣的場景已闊別多年，竟然感覺陌生。

但或許這樣的陌生，很快將變得熟悉，變得不再是一段回憶而已。

「等一下，」蘇爸爸突然想到什麼，「你們是剛交往嗎？」

「是啊。」蘇珞點頭，「騙你幹嘛？」

「那他怎麼對廚房這麼熟悉。」蘇爸爸後知後覺地說：「我都不知道那些調味料擺在哪，他打開櫥櫃就拿了，他不會在這留、留宿過吧？」

「這個嗎……」蘇珞想了想，「算是吧。」

「什麼叫算是？你小子可不能隨便對人家那什麼……」蘇爸爸難以啟齒似的，「你們才剛開始呢。」

「我只是借宿過一晚，睡沙發。」昊　道，臉上的表情格外正經。

「那就好。」蘇爸爸再次盯向兒子，「既然交往，就要對人家認真點，別胡來。」

蘇珞吃著三明治，看著格外拘謹的爸爸，突然發現一件有趣的事。

爸爸好像以為他兒子是「1」。

誰讓昊一膚白貌美的，還故意收斂起頂A信息素，一副只能遭受他兒子迫害的樣子。

蘇珞津津有味地想，下次就攻昊一試試好了，想想就刺激。

『不過要怎麼開始啊……』蘇珞認真起來，『他一親我，腰就會軟……』

「對了叔叔，您等等需要去哪裡嗎？」不知道蘇珞心裡的盤算，昊一看著蘇爸爸道：「我也可以送您過去。」

「我是有事要辦，但自己過去就行。」蘇爸爸看著昊一道，「你晚上過來一趟吧。」

「嗯，好。」沒有問為什麼，昊一直接答應下來。

陽光從窗戶投射到餐桌旁的地板上，胖墩墩的鴨子正蹲那睡覺，整個看起來暖融融的，憨態可掬。

蘇珞指著鴨子說「好可愛」，爸爸和昊一都看見了，三人不覺都笑了。

小鴨子還沒取名，不過顯然已是這個家的一分子。

蘇珞想，真好啊，小鴨鴨這麼可愛，怎麼可以吃呢？

然後他又看向昊一，在爸爸面前一副溫潤如玉、謙謙君子的模樣。就……禁欲氛圍拉滿。

『還是吃他好了，看著好好吃啊……』

蘇珞憋笑似地繃著臉，直到爸爸看向他，發出疑問：「這孩子怎麼回事，一臉傻樣。」

「很可愛啊。」這樣說著的昊一，又給蘇珞續上牛奶，那寵溺的眼神看得蘇爸爸直搖頭，並開始反省他對昊一是不是太凶了？怎麼看都是自家兒子撿到大便宜。這麼溫文儒雅的男生，簡直是被豬拱的大白菜啊。美味的、被豬拱的大白菜——昊一，看著父子二人享受著自己提供的美味早餐，知道目前是穩了，不由得暗暗鬆一口氣。

買東西的路上，他一直在搜索該怎麼獲得岳父的好感，並參考以往接待老教授、專家的經驗，綜合出不要怕丟人，只要岳父肯開門什麼都好談的戰略。

不管怎麼說，他是一定要和蘇珞結婚，並白頭到老的。

為了蘇珞，面子裡子皆可拋。

不過網上又說，太過奉承會讓未來岳父看不起，反而丟印象分。這又讓他開始思考跪求岳父開門是否可行。

他就像學渣那樣，苦惱得都想轉筆決定到底走哪個方案，畢竟岳父面前的分數攸關生死，可不能丟。

最後的最後，他決定「誠心」為上，他心裡怎麼想的就怎麼說。

或許眼下不能得到蘇爸爸完全的認可，但總有一天，蘇爸爸會看到他對蘇珞的真心與誠意，然後放心地交出兒子。

所以，他目前要做的就是當一個長輩都喜歡的好孩子。

「嗯？」似乎是腳趾在餐桌底下輕輕磨蹭昊一的小腿，他一愣，看向動作的方向，只見蘇珞趁著蘇爸爸低頭吃東西，偷偷朝他眨眼，還送一個飛吻，似在誇讚他做得好。

「唔……」昊一直到剛才還保持冷靜的腦袋，瞬間無法淡定。

信息素也如同杯中風暴，在血管內肆意奔騰，掀起無法言語的慾火。

而此時蘇珞倒是爽快地收回腳，和蘇爸爸聊起學校的考試。

被拋下的昊一，既無言又瘋狂地壓抑著自己的信息素，不然的話，他會當著蘇爸爸的面，把蘇珞壓在餐桌上……

到時候，蘇爸爸一定會祭出菜刀！

『……我還能活到和蘇珞結婚的那天嗎……』

昊一喝著咖啡，開始考慮除了銀行等資產外，是不是得多買幾份壽險，受益人加上蘇珞的名。

晚餐同樣是昊一主廚，蘇珞幫忙，蘇爸爸坐等開吃。

晚上是牛骨高湯做底的韓式部隊鍋，食材相當豐盛，足夠滿足三個男人的好胃口。

蘇爸爸等吃到才知道，兒子最喜歡的料理是各式各樣的火鍋，而他一直以為兒子喜歡吃的是漢堡和可樂。

「那是我六歲前才喜歡吃的。」蘇珞笑著說，然後把一塊冒著熱氣的牛肉夾給爸爸。

他喜歡火鍋那種家庭式的氛圍，即使只是一個人去店裡吃，也能感受到親朋滿座的熱鬧。

這是他從小不曾感受過的。因為不論是爸爸還是媽媽，都沒有可以往來的親戚，所以家裡總是特別安靜。

他有時會覺得奇怪，明明自己是個能夠獨自生活，並且可以長時間安靜坐著寫程式的「技術型宅男」，為什麼卻喜歡去闔家歡式的餐廳吃飯。

「給你魚豆腐。」昊一舀了一勺煮得恰到好處的魚豆腐，放進蘇珞的碗裡。

「謝啦。」蘇珞毫不客氣地咬進嘴裡，當流著鮮味的豆腐融化在嘴裡的時候，他突然就想通了。

或許是……寂寞吧。

就算再怎麼不在意自己的生活方式，也還是會感到寂寞啊。人類怎麼說，都是透過群居才能生存下來的生物。

「對了爸，你今天怎麼會有假呢？」蘇珞像是突然想到什麼地問。畢竟爸爸是個連過年都會加班的大忙人。之前總擔心爸爸會拿拖鞋抽死昊一，所以沒想起這事。

「是工作上又有調動嗎？」這意味著他又要轉學，蘇珞不得不警惕起來。

蘇爸爸原本在享受美食的表情瞬間黯淡下來，還把筷子放下，拿紙巾擦擦嘴，又喝了一口可樂，才嘆著氣道：「最近幾天我都在忙葬禮。」

「什麼？」蘇珞感到意外，「有誰過世了？」

「你還記得德昌叔嗎？」

「德昌叔……？」蘇珞想起來了，那是七年前的一次施工事故，爸爸的同事蔡德昌不幸去世，留下妻子和獨子。

身為組長，爸爸曾帶他去參加葬禮。

葬禮上，他見到一個比自己大幾歲的男生，總是低著頭玩手機，不搭理任何人，以至於他記不清這個男生的長相。

「他們家又出事了，瓦斯外洩，兒子沒了。」蘇爸爸語氣很沉痛，再三捏著眉心說：「這些年，我沒少去他家探望，寡母不容易，兒子還不爭氣，天天泡在電腦上，也不知在玩什麼。他媽媽管不了太多，只要兒子在眼皮底下，能看住就好。現在出這樣的事，當媽的自然受不了，哭喊著兒子是被人害的……連葬禮都不肯辦。」

聽到這，蘇珞立刻想到前幾天看到的新聞，報導裡說母親遭受的衝擊過大，不願相信是自己沒關好瓦斯，害死獨生子。

當時只覺得太可憐了，沒想竟會是自己認識的人，頭皮不由得發麻。

蘇珞一下想起多年前的那個葬禮。身形單薄的少年靠在廊下，像抗拒現實般只把目光放在手機螢幕上，不哭也不鬧，安靜極了。

他當時覺得奇怪，少年怎麼都不哭呢？

可後來爸媽分開的時候，看著爸爸崩潰大哭、酗酒的樣子，自己也沒怎麼掉眼淚。

但這不代表心裡不難過，只是還沒來得及消化這場巨變……

昊一的手安撫地握上蘇珞的膝蓋，蘇珞回神過來，看到他對自己笑了笑，便也回他一個笑。

「爸，那葬禮怎麼辦？」蘇珞接著問，心裡有股酸澀。

「我和幾個同事商量，葬禮當然是要辦的，大家也會一起湊錢……」

「那我也去幫忙。」蘇珞立刻道。

「我也去吧。」昊一看著蘇爸爸道。

「你們就別去了，大家都說好不帶孩子去，以免她觸景傷情。」蘇爸爸嘆氣道，「其實這件事我本不想跟你們說，但能提醒你們注意瓦斯安全，我讓昊一今晚過來也是為了說這件事，你不是愛做飯嗎？尤其要注意。」

「知道了，叔叔。」昊一點頭，又看了眼蘇珞。「我們會注意的。」

「一定會很小心。」蘇珞也道。

蘇爸爸看看昊一，又看看兒子，總算是放心下來。

在看到寡母抱著兒子的衣物慟哭時，蘇爸爸不由想起自家兒子。

如果這樣的事發生在自己身上，他恐怕會真的活不下去。

他想看兒子才趕回家，卻不見兒子的蹤影，電話也關機。

想等等看，就熬了一通宵。

結果發現兒子帶著男生回家，說不震驚當然不可能。

可大約是看過那樣慘痛的場面，兒子出櫃這件事反而沒那麼不能接受，而且同事裡也有女性Beta夫妻，一直都很恩愛，讓他這個單親父親看得十分眼紅，可嘆自己沒有那樣好的姻緣。

晚餐結束後，蘇珞送昊一離開。

可是去取車的一路上，蘇珞都顯得心事重重。

「怎麼了？」昊一停下腳步，搔搔他的頭。

被風吹得翹起的頭髮摸起來的手感，像布偶貓毛一樣又軟又滑。

「那件事，你能幫上忙嗎？」蘇珞眉頭微微擰著，似在頭疼什麼事，他抬眸看向昊一時，表情可愛到爆。

昊一不得不提醒自己，蘇爸爸還在陽台上張望呢。

「德昌叔叔家的事，你找一下認識的員警或者律師，再幫阿姨調查一下，如果有具體的報告，阿姨的心結也能解開了。」

「這可以。我做法律援助時，認識不少熱心的員警和律師，像阿姨這樣的處境，理應獲得更多的幫助。」昊一溫柔地說，再次摸了摸蘇珞的頭。

「謝謝你。」蘇珞終於笑了，「啊，還有，這件事別和我爸說，他會覺得是給我們添麻煩。」

「嗯，好。」昊一說：「除員警外，我也會聯繫一下心理輔導師，希望阿姨能儘快度過難關。」

「對喔，我都沒想到這方面。」蘇珞終於露出笑臉，「我男朋友果然很可靠。」

「所以你要多依靠我，我才能發揮出我的實力。」昊一笑著道，並覺得蘇珞真的很溫柔。

剛才的談話透露了蘇爸爸經常去探望德昌母子，卻把自己兒子晾在一旁，任誰聽到這樣的事，心裡都會犯嘀咕。

可身為當事人的蘇珞，想的卻全是該怎麼幫助他們。

昊一之前還覺得蘇珞和他爸爸長得一點也不像，性格也不同，現在看來，還真是親父子沒錯。

他們都愛操心別人的事，勝過關心自己。

不過沒關係，他可以寵蘇珞，比任何人都寵他。

「我們來說點開心的事吧。」昊一牽著蘇珞的手問，「你快要生日了，有想過要怎麼過嗎？」

「生日啊，那天雖然沒什麼事，但好像也只能在家裡慶祝。」蘇珞總是轉學，好不容易跟同學混熟，就又分開了，所以生日都沒有同學慶祝。雖然線上祝福收到不少，但現實中還是一個人過。

「叔叔真的不來嗎？」

「嗯，他上班很忙的。」蘇珞笑了笑，胳膊一抬，像對待好兄弟那樣箍住昊一的脖子，搖晃著他，「怎麼，你想幫我慶祝？」

「嗯。」昊一任由蘇珞胡鬧，「可以的話，我來找你。」

「還是我去找你吧。」蘇珞想了想道：「我們隨便去哪裡晃一下就好。」

「是約會？」昊一眼睛一亮地問。

「嗯，是約會。」蘇珞笑咪咪地看著昊一，「和你在一起，怎麼都好。」

晚飯的時候，蘇珞突然想到一件事，就算現在要他再次單獨去吃火鍋或者別的什麼，他也不會覺得自己是一個人，是因為想要熱鬧才前往。

而是他不管做什麼都不再感到寂寞，因為心裡確確實實住進了一個人，一個總能讓他不自覺想要笑，覺得很溫暖的人。

「昊一，我很高興生日能和你一起過。」蘇珞臉紅著道。

昊一看著蘇珞那坦率裡帶著羞怯的笑顏，儘管知道蘇爸爸站在陽台上，還拿著手機鏡頭不斷放大在看他倆，可他還是霸氣地摟過蘇珞的腰，吻上他的唇。

至少這距離足夠遠，菜刀飛不過來。

※

Alpha專屬少年監獄。

隔著籃球場的鐵絲網，男人見到正在放風的富二代。

富二代白白壯壯的，手裡拿著監獄的強勢貨幣——色情雜誌，身旁還簇擁著幾個紋身小弟。

在這裡混得這樣好，等出去了，說不定就成為幫派大哥了，看來本事不小。

也是，男人雖然是職業殺手，但還沒遇過年僅十七歲的「雇主」，殺的還是同齡人，確實夠狠。

富二代一臉痞樣地朝男人走來，還不忘和邊上的獄警打招呼。

顯然當班的兩名獄警已被收買，全轉過身去，當作沒看見。這個角落也是監控的死角。

「聽說你要加錢。」富二代抬手扒著鐵絲網道，「這沒問題，但我要親眼看你把他的手指一根根剁下來！」

「是要我邊行刑邊直播嗎？」男人淡淡地道，「我沒有直播的習慣，這可能會惹出麻煩。」

「我給你那麼多錢，不就是要你處理麻煩的嗎？」富二代凶狠地瞪著男子，囂張說道：「把那臭小子的手指剁下來，拿去餵狗！價錢上別說翻一倍，十倍都行！我爸說了，他害我坐牢，害我們全家人出醜，不能太便宜他了……」

「請等一下，」男人英氣的眉頭不著痕跡地一皺，「雇用我的人是你父親？」

「廢話，在這種鬼地方我怎麼給你錢？不過你放心，我爸他……」

「這位客人，我從不接轉單。」

男人摘下墨鏡，透過鐵絲網筆直地看向富二代。

「誒？」

男人冷銳如惡狗的目光，讓富二代一下懵住，像小魔頭遇到真正的大魔王，汗毛全倒豎起來。

「既然是你的父親付錢，那你就不是我的雇主。」男人慢條斯理地戴上墨鏡，「這筆生意我會取消，當然，訂金不退。」

不等富二代從慫態中回神，男人就已轉身離開那裡。

來到停車場，男人的手機響起，這次不是匿名電話。

「怎麼了？」男人接起。

「還問我怎麼了，三百萬的生意，而且超級好做，怎麼就推了呢？」電話那頭有一個算不上年輕的聲音問。

「老叔，你知道我從不接二手單，資訊傳遞容易出錯不說，要是殺錯人可沒法結帳。」男人抱怨。

「你這話是沒錯，但人家是親父子……再說，你『虞淵』拒絕的單子，誰還敢接？這一單怕是要徹底黃掉啦……」

「虞淵」據傳是暗網最專業的殺手，專精包括爆破、下毒、狙擊、偽造現場在內的一切殺人技術。

關於暗殺的目標，不管是黑幫老大、當紅政客乃至同行，只要他接下訂單，就會按時又高品質地完成，不給雇主留下一絲後顧之憂。

「我會多接一單補給你。」男人道，「不會讓你少賺一分錢。」

「咦咦咦——？」電話那頭傳來一陣驚嘆，彷彿聽到很稀奇的事。「有點不像你啊，居然主動接單補給我們，最近是遇到什麼事了嗎？」大叔的聲音變得關切，「要給你放假嗎？」

「別多想，沒有的事。」虞淵道，「把新單子寄到我電腦上。」說完就掛斷電話。

沒多久，他接到新的一單。

照片中，一個光頭男子坐在沙發上抽著雪茄，胖得像豬，身邊圍著一圈只穿比基尼的年輕女孩，茶几上光明正大地擺著錢和毒品，一看就是個垃圾。

把地址輸入ＧＰＳ導航，他就驅車前往。

但不知道為什麼，跑車突然偏離導航路線，完全無視語音系統一再更正、提醒，一直往前飛馳，直到一所私立高中附近，跑車才緩緩停下。

此時正是上課時間，學校除體育館和操場外都很安靜。

風吹著校門前的樹，落葉片片，有值日的學生在打掃。

戴著半截黑皮革手套的手搭著方向盤，指尖輕輕叩擊著。

以「要加錢」為由去探監，是想親眼確認雇主的身分與樣貌，畢竟從老叔那得來的消息經常半真半假。

這也是他第一次對雇主產生好奇。

「都怪你，我得重新安排工作。」虞淵望著校門，責怪似地道。

上次分別時，他對蘇珞說了：「下次見。」

本沒指望得到回覆，蘇珞卻回答：「好。」

就這麼輕輕的一句應答，讓他猛烈地生出想把雇主幹掉的念頭。

——為什麼要傷害蘇珞？他那麼可愛……像貓一樣活力滿滿。

——該消失的，是你們才對。

就算現在訂單已經取消，他依然沒有改變這個想法。

他要確保這世上無人可以傷害蘇珞。

所以他得摸清雇主的背景，再做出詳細的暗殺計畫。

這一次行動絕不可以出差錯，否則賠上的豈止他的「錢」途，更有性命。畢竟把毫無錯處的雇主殺掉，怎麼都說不過去。

搞不好還會連累蘇珞，所以他必須謹慎行事。

「還有好多事要忙，不過蘇珞……我們很快會見面的。」虞淵唇角微揚，這還是他第一次那麼想要去做一件事。

這種心情很奇妙，興奮且愉悅。比從「大叔」手裡拿到塞滿手提箱的酬金或者極富挑戰性的訂單更令他高興。

「那輛車……」一個值日生突然注意到馬路對面的奢華跑車，「和昊一學長的車好像呢。」

當值日生以好奇的目光望著跑車時，車子突然一下轟鳴，車尾燈一甩，奔逸絕塵，很快消失無蹤。

※

大法官辦公室。

辦公桌上有一封燙金邀請函，上面寫著「昊法官親啟」。

昊翰林剛從法庭下來，看到那熟悉的「鐵荊棘」標誌，拿了起來。

「這是李獄長親自送來的。」祕書在一旁道：「他說若是沒有您相助，監獄不可能擴建，還請您務必撥冗出席。」

「監獄擴建是值得慶祝的事情嗎？」昊翰林把信函丟進一旁的垃圾桶，「讓吳市長去吧，剪個彩什麼的，他熱衷這些活動。」

「是呢。」祕書忍不住笑了，「吳市長是會出席，而且是記者招待會。」

「那我更不該去搶他的風頭。」昊翰林脫去法官袍，祕書雙手接過，小心地掛在一旁的實木衣架上，整理妥當。

「接下來的行程，是指導下級法院工作的會議。」祕書接著道，「現在距離會議還有十分鐘。」

「知道了。」吳翰林已經在看會議要用的公文。

祕書鞠躬，離開辦公室前，沒忘記倒掉垃圾。

只是，看著垃圾桶裡的邀請函，祕書還是感到有點意外。

還以為吳法官會欣然前往，所以才把邀請函放在辦公桌顯眼的位置。

誰都知道這座監獄對吳法官來說，有著特殊的意義。

那是吳法官第一次以獨立律師的身分代理監獄刑事案件，還轟動全國，從此一炮而紅。

可是，仔細想來，吳法官從來不提及這件讓他走紅的案件。

——Omega殺夫案。被害者是Alpha。

「法官大人是永遠朝前看的。」想起那些總把陳年舊績掛嘴邊的政客，祕書不覺點頭，認為自己真沒有跟錯人。

何況吳法官成為司法部長也是指日可待。

※

AO法學院，研究院資料室。

非限定Alpha——米洛

昊一拆開剛送達的司法考試「合格」通知，包括AO法學、民法、商法、刑法等十二個科目、六份試卷，他全都考了滿分。

這也是本次司法考試最爆炸的消息，從沒有人——包括昊一的父親昊翰林大法官——能取得大滿貫的成績。

原本就是神級學霸的昊一，這下不僅刷爆學院論壇，還登上社會新聞，尤其當他的學生證被媒體曝光後，關於他「顏值超高」、「頂級Alpha」、「一八八大長腿」的討論完全壓過司法考試本身。

『這麼強大的A，要什麼樣的Omega才能配得上啊？』

『昊大法官能不能讓他兒子在電視上露臉啊？最好是相親綜藝。』

『要不全國海選Omega吧？我叫我女兒第一個報名！』

『求全國海選相親對象！』

『都醒醒，這麼帥的Alpha怎麼會是單身，肯定早就有女朋友啦。』

『誰說的，他也得有時間找吧。』

『就是，再說Omega又不是遍地都有，大家一定還有機會啦！』

『我兒子十七歲，是超可愛的Omega哦～』

『Beta也行啊。都什麼年代了，性別還卡這麼死，要我說Alpha配Beta才好。』

『別搶啦！Omega都搶不過來了，你們Beta湊什麼熱鬧，笑死！』

這熱度高到很快誕生第二條熱門新聞——新晉國民女婿昊一。

有些不明所以的人，看著熱搜詞條和新聞，紛紛在問昊一是誰？是新出道的明星嗎？這又大大擴散一波昊一相關的熱度。

在這資訊飛速爆炸的當下，昊一僅僅是拆信的當下，就能產生出N條與他相關的新聞。

「我打擾你了嗎？」推門進來的男人戴著漁夫帽和蛤蟆鏡，還有黑色口罩。這裝束說是低調，看著卻更像社會新聞中不懷好意的變態。

「沒有。」昊一把證件放在桌上，「我正在等你。」

「如果我是你的話，可不會躲起來拆信，我會在人最多的地方，把這律師資格證秀出來，還要裱上金框，掛在人人都看得見的地方，讓他們膜拜瞻仰。」男人摘下墨鏡和口罩，笑著說：「昊大少爺，您確實有值得這樣炫耀的資本。」

「這只是一次考試，」昊一坐下來，「還是我最擅長的考試，不值得誇耀。」

「喂喂~過分謙虛可就是傲慢哦。」男人拉開椅子，眼睛卻還是盯著證書。

「我當年獲得它的時候，家裡還擺了二十桌酒席，親朋好友都以為我會成為大律師，或者謀得一份好公職。我確實做到了，可誰能想到……現在卻做著和私家偵探一樣的事。」

「等事情結束，李瑋，你就能回到你的本職上。」昊一實事求是地說，「這只是時間問題。」

「我的職位……」說到這事，李瑋頓時激動起來，「沒錯！只要抓到王依依貪汙的實證，洗清我的冤屈，我就能回到昊大法官的辦公室，繼續做他的書記員。」

對於堅信犯罪的就只有王依依的李瑋，昊一沒發表意見，畢竟眼下拿到的文件都算不上證據，只是一些社會關係網的梳理、資訊的碎片。

就像建築的基石，正一點點地往上搭，直到出現雛形。

「對了，你讓我調查的，有沒有陌生Alpha監視蘇珞。」李瑋從背包中拿出筆電，「我查過學校周邊的監視器，也請人在蘇珞家附近盯梢過一陣子，都沒有發現可疑的人，你確定真的有人在跟蹤蘇珞？」

自從李瑋知道昊一和王依依的兒子在交往，可真是吃驚不小，不過他認為昊一追求蘇珞是為了套取情報。

李瑋很佩服昊一竟能想出「美人計」，甚至連對方是Alpha也不在意，果然是昊大法官的兒子，真是個狠角色。

所以，李瑋很勤懇地去查了，結果並沒有發現可疑人物。蘇珞的生活軌跡和別的高中生相比，也沒有什麼不同，每天學校和家裡兩點一線，沒有人在監視他，王依依也從未出現過。

昊一拿過李瑋遞出的筆記型電腦，翻看文件夾裡保存的監視器影片。

確實，這些天在蘇珞身邊出沒的Alpha只有秦越。

事實上，昊一也有讓秦越幫忙留意陌生人，就在今天早上，秦越還發來簡訊說，沒有發現異常。

「可我知道他就在那裡。」昊一皺起眉頭，「即使現在沒有可疑的地方，他之後一定會再次出現在蘇珞附近。」

「我覺得吧，蘇珞是王依依的兒子，昊大法官就算派人監視他也很正常。」李瑋靠向椅背，像電影裡的偵探般雙手環胸。「我認為那傢伙的目的主要是你，你不是說他出現在博物館裡嗎？還把信息素壓制到幾乎隱形的地步，那絕對是專業人士啊。」

「信息素的味道」永遠是Alpha之間不可回避的另一種「標記」。A值與實力的證明與體現。

昊一不知道對方到底是不是父親派出的親信，但有一點李瑋說得對，那人很不簡單，所以才更需要提防。

「還有件事，說起來真的很巧。」李瑋倏地挺起脊背，格外興奮地道：「你不是讓我去追查到底是誰在入侵別墅的保全系統嗎？我找了在電腦安全部門工作的大學同學，他回覆我說，ＩＰ地址是查到了，就在X市居民區，還問我怎麼也關心起瓦斯爆炸事故了。」

「瓦斯爆炸？」昊一驀地愣住。

「對，就是前陣子鬧得沸沸揚揚的瓦斯外洩導致爆炸的事故，那個死者，叫什麼來著……對了，蔡宏睿！」李瑋眼睛一亮，「聽說曾是個拿全額獎學金的優等生，但高中時迷上網路遊戲，經常曠課，被學校退學了。之後就一直待在家，靠他母親養他。周圍的鄰居說他脾氣很臭，還好色，偷窺過女人洗澡。」

李瑋說完，更興奮地說：「我們查了那麼久，到底是誰在查王依依的電腦資料，結果沒想到是個網路色狼，還掛了。」

「網路色狼？」昊一放在桌上的手捏緊成拳。剛說要幫助蘇珞調查一下瓦斯外洩的事故，就發現意外的死者——即蔡宏睿，就是竊取他父親電腦資料的人。

「就是利用駭客軟體或漏洞，順著網線去偷窺的人。比如駭入游泳館的監視器、破解電腦密碼看隱私照片等等不入流的事。我查過蔡宏睿的銀行帳單，發現他訂閱了不少駭客自學課程，還在一個駭客論壇買過勒索病毒。」

「是嗎？」昊一眉心不覺擰起。是這個世界太小，所以才發生這樣湊巧的事，還是有人在竭力掩蓋真相，甚至不惜殺人滅口？

那份被他和蘇珞親手刪除的被盜「資料」裡，到底藏著什麼？出軌證據？貪汙受賄？

是王依依暗中做的？還是由父親指使？

昊一彷彿看見自己腳下踩著的水潭既混濁又深不見底。

可是，父親真會為一份「資料」，就買凶殺人嗎？

從小到大，他看著父親主持正義，獲得群眾熱淚呼喊「青天大法官」，深知父親再怎麼貪權慕勢，也不至於喪失身為公法人員最基本的對正義的執著。

父親也總是說，唯有法袍是不容褻瀆的。

所以，這其中到底……

「我要回家一趟。」昊一忽然站起身，動靜之大，連椅子都差點掀翻。

「怎麼了？」李瑋被嚇了一跳，緊張地瞪大眼，「出什麼事了？」

「把瓦斯外洩事故的調查報告寄到我信箱，我有需要。」昊一嚴肅地道，

「其他的事，你先不用管。」

「蘇珞那邊也不用我跟進了？」李瑋見昊一抓起背包就走，忙喊道。

「不用，我會保護他。」昊一的身影消失在門後。

「他說什麼？」李瑋感到稀奇，「不會是真的演出感情來了吧？」

但下一瞬，他又搖了搖頭。昊一怎麼可能會喜歡蘇珞呢？那是父親外遇對象的兒子，換作是他，那可是仇人啊！

※

昊一的車才開上島，就發現各式豪車停滿路邊，家裡又開派對了。父親或者母親時不時會招待各界貴賓，從慈善拍賣到名畫賞析，總有可以聯絡各界情感的時機。

不過這次來的客人，似乎是起源教的教徒。

起源教，全名「神聖基因起源教」，是一個把人類基因賦予神化意義的教派。教徒人數不多，但都是高知識分子，比如遺傳學博士、基因療法專家等。他們對研究基因的起源與發展，有著極其狂熱的態度。

昊一沒少在媒體上看到，他們大談有關Alpha可以在母體被「訂製」，以及改變第一次發情、易感的進程，還有開展中的分子進化工程。亦即透過實驗室先進的技術與設備，模擬自然中的生物進化，從而創造出新基因。

無論起源教怎麼鼓吹其「科學性」和「安全性」，無論他們占據多少熱門頭條獲取關注，昊一都覺得，這不能改變他們妄想操控基因來控制人類繁衍的事實。

這是一件很可怕的事，從教派只看重強悍的Alpha這一點，就知道他們的目光有多狹隘。

萬物的生機從來不是單一種族造就的，更不可能只由Alpha獨占所有資源。

昊一知道母親作為醫藥商業協會的會長，向許多醫學科研機構捐過款，其中也包括起源教。

但他不知道起源教與家裡的關係居然已經這麼深了。

昊一把車駛入地下車庫，看來和父親談完後，還得找一下母親。

英籍管家已經候在車位旁，恭敬地迎接昊一，並告知：「老爺在書房等您。」

「我知道了。」昊一點了點頭。

他上樓時搭的是主人才能使用的電梯，可還是在三樓遇到幾個與自己年齡相

非限定Alpha——米洛

仿的Alpha、Omega。

大家都噴著阻隔劑，一個男生嬉皮笑臉地壓著電梯敞開的門問：「能不能擠一擠？我們想去頂樓的花園玩。」

這些應該是教徒的孩子，身上穿的全是奢侈品。

鑲嵌著大理石面板的電梯很寬敞，昊一往邊上站了站，男生卻沒有進來，而是獻寶似地邀請身後的女孩。

女孩踩著輕盈的步伐邁進電梯，就像被騎士守護的公主，微微揚著下巴。

「嗨，我們又見面了。」女孩燦笑著打招呼的同時，還不忘按下電梯的關門鍵。那些「騎士」來不及反應，全都被關在門外。

電梯往上，昊一看向女生，之前還很寬敞的空間，因為Omega甜美的氣息而變得不那麼寬敞。

「妳認錯人了。」昊一微微蹙眉，「我們不認識。」

「就算我那時候的模樣有些狼狽，但你說不認識我，也太失禮了吧。」女孩似乎覺得自己沒被昊一記住，是很不可思議的事，接著不滿地說：「我不僅認識你，還認識蘇珞哦。」

昊一原本已轉開的目光倏地回到女孩身上，「妳說什麼？」

「我本來不想參加派對，但我父親說，今天的派對是為你舉辦的，慶祝你司法考試第一名，所以我才來的。」女孩說到這，低頭看了眼腳上那雙鑲鑽高跟鞋。

「灰姑娘總是要來見王子的，不是嗎？」

「我不知道妳聽說了什麼，又看到了什麼，」昊一看著女生，不客氣地說：「但我一定不是妳的王子，請不要自作多情。」

電梯門打開，昊一正要走出去，女孩卻出其不意地撲到他背上，親密地摟住他的肩膀，踮著腳，在他耳邊低語了幾句話。

昊一聞言一怔，而這旖旎的一幕，恰好被站在書房外的祕書撞見。

※

「我本想在下週末安排一次家宴，讓你們正式見面。」昊翰林坐在沙發上，往面前的紅酒杯裡倒酒。「但沒想到你們這麼快就抱上了。」

「別說那種讓人誤會的話，我可沒有抱住她。」昊一走到沙發前，看著父親，蹙眉道：「她不適合我，但就算我這樣說，您依然會要求我和她訂婚吧？」

「那是自然。」昊翰林品了一口酒，微微一笑，「你知道就好。」

昊一眉頭擰得更緊，不悅地看著顯然已安排好一切的父親，還有他身後那幾幅格外搶眼的兒童蠟筆畫。

那是福利院孩子的作品，昊翰林在工作之餘熱衷公益事業，還會用孩子們贈予的畫作裝飾書房，然後在這裡接受記者採訪。

這些畫作使得昊翰林原本強悍嚴肅的個人形象變得富有人情味，但對昊一來說，有人情味的是孩子們的畫，變得溫馨的是這個格局幾乎和法官室一模一樣的書房，但他的父親始終是那麼高高在上，那種屬於強者的、絕對的壓迫感在這個家幾乎無處不在。

昊一收回目光，面無表情地說：「所以，雇用媒體大肆宣揚我的司法考試成績，為您的競選事業增光還不夠，我還必須賠上我個人的幸福去成就您嗎？」昊一直視著父親雙眼，「您就這麼肯定，我一定會照您說的做？」

「在我還是實習律師的時候，」昊翰林輕輕搖晃著紅酒杯，「就沒有輸掉過一場官司，何況現在，只是操辦一件家事。」

「這能和打官司一樣嗎？」昊一沉聲道：「和誰交往的選擇權在我。」

「呵，」昊翰林笑了，揶揄道：「我不知道是誰給你的錯覺，但你真的和小時候一樣，太容易被看透了。」

「什麼意思？」

「你早就知道我會利用你的司法考試成績做文章，不是嗎？」吳翰林並不介意揭穿這一切，娓娓道：「可是你做不出故意考砸、讓我的計畫落空的事，因為那會讓你的導師很難過，這就是你沒有選擇權的地方。」

「同理，像我們這樣生活在金字塔頂端的家庭，婚姻更不是你一個人的事。」吳翰林道，「雖然我很不想這麼說，但你可以參考一下我，完成應盡的責任後，擁有一段婚外情，以彌補實際婚姻的不美滿。」

「您說什麼？」吳一額角的青筋倏地暴起，難以置信地看著父親，「您現在不僅攻擊我的母親，還要我欺騙一個無辜的Omega結婚？這是一個大法官該說出口的話嗎？讓蘇珞做第三者，更是絕對不可能的事！」

「那你就和他分手。」吳翰林放下紅酒杯，微笑著說：「這樣就不存在第三者，對你、對蘇珞、對我們這個家——對所有人都好。」

「啊，還有件事我忘記說。」吳翰林的食指輕輕戳點著茶几。「讓你訂婚是你母親的主意，她一直很關心你的婚姻大事，你的對象也是她透過AO相性檢測從十萬名未婚Omega中選出來的最適配者。」

吳翰林說到這，盯著吳一道：「你知道你和她的相性有多高嗎？足足85%，我和你的母親都只有73％。你們可以說是命定的結婚對象，我相信你們會相處得很愉快。」

「怎麼，吃驚到說不出話？」見昊一愣在那，昊翰林翹起一條腿笑起來。「也是，我最初看到報告時也很意外，好久沒看到如此契合的相性數據，你們很幸運。」

昊翰林繼續看著昊一，像蓋棺論定似地說：「不管怎樣，你都是我的長子，也是你母親家族的繼承人，我由衷希望你將來過得順遂、過得體面，是和Omega而不是Alpha在一起。」

昊一注視著父親的臉。「……我將來的順遂和體面，確實仰賴著您。」

昊翰林聞言，輕點了下頭，很是滿意地說：「去派對上露個臉吧，你可是主角。」

昊一看了一眼門扉，並未離開，而是道：「您不會以為，一場大火就可以燒光蔡宏睿電腦裡的所有備份吧？」

「什麼？」昊翰林唇邊的微笑頓時凝固，正流暢倒著紅酒的手也停在半空中。

「他有在雲端儲存重要檔案的習慣，您下次該搜查得仔細一點。」昊一冷漠地看著父親。「我要是把它們交給記者，或者更直接一點帶去警察局大義滅親的話，您說，我將來的人生是不是比您預想的還要體面？」

昊翰林狠狠瞪著兒子，紅酒溢出杯沿，汩汩流淌在桌面，像動脈被劃破般鮮紅。

「這不可能！」

紅酒染紅地毯，昊翰林驀地回過神，放下酒瓶，用濕紙巾擦拭著雙手。「你要是真的拿到什麼文件，還會在這裡和我多費唇舌？」

「『11／26』這份文件保存的是蘇珞的檔案。」昊一直接道，「王依依用她兒子的生日做研究檔案的目錄名，我沒說錯吧？」

「你到底想做什麼？」昊翰林終於按捺不住，怒斥：「你不會天真地以為，我下台後你還能在法律界混吧？」

昊一堅定看著怒不可遏的父親，「就算會賠上我的前途，我還是希望您能自首。」

「我自首？」昊翰林聞言，怒拍桌面。「我自首什麼？費盡全力保護Omega的人權嗎？你對這世界的黑暗一無所知。這樣吧，你要有什麼證據，能證明是我殺了那個蠢蛋，就送去檢察署，我在那等你。」

非限定Alpha —— 米洛

咚咚——書房門突然敲響，還沒得到許可，門就被推開一條縫。

「哥哥～」穿著小西裝的昊悅探頭進來，「你回來啦！」

屋裡的火藥味瞬間消散，只是昊翰林臉上的笑容透著幾許尷尬，他抬手招呼道：「悅悅，我們不是說好，進書房前要先敲門嗎？」

「我有敲啊，是吧哥哥？」昊悅今年六歲，就如同他的名字，天生的開心果，一蹦一跳地進來，一把抱住哥哥的大腿就開始撒嬌。

「嗯，悅悅有敲，我聽見了。」昊一帶著寵溺的笑，摸著弟弟的頭說：「你找哥哥有什麼事？」

「是媽媽找你。媽媽說，去把哥哥找來，然後我就可以和哥哥一起玩樂高了。」昊悅仰著一張白皙漂亮的臉蛋，「哥哥，你都好久沒陪我玩了。」

「哥哥後天有空，可以帶你出去玩。」昊一說完，捏了捏弟弟嫩嫩的臉蛋。

「好啊！哥哥你可不許又說要念書！」昊悅開心極了，跟隻小猴子似的雙手吊在哥哥的胳膊上。

根據基因的測定，昊悅將來有百分之九十的可能性會分化成Omega。也許因為這樣，他長得特別秀氣，再鐵石心腸的人都敵不過他可愛的笑容。

「既然你母親找你，就去吧。」昊翰林道，「別讓她久等。」

「嗯。」昊一點頭，牽住弟弟的手。

就在他們離開書房前，昊翰林又道：「不管怎麼說，你都不會像蔡宏睿那樣，做出讓白髮人送黑髮人的事吧？」

這赤裸裸的警告，讓昊一不覺握緊弟弟的手。

弟弟不解地抬頭，昊一只得一笑，若無其事地帶弟弟去見母親。

就算已經有Alpha丈夫，烏孫雅蕊依然對其他Alpha的信息素很敏感，據說這也是某種基因突變。

兒子昊一是比丈夫更強大的Alpha，所以就算是母子，她依然需要戴上可攜式氧氣面罩才能與兒子面對面談話。

這已經是很好的情況，想當初兒子分化時，麝香信息素炸裂，她不得不躲進地下室，而且在很長的一段歲月裡，地下室都是她最佳的避難所。

「你父親和你說了嗎？」氧氣面罩下有著精緻的妝容，烏孫雅蕊紅唇微揚地說：「那個女孩和你非常適配……」

「說過了，我也已經拒絕，」昊一看著母親，打算告訴她實情。「其實我……」

「為什麼要拒絕？」烏孫雅蕊頓時皺起烏黑的秀眉，顯得非常不解。「你難道介意她的父親是起源教教徒？確實，想要從事司法相關工作，最好不要與教派牽扯太深，可要不是有教派幫忙，你也不會這麼快就找到合適的新娘。」

「這是什麼意思？」昊一問母親。

「你也知道起源教的教徒各個是精英，他們掌握著最新的基因檢測技術。」烏孫雅蕊說到這，語帶遺憾地說：「要不是我身上有太多集團的公務，我也能成為其中一分子，投身科學研究事業。」

沒有比研究那些深奧的玩意兒更讓母親沉迷的事，昊一知道母親喜歡擺弄那些儀器、複盤實驗數據，地下室的辦公桌上也放滿基因工程相關的論文雜誌，所以點點頭道：「然後呢？」

「我拜託他們用最新的AO相性檢測技術，幫你尋找相性最合的Omega。你也知道用還未通過認證的技術來檢測，是要承擔法律風險的吧？」

「我知道，那您知不知道，這種數據都存在誤差？」

「誤差這種事，完全在可控範圍內。」烏孫雅蕊顯得很自信地說，「你知道鷺山湖研究院嗎？」

聽到熟悉的地方，昊一瞬間警覺，只是臉上依舊保持微笑。「嗯，我知道，您是名譽董事長。」

「我早就想和你說了，那裡有一個非常厲害的藥劑師，還是個Omega，是她研發出一種新試紙，讓檢測數據得以最大程度正確……」

面對滔滔不絕的母親，昊一不禁憋住氣，而在這時，母親道：「她叫王依依，起源教曾經想把她挖走，多虧你父親幫忙挽留……」

「父親挽留？」

「嗯，他們以前是高中同學。」母親笑道，「所以我讓你父親多留意王藥劑師，儘量給予她最好的條件。」

「母親，再怎麼樣父親也是Alpha……」

「誒，沒想到你還挺封建的。」烏孫雅蕊搖頭笑了，「你父親常說，現在不是那種把Omega關在家裡的年代了，Omega怎麼就不可以有Alpha的朋友呢？」

「可是父親並不懂那些檢測技術……」

「好了昊一，你是不相信我？還是不相信你父親？」烏孫雅蕊不由嘆口氣，「我可不記得有把你養成那種充滿性別歧視的孩子。」

「哥哥不會歧視啦。」昊悅在邊上搖晃著哥哥的手，「媽媽別生氣。」

「媽媽沒有生氣，只是在教育哥哥。」烏孫雅蕊摸摸幼子的頭，然後對昊一道：「不知道你是不是看到什麼奇怪的案子才會有那種想法，但安心吧，沒有Alpha會背叛他標記的Omega。」

如果他遇到了命定對象呢——昊一想說這句話，但最後還是忍住了。

「昊一，」烏孫雅蕊接著道：「我把女孩的資料寄到你的信箱，你認真看一看。Alpha的婚姻比事業更重要，他們家族雖然比不上我們，但也是金融業的新貴，你將來要是像你父親一樣打算進軍政壇，不管資金還是人脈他們都能支持你。」

「我不會看的。」昊一直接道，「您還是放棄吧。」

「我才不會放棄。想當初我也是這麼對我母親說的，不想見相親對象，不想這麼早結婚，結果呢？事實證明，父母總是為子女的幸福著想。而你的父親，也沒有讓我失望。烏孫氏集團這些年遇到的困難，多得你父親周旋……」

「母親……」

「好了，我知道你對這些不感興趣，你腦袋裡就只有案子。」烏孫雅蕊笑起來，並沉浸在即將榮升婆婆的興奮中。「對了，我們要不要開個記者會？看到你這麼有出息，外公外婆也很高興，他們應該會從柏林飛回來參加你的訂婚宴。」

從媽媽的房間出來後，昊一去地下車庫取車。

一眼望去，看不到盡頭的停車場裡停著清一色豪車，隨便選一輛都能抵上市區的一套房。

而這些車全登記在昊一名下，是每逢他生日或者在學校獲得什麼獎項時，外公外婆還有爸媽送的。

昊一掏出車鑰匙，拇指劃過啟動鍵，卻在車燈亮起時，把鑰匙丟給一旁的管家。

他滑開手機，叫了一輛計程車。

※

晚上七點，校門都已關閉，唯有社團活動的那層樓還亮著燈，電腦校隊「Lara」正在為即將到來的高中資訊聯賽做準備。

老師不知從哪弄來一套魔鬼試題讓大家操作，結果只有蘇珞能在規定時間內把程式執行完。其他人不是「執行發生錯誤」，就是「代碼只有部分通過測試點」，看著蘇珞提交後，系統顯示：『恭喜，您的回答全部正確。』老師當即興奮得抱著他的腦袋各種搖，還說這次比賽有蘇珞就穩了！

穩不穩不知道，蘇珞只覺得自己腦漿快被甩飛出去。社員還在邊上雞叫：「隊長你太他媽帥了！隊長我就是你的狗！」

「不要！我有鴨子了！不要小狗！」蘇珞一臉痛苦面具。

活動結束，大家都離開後，蘇珞又和老師一起研究別的題目，倒不是為比賽，單純覺得有趣。

直到師娘一通電話殺到，老師才倉皇跑路，留下蘇珞孤苦伶仃地關閉教室燈，還有電腦。

不知道哪個臭小子，用VBS小程式弄了無限視窗，而且彈出的還都是鬼故事，比如「這教室有鬼」、「走廊有鬼」、「廁所有鬼」……

「真是的，騙鬼呢！」蘇珞用C++代碼終結了這個惡作劇。

然而，就在電腦關機的那刻，蘇珞莫名覺得身後涼颼颼的。

有些事情就是這麼奇怪，剛才還沒有尿意，現在就突然想上廁所，還是超級想上的那種，酸脹的尿意一股股往小腹躥。

蘇珞急忙跑出教室，可走廊黑黢黢的，都望不到頭，就像開啟什麼陰間副本，讓人渾身冒冷汗。

蘇珞想，要不還是回家再上吧？可是他越想憋一會兒，尿意就越強烈，簡直是到非上不可的地步。

「哎，慫什麼，這世上哪可能真有鬼啊！」蘇珞一咬牙，往廁所，也就是走廊最黑的角落邁出一步。然而——

啪嗒！

他鼓足勇氣邁出一步，走廊裡卻響起兩下腳步聲。

「誒！」蘇珞眼睛瞬間瞪大，惴惴不安地回頭張望。

身後並沒有第二個人，那應該是回聲？

他再往前走了一步。

啪嗒、啪嗒！

一聲是自己的，一聲來自空洞的地底世界。

「啊啊啊啊～～我操！」蘇珞嚇得兩眼緊閉，雙手合十，朝著四面八方拜拜。

「冤有頭債有主，弟弟我只是路人甲，可不要害我啊！我還只是個小朋友，也才交上男朋友，我男朋友他超帥的，我還不想和他分——」

這聲音都透著哭腔了，拜完他扭頭就跑，只是有什麼東西一把揪住他的後衣領，力氣還超大。

「哇啊啊啊！」蘇珞感覺自己都驚到炸毛了，如果他有狗尾巴那種東西的話。

「『還不想分』的意思是，以後有這個打算，是嗎？」悅耳的嗓音，自帶低音炮效果，在這恐怖氣氛下，跟擦著的火柴棒一樣，勾人得很。

「昊、昊一？」蘇珞扭頭看到昊一，像見到救命稻草似地往他身上猛地一躍，可能猴子都沒他靈活，兩手摟緊昊一脖子的同時，兩條腿也結結實實盤上他的腰。

得虧昊一下盤夠穩，腰力也夠強，面對這樣的衝擊，仍穩如勁松似地將心愛的男朋友穩穩抱住，手掌還一把托住他的屁股。

「你玩什麼呢？」昊一笑著問。

「玩個屁！有鬼呢！」蘇珞紅著眼道。

「哪裡有鬼？」

「你沒聽到？不可能啊，剛才那麼詭異的腳步聲……」蘇珞吞了一口唾沫，還往走廊那頭瞧了瞧。

「有沒有一種可能性，」昊一抓了抓蘇珞挺翹的屁股，「那腳步聲是你老公我？」

「啊？」蘇珞愣了一下。他先入為主地認為學校鬧鬼，入戲太深後，智商著急。

「誰、誰是我老公！」這會兒蘇珞的智商回來了，示威般地一揪昊一的襯衫領。「我才是你老公，正宗的！」

「啊～是嗎？」昊一笑著，瞇著的眼裡像藏著星辰，閃亮得很。「那是我弄錯了。沒辦法，第一次找到愛人，對稱謂還不太瞭解。那麼～我親愛的老公，你這麼急著跑出來，是要去哪呢？」

蘇珞的臉更紅了，心跳得比剛才以為見鬼還要快、還要不知所措。他兩手勾著昊一的脖子，決定做點什麼。他才不會因為昊一一句「親愛的老公」就認輸。

然而，他微微張著嘴巴，只覺得在昊一含笑的注視下，心跳越來越離譜，呼吸也變得灼熱，無路可逃之下，索性把臉往昊一溫熱的頸項間一埋，是鴕鳥本鳥了。

昊一愣了愣，他知道蘇珞會害羞，可不知道會是這樣可愛的反應，熾熱的鼻息噴灑在鎖骨，讓他的心跳一口氣拔高。

「那個……」蘇珞小聲開口：「放我下來，我要去廁所……」

「我知道在哪。」昊一低頭嗅著蘇珞蓬鬆髮絲間的信息素香味。「我剛才路過，帶你過去。」

蘇珞微微抬頭，是想抗議來著，但最後還是繼續發揚鴕鳥精神，讓昊一抱著他，步履穩健地往洗手間的方向走。

之前他還嫌棄走廊很暗、雲層太厚，還有穿過校舍的呼呼風聲，現在卻覺得剛好，這樣黑魆魆的就沒人看得到也沒人聽得到他們。

這世界彷彿只剩下他們，蘇珞忍不住開口：「昊一，我說出來你可別笑。」

「嗯？」

「我感覺……」蘇珞抬起頭，臉色依然緋紅。「眼下的我們擁有全世界。」

昊一停下腳步，注視蘇珞的眼裡盛滿溫柔，點頭道：「嗯，我也這麼覺得。」

「還有，」蘇珞輕輕晃了晃兩只腳丫，「我又發現一個有男朋友的好處。」

「是什麼？」

「出門不用帶腿～」蘇珞嘿嘿地笑了，「享受了小孩才能享有的特權。」

「我怎麼覺得剛好相反。」昊一笑得寵溺，「明明是你給了我寵你的特權。」

「是這樣嗎？」蘇珞想了想，得意地笑起來。「沒錯，我是老公，寵老婆是應該的嘛。」

然而，這笑容沒能維持住一分鐘。

「你、你幹嘛？」蘇珞站在小便斗前，正要拉下制服褲子的拉鍊，昊一就伸爪過來。

「幫你扶著，你可以一邊玩手機一邊尿尿。」昊一回答得正大光明。

「靠！滾蛋！誰會那樣上廁所啊！」蘇珞面紅耳赤，進入狂懟模式。「你還盯著看！尿尿有什麼好看的！」

「你尿尿的樣子就是好看啊。」

昊一笑咪咪的，完全不怕已經羞到炸毛的蘇珞。

「你少放屁！快給我滾出去！走開！」

蘇珞腳踹昊一的屁股，把他趕出洗手間。

「可是外面好黑哦~」正當蘇珞扶著「蘇小弟」準備痛快地一瀉千里時，昊一又探頭進來道。

「討厭！」蘇珞不得不怒吼，再次趕走礙事的昊一。

……等嘩嘩地洩洪完畢，蘇珞站在水龍頭前洗手，鏡子裡的他簡直像顆紅富士蘋果，整張臉紅彤彤的，透著一股果熟的香。

「老公什麼的，心好累啊。」蘇珞感嘆著，把冷水往臉上潑。被昊一這麼一鬧，還以為會尿褲子上呢。

「這傢伙就是故意捉弄我的吧。」蘇珞氣呼呼地擦乾手後來到走廊上。

正如昊一說的那樣，走廊上很黑，洗手間的燈光不足以照亮。

只是，就在那一刻，一片烏雲移開，把透亮的月光灑到昊一身上。

他就像月宮上下來的仙人，從頭到腳都籠罩著一層朦朧且發亮的光。

蘇珞吃驚地看著，心一下子揪起來，因為昊一看著像是會被月光融化，消失在走廊上。

他望向窗外的神情是那樣疏離，彷彿承受太多事之後，變得不再相信這個世界。

蘇珞不由得放緩腳步，悄悄走過去，握住昊一垂在身邊的手，然後鬆了口氣地把下巴擱在他的左肩上。

昊一似乎這才發現蘇珞靠近了，臉上頓時浮現溫柔的笑。

可不等他開口，蘇珞便問：「你今天回家去了吧？還有大型派對，是嗎？」

昊一眨了一下眼，然後左右一看，走廊上依舊空無他人。

「你看什麼呢？」蘇珞問。

「我在想，在我的律師到場前，我是不是該保持沉默……」

「嗄？」蘇珞哭笑不得。昊一家裡有派對是聽秦越說的，還說那一定是昊一父母安排的社交活動，就和那些鋪天蓋地的司法考試榜首新聞一樣。

「昊一就像工具人一樣。」秦越說，「不管是在他爸爸那裡，還是媽媽……」

「他媽媽對他不好嗎？」蘇珞問。

「正好相反，他媽媽把對未來的美好希冀都押在昊一身上了。」秦越道，「她太喜歡昊一這個兒子，可偏偏她對Alpha信息素太敏感，都沒辦法親近兒子，或許因為這樣，她總覺得虧欠昊一，總想給他最好的……」

「當媽媽的都想給孩子最好的。」蘇珞道。

「嗯，話是這樣沒錯，可是，那些東西不是你需要或者喜歡的話，也是滿痛苦的一件事吧。」秦越感嘆，「有句話說得好，被人期待的同時，壓力也會飆升，何況昊一要從他媽媽那接手的，是那麼龐大的一個醫藥集團。」

想到秦越的話，蘇珞忍不住問昊一：「你在派對上遇到什麼事了？」

「嗯。」昊一點頭，看著蘇珞道：「我被『綠』了。」

「你被什麼？」蘇珞瞪著昊一，眼睛瞪得比貓眼還圓。

WTF，我男朋友被綠了？蘇珞心裡驚嘆，這事我怎麼不知道？

※

「這是你們的餐點，請慢用。」店員送來雙份熔岩蛋糕和奶茶。

「謝謝。」蘇珞微笑地接過。他還是第一次在晚上八點來咖啡店吃東西……準確來說，是昊一把他帶來的。

在昊一甩下重磅話題「我被綠了」之後，他什麼都沒解釋，只說這家店的蛋糕很有名。

「現在是悠哉吃蛋糕的時候嗎？」蘇珞皺一下鼻子，拿著甜品叉子狠狠戳住蛋糕，問昊一：「你這傢伙，不會還有別的男朋友吧？」

「沒有。」昊一搖頭，態度誠懇。「我就你一個男朋友。」

「那為什麼要說『被綠了』這樣沒頭腦的話！」蘇珞氣呼呼道，「我哪有綠你啊！」

「這件事說來話長。」昊一視線往下，看著被屠戮的蛋糕。「其實，我有一個未婚妻。」

「你有什麼！」蘇珞手腕猛地一震，雖說不是故意，但蛋糕連同叉子直接甩到昊一頭上，那奶香濃郁的可可爆漿順著額角流淌，長長的睫毛上都掛著漿，更別說它還在往下滴，把寬鬆的白襯衫弄得點點「汙泥」。

昊一就像剛結束鐵人三項，從泥潭裡爬出來，這樣的動靜瞬間引起全店矚目。

店員驚叫著：「哎呀，我去找條毛巾來。」

原本昊一進店的時候，就有人面露喜色地看著他竊竊私語，還有人直接掏手機拍照。畢竟大帥哥嘛，走到哪裡都是C位。

可現在蘇珞覺得很煩，尤其他們還在說：「有沒有搞錯？這麼凶？」

「就是啊，這可是公眾場合……」

「弄不懂這麼帥的Alpha怎麼會有這麼沒道德的朋友……」

「呵！」蘇珞都給氣笑了。這是什麼八點檔狗血劇？還沒道德？到底哪邊才是劈腿的混蛋啊！

「沒事的。」昊一把蛋糕拿下來，用紙巾擦了擦眼睛。「你先別生氣。」

「我能不生氣嗎？」蘇珞的手指還在抖，眼底更湧出一股酸澀。「未婚妻？你認真的嗎？」

「都是我父母安排的。」昊一收拾著自己，然後像是擔心蘇珞會跑掉，直接坐到他身邊。

那是靠牆的卡座，蘇珞確實失去了唯一的出走路徑。

「你讓開！」蘇珞皺著眉頭盯著昊一。「我現在不想看到你。」

「事情不是你想的那樣。」昊一道。

「那未婚妻是假的？」蘇珞反問。

「……是真的。」昊一看著蘇珞，顯得無奈。「抱歉。」

「這樣看來，被綠的人是我才對啊。」蘇洛以為自己會氣得跳腳，或者暴揍昊一一頓，可是瞬間被撕碎的胸膛裡只有一種衝動，就是儘快離開這裡，沿著馬路飛奔，去哪裡都好，反正不想留在這，聽昊一繼續說這是他父母的選擇，他也沒辦法之類的。

「蘇珞，你冷靜點，我們談一談好嗎？」昊一緊緊握住蘇珞已捏成拳頭的手。

「我很冷靜，只是不想和你說話。」蘇珞看著他，淚水已然在眼底打轉。

「你讓我走，不行嗎？」

「我不能放你走。」昊一說著，更握緊他的手。「也不可能放開你。」

「啊~抱歉，這邊的車位太難找了……」活潑的語氣多少打破此刻的僵持，同時出現的還有比蛋糕更甜美的信息素。

——是Omega。

蘇珞抬頭，看向那個突然出現在桌邊的女生。

女生也在看到他們後，露出十分驚訝的表情。「哎呀，這是要分手了嗎？」

「妳想得美。」昊一眼神很凶，語氣也冷得可怕。

「哈哈。」女生反而笑起來，「好吧，我確實想得太美。」

「妳怎麼會在這？」蘇珞看著女孩，一臉意外。

意識到蘇珞認得女生，昊一的臉更臭了。

「你還記得我？」女生喜出望外，還伸出手想和蘇珞握手。

可蘇珞的手被抓在昊一的手裡，女生看到了，笑了笑，不慌不忙地坐下來。

「有話就快說吧。」昊一從沒像現在這樣，顯得超級沒耐心。「他都誤會我了。」

「哈哈，是嗎？」女生笑得更開心了，對蘇珞道：「我就說你還記得我，但昊一說不可能，因為他就不記得。這事情想想確實離譜，我那時可是在發情期，他居然不記得……」

非限定Alpha——米洛

蘇珞看著女孩，說實話，不知道該先吃驚哪件事。是她直接就把在電影院遇襲且發情的事說出來？還是她突然出現在這，並表現得一副和昊一很熟的樣子？

不過有一點可以確認，她恢復得很好，不管是精神狀態還是身體狀況。

那略施粉黛的樣子，才顯出她真實的年紀……大概和昊一同年。

「我一直想聯繫你，當面感謝你的幫助，但他們都不給我你的聯繫方式，大概是不想我和一個Alpha走太近吧。」女孩在昊一的「注目禮」下滔滔不絕地說著，而且語速越來越快，簡直是二倍速，聽得蘇珞都不得不打斷她。

「什麼，妳就是昊一的未婚妻？」

「是啊，昊一沒說嗎？」女孩笑嘻嘻地道，「真是孽緣啊。」

「嗯，確實孽緣。」昊一點頭。

「所以，你們現在是要幹嘛？」蘇珞都聽糊塗了。他就像在看偵探劇，凶手只有編劇才知道。

「你放心，我有真正喜歡的人，我和昊一是不可能在一起的。」女孩道，「可現在貿然結束婚約的話，我不知道又會被塞給哪個人，所以我們想暫時保持這種關係，直到我們可以成功結束婚約為止。」

昊一在搭計程車離開家的時候，被女孩攔下了。女孩拉著他，說了自己的計畫。

蘇珞看了看昊一，昊一點點頭，女孩便繼續說道：「我不騙你，這是真的。」

「我能相信他，」蘇珞看著女孩道：「可妳……不是才結束一段戀情嗎？」

電影院裡的渣男，現在正在看守所裡等著被判刑。

「他是我的相親對象，因為兩邊家長都竭力撮合，實在推不掉，我才和他交往。」女孩苦笑了下，「他是個極度自以為是又暴力的男人，說實話，我正為沒法擺脫他而苦惱。一想到要為這種Alpha生孩子，真是想死的心都有了。但是……」

女孩又嘆了口氣：「Omega很少有選擇的權力，就算心裡有喜歡的人，到最後還是得和Alpha在一起，不是嗎？既然如此，那我乾脆早點結婚，爸媽也不用再擔心我在街上突然發情之類的。」

女孩抬起頭，看著蘇珞和昊一說：「你們大概體會不了這種恐懼吧？這種身不由己、尊嚴掃地的事，我只要想一想，就會渾身發顫。所以，我才對父母妥協了，但沒想到還是發生那樣的事，要不是你們救了我，我現在……才是真正地絕望吧。」

「謝謝你們。」女孩誠懇地道：「你們從各方面救了我。我還要對你們說聲抱歉，讓你們看到那麼難堪的畫面。」

女孩指的是她哭著求旲一標記自己的事。

「妳那時也是迫不得已。」蘇珞安慰道，「沒人想發生那樣的事。」

「話雖如此，可是你們都忍住了，並沒有傷害我。」女孩看著蘇珞，滿眼感恩。「你甚至還阻止旲一靠近我。你明知道他在易感，一個易感且頂級的Alpha是會為Omega殺人的。」

「那你應該感謝旲一，」蘇珞道，「說到底，還是他控制住了局面。」

「我已經謝過他了。」女孩笑得很甜，「可我始終覺得，如果不是你在場，事情會發展成什麼樣還真難說。」

「那妳現在的意思是，要對我們報恩，所以想要和旲一維持虛假的訂婚關係？」蘇珞始終沒有忘記重點，看著女孩道。

「不是哦。」女孩搖搖頭，「我給旲一的提議是，如果他准許我來見你，那他想要做什麼我都可以配合，比如假裝我們很恩愛……」

「什麼？」蘇珞很不解，「為什麼妳非要見我？」

「因為，」女孩依舊笑咪咪，只是此時眼裡閃著一些淚光。「我喜歡你啊，蘇珞。」

「什麼！」伴隨蘇珞不由拔高的尾音，是昊一越加難看的臉色。

晚上八點半，三人從蛋糕店出來，女孩心滿意足地揮手後回家去了。

「你的態度也轉變得太快了。」昊一看著蘇珞心情大好的樣子，忍不住道：「就這麼開心嗎？」

「被人喜歡當然開心啊。」蘇珞笑著點頭，「而且事情都說開了，等於交到一個新朋友。」

「可我不開心。」

「別這麼小氣呀，昊一，你有這麼多人喜歡，我才一個……而且我都已經明確拒絕她了。」

「她短期內都沒辦法忘記你。」

「這我也沒辦法，只能祝她早日找到真心人吧。」蘇珞由衷地說，「像我一樣。」

「哼！」

「哼什麼哼？」蘇珞勾住昊一的脖子，像兄弟間相約打球似地說：「今晚在我家睡吧。」

「嗯？」昊一以為自己聽錯了，或許蘇珞說的是一起打籃球。

「你這樣子怎麼回去？」蘇珞扯了扯昊一的襯衫，「真的很髒。」

「……謝謝。」昊一看著蘇珞，一本正經地說。

「這有什麼好謝的。」蘇珞笑了，「衣服也是洗衣機洗。」

「你剛才對她說，你相信我。」昊一認真看著蘇珞的眼睛，「這對我來說很重要。」

「你也相信我啊。」蘇珞同樣看著昊一的眼睛，「要不然，你怎麼會把她帶到我面前。」

昊一笑了。確實，在聽到女孩說喜歡蘇珞後，他恨不得立刻把蘇珞藏起來。可是，聽女孩說她一直在找蘇珞，他又能理解她的心情。

曾經，他也是這麼大海撈針地找著蘇珞……

「昊一你明明就很吃醋，可還是幫助了她。」蘇珞微微笑著，「我男朋友果然很溫柔。」

「其實，」昊一看著蘇珞道：「我只是想讓她徹底死心。你是我的，她哪怕是暗戀都不行。」

「哈哈。」蘇珞大笑起來，「那你大可放心，除了她，根本沒人會暗戀我。」

「……」昊一愣住了。

「怎麼？我說了很奇怪的話嗎？」

「蘇珞，你根本不知道自己有多受歡迎。」昊一拉住蘇珞的胳膊，將他抱進懷裡。「也不知道我都快醋瘋了……」

「所以今晚這麼鬧彆扭嗎？」蘇珞拍了拍昊一的肩，「你這壞蛋，竟然汙蔑我劈腿，是想回家跪鍵盤嗎？」

「怎樣都行。」昊一牽住蘇珞的手，一副再也不會放開的樣子。「你帶我回家吧。」

※

「鏘鏘～！」蘇珞攤開雙手，向昊一展示他忙了半小時的成果——一張緊挨著床的地鋪。

「這是什麼？」昊一問。他剛洗完澡，從頭到腳香噴噴的，是蘇珞家的味道。

「地鋪啊，你沒睡過？」蘇珞坐下來，拍了拍身下軟軟的褥墊。「我小時候害怕床底下的怪物時，就會把被子拖到地上來睡，這樣就能看到床底下其實什麼東西都沒有。」

「我弟弟也會這樣。」昊一微笑，「不過大多時候，他都是哭著來找我，然後是爸媽、家裡的小狗，總之，得全家總動員才能把他哄睡。」

「哈哈，真是幸福的小孩。」蘇珞瞇起眼，彷彿他也是一個幸福的小孩，但昊一知道，他只是在替自己的弟弟高興而已。

記得蘇珞說過，他的父母會離婚，和長時間聚少離多也有關係，他們都是被工作捆住的大人。

想想也是，父母但凡有一人在家，蘇珞也就不會孤單地蜷縮在地上，盯著黝黑的床底下。

「既然有怪物，」昊一蹲在地鋪前，挑起眉頭問：「我們為什麼還要分開睡？」

「這個……」

蘇珞本想回答，可視線不覺落在昊一紅潤的唇上，心思不由歪了。

——啊，昊一看起來好好親的樣子……事實上確實很好親，唇瓣總是軟軟的、暖暖的……

想到這，蘇珞不由自主舔了一下乾燥的唇，胸膛跟著燥熱起來。

「蘇寶，和我一起睡嘛，我會把嚇唬你的怪物全都打跑的。」昊一說著，伸手抓住蘇珞的腰。

「哪有怪物，我已經不是三歲小孩了。不行，我們今晚必須分開睡！」蘇珞往後退，臉孔卻變得滾燙。「都十點了，還不睡覺的話，明天上課遲到怎麼辦？」

「可以請假。」昊一認真地說，因為泡澡而格外柔軟的指腹，探進蘇珞制服的下襬。「學校沒有我們，依舊可以運轉哦。」

「等一下！你在摸哪裡啊。」蘇珞一把按住那隻把他撩得心慌意亂的手。「別開玩笑了，又蹺課，我爸非宰了我不可。」

「這種時候，」昊一歪過頭，委委屈屈地說：「為什麼要提岳父大人……」

「他為了讓我們能好好用功，都把小鴨子帶走了，而我為了不辜負我爸的心意，決定今晚就分床睡，這樣我們還能談談心……」蘇珞道。

鬼知道他在心裡把這段話練習了多少遍，因為他總覺得昊一有心事。昊一今晚回家去，應該不只是「被相親」而已。

他的大法官爸爸肯定還說了別的事，但不管是什麼，蘇珞都想幫昊一分擔一下，哪怕只是聽他發一頓牢騷。

「談心的話，抱一起談不是更方便？都說促膝才能長談嘛。」昊一不死心似地摟緊蘇珞的腰，這時，放在床頭櫃上的手機響了。

昊一拿過來一看，是教授打來的。

「你等我一下，我去外面接。」昊一站起身去客廳講電話。

似乎是助教相關的事，蘇珞聽到昊一說「備課、試卷」之類的。

「還說學校沒有他一樣可以運轉，明明就有很多事。」蘇珞笑著搖頭，從地鋪爬起來去洗澡。

來到浴室的鏡子前，他才發現自己臉紅得像剛洗完澡。

「我也想和你一起睡，可是……」兩人聊著聊著又變成親親抱抱的話，會感覺他們之間的聯繫只有性愛而已。

即使明白他和昊一不是炮友關係，可昊一心裡明明有事，卻不願和他說，感覺真的不太好。

「嘴巴長在那裡，就是要拿來說話的啊。」蘇珞盯著鏡子，摸了摸自己的嘴唇，又想到昊一紅潤柔軟的唇，忍不住傻笑一下。「不過有的人，嘴唇就是秀性感的……嘖咩！我不能見色起意，我要hold住！」蘇珞打開龍頭，往自己臉上潑冷水。「H什麼的改天也行，但談心這種事，錯過機會可就難了，等會兒不管昊一怎麼撩我，我都要心繫天下，以蒼生為重，念天地之悠悠，獨愴然而涕下……」

咚咚！浴室門敲響，門外傳來昊一的聲音：「蘇珞，你在叫我嗎？」

「啊，沒有，我自言自語啦！」蘇珞忙道。

「哦，水別開太冷，會感冒的。」昊一說完就離開了。

正打算把冷水龍頭轉到最大的蘇珞愣了一下。這傢伙怎麼什麼都知道啊？那他知不知道什麼事都自己扛著，是會傷他這個男朋友的心的。

「昊一用的是這款草莓香氛的沐浴乳吧。」蘇珞站在蓮蓬頭下，拿起那瓶粉嫩的草莓牛奶沐浴乳。那是他前幾天在樓下超市買的，本來想買的是柑橘味，但是缺貨了。

「這香味也太軟萌了吧！」明明是很可愛的香氣，可剛才從昊一身上散發開來時，只顯得性感，像香甜的雞尾酒，會讓人不覺臉紅心跳。

「我這是怎麼了……」蘇珞回神過來，才發現自己猛嗅著沐浴乳香甜的氣味。都已經饑渴到這分上了嗎？連昊一用過的沐浴乳都不放過？太凶殘了啊！

蘇珞越是面紅耳赤地想著：我好離譜哦……下半身就越興奮地豎起旗幟。

「呵，Alpha，果然誠實。」蘇珞自嘲道，順手把水量擰到最大，唰唰地沖著

非限定Alpha——米洛

浴室地面，像驟雨一樣急。

然後，他往手心擠上一坨沐浴乳，握住自己的「弟弟」後，快速搓弄。

……甜膩的香味在水霧的擴散下更加濃郁，蘇珞不由得張開嘴才得以喘息，心跳得像擂鼓，一邊譴責自己怎麼可以這樣好色，一邊忍不住想著昊一性感的眉眼、緊實的腹肌……想著他高潮時對自己那種熾熱又瘋狂的凝視……真的好棒……

「啊啊……忍不了了！」就在蘇珞躬下腰，準備一口氣射出來時，腦海裡突然浮現向他興奮搖手、說著再見的女孩。

那個Omega的信息素，和眼下的沐浴乳香氛很像……

「什麼鬼！」蘇珞驚得渾身一哆嗦，「弟弟」也瞬間疲軟，等凍住的血液隨著灑下的溫度回流，那震駭欲絕的感覺，讓心臟失控般地狂跳。

「我不會是被Omega影響了吧……」想到這，蘇珞用力甩頭。「這怎麼可能？我又不喜歡她，我喜歡的是昊一……所以他們才把Omega介紹給昊一嗎？因為無法違抗本能？」

蘇珞抱住自己不住顫抖的身體，腦袋裡變得很混亂。

可以肯定的是，他不喜歡那個女孩，不管她是不是Omega。

可是身體卻有易感的前兆，在草莓牛奶的香甜味道裡變得異常燥熱……

※

「你再晚一分鐘，我就要進去抱你出來了。」昊一坐在地鋪上，一看見蘇珞就放下手裡正在看的法學書。

「哈、哈哈，洗熱水澡很舒服嘛。」蘇珞摸著還有些潮濕的後頸。「那麼，晚安囉。」

不等昊一說什麼，蘇珞就長腿一跨躍上床，裹緊被單，開始自閉。

對於蘇珞擅自取消談心這件事，昊一什麼也沒說就躺下來，還把燈關了。

一瞬間的漆黑，讓蘇珞的心情更加鬱悶。或許昊一也不想談什麼心，才會這麼乾脆地選擇睡覺。

「蘇珞。」昊一的聲音忽然響起，在這黑暗裡似水溫柔。「我想在睡著前告訴你一件事。」

「嗯？」蘇珞背對著昊一，像蠶蛹般蜷縮成一團，但眼睛瞪得老大。他本來就沒有睡意，而且剛才的事把他嚇得不能再更清醒了，今晚肯定會失眠……

「是關於那個女孩的事。」

「這件事不是已經結案了嗎？」不知道是不是心裡有鬼，蘇珞打斷道：「而且我們以後也不會做假訂婚的事，這對女孩來說很不公平……」

「嗯，我想說的是，她出現在我面前時，我不是假裝不認識，而是真的沒認出她來。」

「什麼？」蘇珞愣了一下。「這怎麼可能！你記憶力那麼好，而且她那時可是在發情期……」

Omega發情時的信息素對Alpha來說，就像把文件存進硬碟，只要檢索相關詞條就能瞬間找到該文件。

這樣的記憶不是一個Alpha想當作不存在就真能不存在。正因為印象極為深刻，他才會在聞到類似氣味的沐浴乳時，一下子想到那女孩。

這感覺真的太糟糕了！

蘇珞甚至覺得，經歷剛才的事情後，自己可能一輩子都沒辦法再硬起來。畢竟在最「快樂」的時候，竟然想到其他人，這和劈腿有什麼不同？

就算他不是故意的，腦袋裡依舊想到了她。

就像在經歷某種悲慘的宿命一樣，心裡再怎麼抗拒也敵不過殘酷的現實。

——這個世界，只有Alpha和Omega才是天生一對。

就算把那瓶沐浴乳倒進馬桶，就算身上洗刷了N遍，都快磨脫皮，那又怎樣？

除了可笑和無力感，剩下的就只有難過……真的很難過。

「蘇珞，我要說出來，你可別取笑我。」昊一柔聲道：「那個時候，她是在發情沒錯，只是我滿腦子想的都是你，所以我根本聞不到她的信息素，我能感受到的也只有你一人的信息素。」

「什麼？」蘇珞不由得爬坐起來，轉頭看向昊一的方向。

「就算那女孩再怎麼纏著我，」昊一這麼說的時候，似乎是撓了一下頭，「在我看來，都只是妨礙我得到你的障礙物。我急於排除掉一切障礙，甚至對她說：『妳再出現我就殺了妳。』」

昊一頓了頓，很快道：「那女孩對我說，她這輩子都忘不了我當時的眼神，真的太恐怖了，Alpha的本性就是凶殘。她還說，只有蘇珞——你是特別的，就算面對一個發情的Omega，你還能保持理智與善良，所以她很喜歡你，喜歡到就算明知道會被你拒絕，還是堅持要向你告白……」

「昊一，你要真是那種凶殘的Alpha，她才不敢向我告白。」蘇珞的聲音聽起來悶悶的。「正好相反……正因為我們都拿著好人卡，她才想幫我們不是嗎？」

非限定Alpha——米洛

「是這樣嗎？」昊一輕聲道：「我還以為你會覺得我很奇怪。」

「誒？哪裡奇怪？」

「就是……怎麼可以對你的占有欲強烈到想殺人的地步。」昊一緩緩嘆口氣，「像是有那種變態的慾望一樣。」

「怎麼會，你不知道你現在說的這番話……到底有多『救命』。」

「誒？」昊一這才察覺到蘇珞的聲音越發不對勁了，沙啞又哽咽。

他伸手想去打開床頭櫃上的燈，但猶豫了一下。

然後，他還是把燈按亮了。

那是一盞星球燈，上面還有太空人。

燈光驅散黑暗，原本像是在黑暗宇宙兩端的兩人，瞬間挨得極近，彼此的樣子都清晰落在彼此的眼裡。

昊一正在害羞，他的耳朵是從未有過的緋紅。

蘇珞抱著雙膝，滿臉淚水，激動的情緒讓他的雙頰通紅。

「蘇珞？」昊一吃了一驚，「你怎麼了？不會是被我嚇到了吧？」

「沒有，我、我只是……覺得能遇到你……太幸運了……你總是在我最需要救命的時候……伸出手救我。」

「你在說什麼？」昊一還是沒聽懂蘇珞的話。

「我在說，只做一次的話，不會影響明天上課吧。」蘇珞紅著眼眶，笑意盈盈地說。「怎麼樣，我對你的欲望也是變態級的哦。」

※

「怎麼？之前還說對我的欲望是變態級，現在就害羞了？」昊一溫和的男低音透著無辜的語氣。

無辜而誘惑，讓蘇珞的臉孔再度爆紅。

他想回對：「你小子玩得這麼花，還好意思嫌我動作慢！」然後就想到昊一提議「69」什麼的，他只在H漫畫上看過，當時他就覺得願意這麼做的人，一定是真愛吧，不然怎麼會有勇氣擺出這樣色情的姿勢——把脫得光光的屁股騎到戀人臉上，還要去舔戀人的大雞雞。光是看漫畫描繪，都驚得要掉下巴。

「唔……看來我還是草率了。」蘇珞嘆道。

「嗯？」

「早知今日，我當初就該把漫畫仔細翻一翻，而不是掃完就過。」

「什麼漫畫？」

「就……漫畫啦，你不需要知道，我只是在自言自語。」蘇珞難掩害羞地舔了舔嘴唇。眼下的他，正如漫畫描繪的那樣，全身赤裸、雙膝彎曲地跨在昊一躺平的身上。

他不知道該把注意力放在自己的屁股，還是尚且被三角內褲包裹住的昊一性器。

這也是為什麼他會想起漫畫的原因，總覺得姿勢沒擺到位。下一步該怎麼做來著……

蘇珞心嘆：「唉，後悔當時看得三心二意，哪有人邊看H漫邊想程式架構的。」

他彷彿能看到H漫扠腰大笑：「呵呵呵，曾經的我你愛理不理，如今的我你高攀不起～」

「蘇珞，你的屁股可以再放下來一點，像蜷睡在我身上。」大概是看出蘇珞的緊張，昊一一直撫摸著他的腰，讓他放鬆。「你男朋友很結實，壓不壞的。」

「當然，你又不是充氣娃娃。」蘇珞忽然又想到網上的哏，便笑著說：「你知道的吧？『你女朋友漏氣了。』」

「是什麼？」

「就是調侃單身狗的。」

「哦～」

「還有：『你男朋友漏電了。』」

「是電動按摩棒？」

「正解，不愧是學霸，解哏超快的。不過嘛……」蘇珞下意識吞咽一口唾沫，盯著那像帳篷般突起的部位。內褲都快繃不住了……勒出色色的形狀。

『我們才剛接過吻……他就這麼這麼硬了。』

蘇珞暗暗感嘆，伸手去脫昊一的內褲，就算有心理準備，那東西猛地彈出來時，他還是輕抽一口氣往後仰頭。

『哇靠！好大啊！』

比起Ｈ漫畫中特寫的大雞巴，這三次元的「弟弟」顯然更驚人。

蘇珞的視線不由得自上掃到下，從那凶猛的蘑菇狀莖頭開始，到粗壯的莖杆……那上面的經脈像大樹根鬚般浮突著，讓本就壯碩的杆體更顯粗獷，更別說下方還綴著兩顆沉甸甸的、一看就蓄滿子彈的囊袋。

『就算Alpha被稱作播種機，昊一這個也太過分了吧。』

蘇珞不由自主地張著嘴，哪怕不止一次感受眼前這玩意兒的凶猛威力，也還是會在看到的那刻瞬間失語，與此同時，彷彿被火龍捲颳著一般的燥熱感，也沿著下腹燒遍全身。

「不過什麼？」昊一問，溫熱的氣息吹到蘇珞那毫無防備的蛋蛋上，「小弟弟」便更往上翹了翹。

對於近距離觀賞到昊一霸氣的大屌，自己就騷到「弟弟」完全硬了這件事，蘇珞羞得是胸膛都在燒燙，而且完全不明白這是怎麼回事。他又不是大雞巴愛好者，怎麼就搞得很垂涎那玩意兒似的。

「我是說，你的『弟弟』是什麼按摩棒都比不了。」蘇珞像要證明自己的理智尚在線，並沒有被昊一的大雞雞誘惑到一樣，向上撩了撩自己的頭髮，秀著機靈。「假的畢竟是假的，那些震動再厲害，也都是程式寫出來的。」

「那如果用按摩棒插入你這裡的話……」昊一說著，手指壓上後穴，緩緩揉弄著。從緊窄得只能插入一根手指，到能把他的性器完全納入，任由他貫穿……蘇珞身體的變化實在是太色了。

蘇珞卻沒有意識到，像他這樣高敏感的身體到底有多勾引人，還總說些撩人而不自知的話，昊一覺得再這麼下去，根本不可能只做一次就滿足。

儘管他們剛才說好了，為了明天不曠課，今晚就只do一次。

「這麼可愛的地方，」昊一的指尖撥開嫩穴插入進去，立刻感受到極致誘惑的吸納感，他繼續道：「就是在被程式上囉？」

「幹！你這話也太下流了。」蘇珞身體一顫，不覺夾緊伸進來的指尖。「誰要被程式上啊……」

「那你還咬得這麼緊，明明很期待啊。」昊一輕聲笑著，指頭被勾得一直往裡鑽，那軟軟的內壁有著不可思議的熱度，都能把手指融化。

「那、那是因為進來的是你啊。」蘇珞飽滿的臀肌一顫一顫地發抖，連帶後穴也似在吮吸指尖。「才不是什麼程式按摩棒的關係……你這個笨……啊！」

蘇珞急於辯解，可手指的動作突然變得激烈，一口氣插到底不說，指腹還在裡頭打轉，拓展深處。

「啊……唔啊……」沒用潤滑液的手指多少讓蘇珞感受到一點疼，可又不完全是疼，更像某種說不出的焦躁，他超想伸手去愛撫自己的「弟弟」，可下意識覺得這種「不適感」不是套弄「弟弟」就能緩解的，而是需要別的什麼……

「唔……呼……呼！」他的呼吸變得紊亂，雙手不知所措地緊抓昊一的大腿，而正當他的注意力全集中在指尖的逗弄時，手指卻突然拔出，指腹狠狠刮過內壁的刺激，讓蘇珞腰部猛地一震，差點沒跪穩。

想著他要是一屁股坐到昊一臉上，可就太社死了……

然而，蘇珞才抬起些屁股，昊一就伸手抓住他的兩瓣臀，下一秒，蘇珞「哇！」地大叫出來。

「靠！你怎麼還咬人呢～」蘇珞翹嘟嘟的屁股竟然被昊一咬了，不疼，但丟臉。

「看起來很好吃的樣子。」昊一鬆口後還咽著口水說，「我沒能忍住……」

「你再咬我一口試試！」蘇珞面紅耳赤地道：「我抽你『弟弟』。」

大約是這個恐嚇起效了，昊一倒是沒再咬蘇珞的屁股，蘇珞才得意地想要說些什麼，屁股又被抓住，有什麼東西湊上來，熱呼呼地抵住那裡。

比手指柔軟許多，也更濕潤的東西，以淫猥的姿態入侵他的體內。

「你、你！」蘇珞一個激靈，背部汗毛都豎起來。柔韌的舌在入口處滑進滑出的濕熱感，羞得他滿額通紅，就算之前也做過，可再來一次他還是一樣受不了。

不，是感覺更為鮮明強烈了，顯然比起以往的懵懂，現在的身體食髓知味，對肆意舔弄身體內側的異物不但不排斥，反而相當期待。

——期待獲得更多的、更熾熱的快感。

可蘇珞不想承認，不管是用手指還是舌頭，只要是被逗弄屁股裡面，他的「小弟弟」就會一跳跳的，興奮莫名，就算現在都不算完全插入，也讓他難耐得想扭腰。

可昊一的手卻牢牢抓著他的臀，不讓他躲，舌頭一個勁往裡鑽，像觸手怪一樣，蘇珞被舔得渾身發燒般地軟，手肘更是脫力地一彎。

「啊。」沒想到，他這一趴下，臉孔正撞上昊一那高昂著的巨根，像被什麼軟膠棍棒抽到一樣，鼻梁還挺疼的。

靠！被「大雞雞」打臉！這是怎樣鬼畜的場面。

蘇珞的臉都綠了，是可忍孰不可忍，他抓住那玩意兒就一口「咬」進嘴裡。

『唔，好燙……』

蘇珞邊用軟腭磨蹭著頂部，邊感嘆昊一這傢伙真是悶騷到極致，明明都硬成這樣了，還擺出一副遊刃有餘的樣子。

『他一點都不著急嗎？不想要我嗎？』

『可是他的舌頭動得好色啊……可惡，誰能想到我還有被舌頭幹的一天……那裡……啊……想要他更裡面一點……』

『靠！我想什麼呢。』

蘇珞搖晃腦袋，努力吞吐昊一的肉棒。

他雙眼不覺閉起，除感受到被舔弄的後穴變得越發滾燙和濕潤，也舔舐到昊一溢出的精液。很顯然，他射精感強烈。

『昊一也太能忍了。真是的，我要是不想吞的話，就不會幫你口啊……當然了，這種話我也只在心裡想想，打死我都不可能說出口……』

蘇珞心跳快得飛起，腦袋裡卻出奇冷靜，彷彿被慾火焚燒的軀體和自己的思維處在不同的空間，甚至覺得隨時能停下眼下的行為，並寫出一套程式代碼。

「唔……呵……」蘇珞粗重地喘著，將濕透的肉棒吐出。不知是口水還是精液，或許兩者皆有，在他的唇上和肉棒間拉出曖昧的絲線。

『……會射我臉上嗎？』

蘇珞眼睛半瞇地看著濕漉漉的頂端，以及突突跳動的經脈，什麼也沒想地用力撐起酥軟的身體。

昊一似乎想讓蘇珞射出來，正撫摸著蘇珞的「弟弟」，並親吻他的大腿內側。蘇珞突然的抽身，讓昊一一愣，啞著嗓子問：「我弄疼你了嗎？」

「沒有，不是。」蘇珞跪坐床上，看著性感到令人目眩的昊一。

然後，他又站起來，跨坐到昊一的大腿上。

蘇珞低頭看著昊一，眼底掬著一汪淚水，如春溪蕩漾。

「……我想要你進來，射在裡面。」蘇珞沙啞地說，右手握住昊一凶猛的肉棒，抵在自己的股間。

昊一眨了眨眼，吃驚地看著他。

那緋紅的臉頰，如綻放嬌豔的桃花。

輕輕咬著的嘴唇，則像剛喝完奶茶一樣，特別濕潤，閃著亮光。

蘇珞似是想把此刻「丟人」的表情藏起來，可這樣的騎乘姿勢無疑怎麼躲藏都無用。

「蘇珞，如果你每次易感都這麼可愛的話，」昊一像是已經知道蘇珞陷入易感前兆。「我可真的是……」

「少囉嗦！」蘇珞往下一壓臀，碩大的前端就頂入他的體內。「嗚！」他以為自己能控制住身體，卻沒想腰一下就軟了。

好燙！結合的地方似要燃燒起來，癱軟的腰桿讓他沒辦法控制姿勢，身體的重量幾乎都壓下去，越是覺得那傢伙好大、不可能順利插進來吧，也就越吞得深。

才瞬息的功夫，蘇珞就納入一小半，不管是濕潤的穴口還是柔軟的甬道都被撐得發麻，預想中的疼痛並沒有發生，可能是昊一勃發的頂端剛好蹭在敏感點的緣故。

「哈……哈啊……啊……」那個地方一旦被碰到，就有種電流竄升而起的酥麻爽感，蘇珞的身體不覺後仰，兩手也往後撐在昊一的膝上。

從滾燙的尾椎到後背湧起陣陣顫慄，在腦袋意識到前，蘇珞就慢舞似地上下扭晃起臀部，粗碩的肉刃也隨著他的動作，一次又一次擠壓、磨蹭敏感點，身體於是越來越燙，雞皮疙瘩都湧起來了。

「啊……哈……！」蘇珞雙頰火熱，不停喘息，就算知道騎著昊一擺臀的樣子實在丟臉，可就是沒辦法停下來。

昊一還伸手過來摸他的乳頭。先是右側，指尖像撥弄滾珠般反覆揉按，微微的刺痛感讓蘇珞瑟縮雙肩，可他一扭臀，胸就不由自主地往前挺。

這下，昊一不僅用手指揉捏他的已經被玩到立起的乳尖，還用手掌握住胸肌大力按揉，通電似的麻麻癢癢讓蘇珞的眼裡都飆出熱淚。

「啊……不要……」很顯然，他現在就是易感爆發期，滿腦子只想舒舒服服地獲得快感，遵從本能釋放欲望。

可身體處在一種「欲壑難填」且「身不由己」的境地。雖然主動扭腰的是他，卻總有種被昊一牽著鼻子走的感覺。

蘇珞朦朧地意識到，只有昊一才能給他想要的「感覺」。

「不要碰嗎？可你的乳頭都勃起了，連乳暈都腫著哦。」昊一說著，改用雙手去玩弄兩顆飽滿且挺立的乳尖。

「啊啊……那裡……好癢……咿！」蘇珞難耐地叫著，臀部在刺激下抬得更高、坐得更低，上下摩擦，只是那玩意兒實在太大了，他始終沒辦法全部吞入。

就連擺腰也是，總快不了，只能有一下沒一下、似急切也似無奈地反覆蹭著那比木棍還硬的肉棒。

「啊……我不行了……你的……好大……唔啊！」蘇珞是越蹭越熱，上半身不由往前傾，雙手順勢壓在昊一滾燙的腹肌上。

那硬實且繃緊的腹肌線條，也讓蘇珞的胸腔感受到一股難以言喻的悸動。連同結合的部位，也是一抽一抽顫抖。

「討厭……又變大了！」蘇珞明顯感受到已沒入後穴的部分在膨脹，身體裡面被強行擴張成昊一肉棒的樣子。

蘇珞才滿臉羞澀地想像那副形態，就控制不住地拱起背，猛地射出！

「啊呃！」這發實彈爽得翻天，蘇珞急喘著發不出聲，唯有熱汗淋漓的身體在瑟瑟發抖。

昊一輕輕舔去噴濺到他手背上的白濁，然後握住蘇珞還在哆嗦的腰，緩緩一頂。

「啊嗚……我剛射啊……」蘇珞被射精後的快感衝得頭昏腦脹，要不是被昊一抓著腰，他都能摔進床裡。

蘇珞想緩一緩，他腦幹都是麻的，可昊一卻不放過他，持續震動著腰，肉棒頂部一點一點地往深處挖，雖然敏感點沒再被針對，但來到深處時，又激起別樣難以言述的刺激。

——簡直是才出虎穴，又進龍潭。

處在易感期，本就容易興奮的「弟弟」，只因為昊一又進來一些，便再次勃起。蘇珞受不了地抓著昊一的腹肌，也羞恥不已地意識到，一直在被他操著的昊一，大概是忍到極限了。

不過，這也說明直到剛才為止，自己的行為有多麼任性。

明知道對Alpha來說，做愛是最難以忍耐的事情，就像發動引擎，啟動就是啟動了，沒什麼慢吞吞地發車，油門踩到底，使勁飆就對了。

媽的！我太壞了——蘇珞忍不住罵自己。

想要有所表現而主動騎上來，可沒辦法將肉棒完全吞入，連帶扭腰都做得相當彆扭，最後只有自己爽到，但這種溫吞的方式對昊一來說只是折磨。

「你是什麼男德模範嗎？」蘇珞低頭望著昊一那雙燃燒著情慾的眼，嗔怪道：「怎麼任由我欺負啊。」

「被你欺負，我心甘情願。」昊一聲音裡透著誘人的熾熱，他的手心也是一樣熾熱，撫摸著蘇珞的後腰。「我說過，按你喜歡的來。」

「可我是你男朋友。」蘇珞羞得臉上通紅。「還是非常非常喜歡你的男朋友……」

「這話好甜。」昊一的大拇指來回蹭著蘇珞腰間的肌膚。「我的寶貝。」

「你這傢伙……」蘇珞皺了皺鼻子，像不爽的貓。「是在裝傻嗎？不知道我的意思？」

「嗯？」昊一還抬了抬下巴，無辜得很。

「我是說——你可以狠狠幹我！」蘇珞更急了，抓住昊一的手腕。「別只顧著我的感受，你這樣會難受死的知道嗎？我可不是嚇唬你，我在新聞上見過，有個Alpha做愛時硬憋，結果急性心肌梗塞……」

蘇珞正努力回想新聞報導中的細節，昊一就摟著他的腰坐起。

「嗯～啊！」堅硬的肉棒以近乎筆直的角度一下子頂入進來，而且是整根沒入，蘇珞頓時爆發出高亢的呻吟，「弟弟」也愉快到一下子射出精液。

「蘇寶，知道嗎？」昊一不疾不徐地動著腰，在持續呻吟的蘇珞耳邊道：「我為你做任何事都不會感到痛苦的。不過，我看你現在已經完全接納我……那我就不客氣囉。」

「誒？」蘇珞原以為昊一一直在等他適應而苦苦忍耐——事實上他的確是這麼做的——可現在怎麼看，這更像一個「陷阱」。

一個等他完全沉浸性愛後，可以為所欲為的甜蜜陷阱。

「你、你這傢伙……太深了、啊！」蘇珞的腰被昊一的大手抓住，肉棒還在往上頂，深深肏入深處，激烈的快感也持續湧出。

「昊、昊一……啊……啊哈！」蘇珞緊緊圈住昊一的肩，像受不了似的，轉而扣住他的後腦杓，狠狠啃吮他的唇。

「哈……呼……呼……」被昊一連續頂撞後，蘇珞累癱似地趴在床裡，悶聲大喘，背脊凹陷出緊實又性感的弧度。

這樣誘惑滿滿的曲線在蘇珞少年感的體魄上隨處可見。

昊一的目光不覺落在翹挺的臀線上。這線條比任何地方都要絲滑、飽滿，就連膚色都要淺一些，看起來很好欺負的樣子。

昊一忽然覺得自己真是個不折不扣的色狼，是盯著蘇珞可愛又帥氣的屁股就能高潮無數次的大色狼。

「昊學長太正經了，簡直是行走的法學教材，沒有一絲錯處呢。」

這幾乎是他擔任助教的班級裡，統一的評價。

可他們不知道，那僅限對於「蘇珞」以外的人和事。

蘇珞是我的——只要腦袋裡想到這件事，他就沒辦法「正經」起來。

不只是腦袋裡想，也會積極用行動去證明。

——蘇珞是只屬於我一個人的……

他握著粗碩的性器再次闖入蘇珞又濕又柔軟的後穴，像個不講理的熊孩子。

而蘇珞也像熊孩子最好的玩伴，不管昊一玩得怎樣過火，都毫無怨懟。

——乖得不行。

只是，這「小朋友」也是要面子的。

昊一看了眼貼著海報的牆壁。

不久前，鄰居回來了，開關門的動靜在這深夜裡可不小。

昊一知道蘇珞家隔壁住著一位老太太，是個Beta，常給蘇珞送好吃的。

雖然不知道她怎麼回來得這麼晚，但在這聲響過後，蘇珞便咬住嘴唇，任憑昊一怎麼幹他都不叫，憋得身上都是熱汗。

昊一壞心眼地摟住他的腰，將堅硬的肉棒完全頂進深處。

啪！這動靜不比喘息聲小。

「啊！」蘇珞渾身都驚跳了一下，床墊也發出喀吱聲，他扭著通紅的臉往後瞧，眼裡分明寫著：「你輕、輕點啊……隔壁有人……」

昊一也知道夜深人靜，被他們的動靜吵到的可能不只有隔壁鄰居，還有樓下。

他只能希望對方已經熟睡。

因為……他根本停不下來。

蘇珞的體內濕潤又緊緻，比唇舌吮吸還要強烈的裹夾感帶給他欲罷不能的感受。他每抽插一次，身體就像要融化般熾熱，舒服得快要瘋掉。

這世上，除了蘇珞沒人能帶給他這樣美好的感受。

即使他是Alpha，即使他無法標記蘇珞，可昊一依然清楚這件事。

他愛蘇珞，從見到他的第一眼，就知道那是自己一生的伴侶。

啪啪、啪啪！貫穿伴隨熾熱的愛意，變得更加無法無天。

「昊、昊一……啊……嗯啊～！」蘇珞開始控制不住聲音，而且每次呻吟，柔軟的穴道都會猛烈收縮，聲音就更甜得發啞。「啊……那裡……好舒服……啊哈！」

「所以才夾得這麼緊嗎……」昊一笑著，伸手按住蘇珞的手腕，將那正勃動著的肉棒再次深深挺入。

沒有停滯，強壯的胯部輾壓著蘇珞發紅的翹臀，深入淺出，反覆貫穿。

啪啾、啪啾！濕潤的摩擦聲，肆意攪亂着深夜的寂靜。

「啊啊啊、唔哈！」像是緊繃到極限的快感驟然爆發，蘇珞終於忍不住地再次射精。易感期內被連續不斷地幹硬、幹射三次，就像Omega那樣高潮迭起，蘇珞就算有副強健的體魄，都有些頂不住了。

昊一卻突然拉過他的身子，讓他坐到大腿上。

偏偏這床沿的位置能被穿衣鏡照到，蘇珞看見自己的屁股夾著粗大的性器，還是來自Alpha的，卻依舊濕得一塌糊塗，羞得酥甜的叫聲不斷。

昊一被他的聲音撩撥著耳朵，下半身還被緊緊夾著，便打消射在外面的想法。

只不過這次，他也沒射在深處，而是拔出一半，龜首頂著蘇珞的敏感處，一股一股往裡猛射。

這樣淫靡不堪的場面，自然落在蘇珞通紅的眼裡，令他羞得直扭腰。

昊一當然是故意的，因為射得淺，還溢出來不少，弄得蘇珞的大腿根都是濕黏的精液。

「我、我要去洗澡……！」

等昊一終於射完，蘇珞便掙扎著要往浴室去，可惜他的腰使不上力，連站起來都難，還差點踩到昊一放在地鋪上的手機。

昊一撿起手機，也撈住蘇珞的腰，要抱他去浴室。

「我不要你抱……我自己能走……！」蘇珞突然強烈地拒絕著，明明黏糊的精液已經順著他的大腿往下淌，急需一番清理，可他寧願弄髒地鋪，也不願跟昊一一起進浴室。

「你哪裡疼嗎？」可能是做太狠了，昊一擔心地上下一看，馬上發現癥結所在。

「唔……不准看！」蘇珞面紅耳赤地捂住「小弟弟」。

「又硬了啊。」昊一說，笑咪咪的。

「你還笑？都是你的關係！」

「我？」

「你、你剛射、射在裡面……我、我……感覺好奇怪……」蘇珞越說聲音越小。「總之，我現在易感也過了，這個……馬上就能自己消下去……」

「嗯，你說得對。所以，我抱你去洗澡吧。」昊一說著，「嘿咻」一下抱起蘇珞。

「不要你來！我自己洗！」蘇珞依然掙扎，手指緊緊扒拉著浴室門，像拒絕洗澡的貓咪。

但他哪敵得過昊一的臂力，還是被逮進去了。

十分鐘後——

熱水嘩嘩地流著，蘇珞卻沒在洗澡。

他趴在洗手台上，任由昊一粗碩的肉棒像沒射過似的，凶蠻地穿刺他的身體。

香皂什麼的都被撞到地上，蘇珞就算想做什麼都是徒勞。

他的「小弟弟」此刻就和昊一的「大肉棒」一樣硬，但歷經三次射精，這一時半刻沒辦法那麼快射出來。

「啊……啊哈……昊、昊一……」以致這場性事變得越發綿長，綿長而熱烈，燒得人腦袋發昏。

非限定Alpha——米洛

嘟嘟——昊一剛才順手帶進來的手機猝不及防地響了。

這彷佛來自外太空般的聲響，讓兩人都不覺愣住。

浴室裡水霧彌漫，信息素的味道濃郁至極。

「……是教授。」昊一一把煙嗓。「他每次公開課前都會焦慮，要反覆確認課綱，所以經常深更半夜打來找我聊天。」

「什、什麼？」蘇珞無法置信似的，呆呆看著昊一。

「我還是接一下吧。他年紀大了，萬一是身體不適……」

昊一按下接聽，電話裡立刻響起教授興奮的大嗓門：「徒弟啊～我睡不著，我們不如來分析一下上次的案件，就那個弒母……」

他們這樣的忘年之交，全校少見。

教授都沒給昊一開口的機會，便滔滔不絕重塑起命案現場的狀態，這血淋淋的描述儼然成了這場性事的ＢＧＭ。

「教授，」昊一不得不打斷，「我現在不方便……」

「怎麼會不方便呢？你不也還沒睡，你們Alpha精力旺盛得很……」電話裡呱啦呱啦地講。

昊一正要直截了當地道晚安，蘇珞的手「呼！」地搧過來，把他的手機直接打飛。手機「哐！」一下撞上浴缸，掉到地上。

「……」昊一吃驚地看向蘇珞。鏡子倒映著蘇珞，瞇著淚霧的眼眸，紅透到耳根的臉孔，顯然是忍無可忍了。

「看什麼看！老子會賠你手機！」蘇珞透過鏡子瞪著昊一，儘管在那滿是情慾的臉上，這一瞪只能撩出慾火。

「我哪裡是心疼手機。」昊一舔了舔乾燥的唇瓣。「我只是心疼我的情侶手機殼有沒有事。」

聽到這裡，蘇珞的嘴角明顯上揚，眼裡的「開心」都藏不住了。

「我們繼續吧，現在沒人打擾了。」昊一俯身覆上蘇珞漂亮的脊背，親吻微微顫抖的肩膀，一路往上，狠狠吮住後頸。

標記算什麼，他要每個人都看到，蘇珞的後頸性腺上布滿自己的吻痕，是他昊一的人。

與此同時的教授先生，因聽不清那是什麼聲響，不由豎起八卦的耳朵。

兩分鐘後，老教授「嗷」一聲打開手機日誌，快速輸入：「不要在晚上、半夜、凌晨給愛徒打電話了！」

他想了想，又加上兩個大大的驚嘆號「！！」，再置頂提醒，接著檢查一遍日誌，這才放心去睡覺了。

※

「哥，你是怎麼做到的，能讓昊一歐巴交出這樣好的照片。」

林肯車內，秦慧怡眉飛眼笑，對手機裡的照片愛不釋手。

「我幫了他這麼大的忙，他還能不給我幾張照片？」秦越翹起二郎腿。「這下妳總信了吧，他們確實在交往。」

「嗯！我追的ＣＰ成真了。」秦慧怡激動地跺腳。「可惜不能分享出去，啊啊啊啊……我真的要開心死了！」

「妳可以寫本呀，素材有那麼多。」秦越指著照片，笑得比蜜還甜。照片裡，昊一摟著熟睡的蘇珞，還親吻他的額頭。

「那當然是要寫的，我還要把這張照片放大貼在床頭，這樣每天起床都有好心情不說，還能練習微笑唇。」秦慧怡笑容燦爛。

「微笑唇是什麼？」

「你剛才那模樣就是啊。」秦慧怡看了眼哥哥，又看向照片，秦越這才注意到她的表情變化之大。尤其上揚的唇角，簡直是春風得意馬蹄疾，Bling閃不停。

「哦嚯！嗑CP還有這等功效，那我也得在書房裡掛一張大的。」秦越邊說邊揉嘴角。「馬上就要評選校園大使，總覺得我的笑容不夠有親和力。」

「哥，你算不錯的啦，就親和力而言，有幾個Alpha有？」秦慧怡眼看就快到目的地，從包裡掏出粉餅補妝。「那種去其它學校巡迴演講的『校園大使』，就是件苦差事，送我都不要。」

「當選『校園大使』對法學院的面試來說是很好的加分項目，我給自己的檔案添點光彩有什麼不好。」秦越笑著說。「就是忙一點罷了，反正我平時都很忙。」

「那只是『忙一點』嗎？班長、學生會會長，還有籃球校隊、什麼慈善小組、環保小組、共學小組，你可是一個都沒落下，回家還得補習，外加每週末固定的集團高管會談、家族聚餐……」秦慧怡扳著指頭算，「現在還要去選『校園大使』，你真是我們家的繼承人嗎？」

「嗯？」

「我的意思是，哥你不必這麼拚命，你是秦氏集團唯一的繼承人，我引以為傲的好哥哥，沒必要走那些普通孩子才需要走的路，可以多享受一下你身為財閥後代的優越生活。」

秦越看著妹妹如此激動，便微笑著點頭。「嗯，妳說得對。」

「哼，我看你根本就沒理解。也是啦，你和昊一歐巴一樣，做什麼都很拚命，明明已經很優秀了。」秦慧怡撇嘴道，「你是想做宇宙第一A嗎？」

「宇宙第一A妳哥哥我是做不到啦~」秦越笑嘻嘻地勾住妹妹的肩膀，「不過，昊一應該可以——宇宙第一幸福的A，對吧？」

秦慧怡順著哥哥的目光，再次看向照片，這次終於與哥哥意見一致，滿臉堆笑地說：「嗯！宇宙第一的戀人，就算是兩個Alpha也一樣很幸福。」

秦越笑著點頭，又看向後方跑車。「不知道我們準備的生日轟趴，會不會讓他們一個激動就訂婚了呢。」

「一個生日派對就訂婚，哥你也太誇張了。」秦慧怡收起化妝包。「不過人就是要有夢想，說不定下一秒成真了呢，哈哈！」

※

「嗯，我和父親談過了。」昊一坐在蘇珞家的客廳地板上，拿著打氣筒，正為手裡的氣球充氣，藍牙耳機裡響起李瑋憤怒的質問。

「法官大人怎麼可能買凶殺人！你到底是怎麼想的？還跑去對質！」作為吳法官的頭號迷弟，李瑋聽到這樣的事簡直氣炸。

「這不是理所當然的？」吳一將說話聲壓得很低，還不時朝緊閉的臥室門看一眼。「駭客剛盜取王依依電腦裡的文件就被縱火殺害，第一懷疑對象自然是王依依，還有我父親啊。」

「對，王依依是首要嫌犯！我希望你別搞錯調查對象，你父親再怎麼聽枕邊風，也不至於背上人命官司，他是個有底線的人。」

「連結縭的妻子都可以背叛，我真好奇他的底線到底在哪裡。」想到父親竟提議他包養蘇珞，讓蘇珞當「地下情人」時的嘴臉，吳一就感到一陣反胃。

「當然是大法官的位置啊，還有即將到來的司法部長選舉。」李瑋激動得就像是他在參選。「法官大人再怎麼沉迷於愛情遊戲，也還是會專注事業的，這點我很確信。」

「這不是他的底線。」吳一紮好氣球，又拿起另外一個充氣。「但是，是他的軟肋。」

「誒？」

「那個三流駭客，最想要的是錢。與其偽造瓦斯外洩的意外，殺他滅口，花重金收買他不是更方便？就算那份文件裡藏著足以令我父親下台的祕密，可只要為它殺人，這件事就會變得複雜，乃至不可收拾。」

「對哦，法官大人審理過這麼多謀殺案、涉黑案，這裡面的水有多深，他可比我們清楚多了！」

「父親不會做那種機密文件還沒拿他怎麼樣，他就先囿於凶殺，最後受制於人，把法袍都搞丟的事。」昊一道，「他唯一不謹慎的事，就是外遇。」

「誰讓法官大人是Alpha呢，誰也不能擺脫基因的控制啊。」李瑋道，「不過你既然知道凶手不是法官，為何要去質問他？你們父子還在宴會上鬧得這麼僵。」

「你是怎麼知道的？」昊一眉頭一挑。吵架發生在書房裡，外人如何得知？

「我怎麼能不知道？你現在可是國民女婿，媒體最關注的全民偶像。你黑著臉提前離開宴會的事，幾乎被同步傳上網，不過他們都說你是太累了，疲於應酬，只有我知道你肯定是和法官大人吵架了。」

「哦，我還以為你跑去我父親的書房，安裝了竊聽器。」昊一道。

「我倒是想，沒有比每天聽到法官大人的聲音更美好的事情了。」李瑋嘆著氣。「可惜你家的保全比總統府還嚴。」

「我真的很好奇，你跟著我調查有段時間了，不僅沒對我父親『粉轉黑』，怎麼還更迷戀他了？」

「你不會懂偶像的力量到底有多強大。」李瑋笑著說，「像你這樣完美的人，不會知道我們這些從泥坑爬出來的人，有多需要信仰的力量。」

「偶像信仰嗎？」昊一道，「或許有些用吧。但選擇相信，並做出積極行動的人是你，也只能是你，不是嗎？」

「這……」李瑋似乎在撓頭。

「我們言歸正傳。」昊一接著道：「我知道父親不會買凶殺人，可我必須先『篤信』這是真的。我要是騙不了自己，也就騙不到父親……為了有這樣的效果，我必須做出憤怒且質疑的樣子。」

「我不得不承認你的演技確實好，你突然離開資料室的時候，我還真以為你知道凶手是誰了。不過我還是不明白，你騙法官大人做什麼？」李瑋的聲音聽起來既疑惑又緊張。

「為了讓他相信，被盜走的文件在我手裡。」

「啊？為什麼？不對——」李瑋驚訝道：「電腦都燒成焦炭了，你是怎麼騙到他的？總不至於是催眠術吧？」

昊一不想說文件裡有蘇珞資料的事，只是笑道：「怎麼騙他的不是重點，重點是我父親相信了，『那個人』也就知道了。」

「誰？」

「當然是買凶滅口的人，她可能是王依依，也可能是……」昊一正想說什麼，門鈴響了。

門外的人沒說話，只有門鈴的電子音在迴盪。

「……不管那人是誰，」昊一看著餘音沉寂的門廊道：「只要他知道了，就不會放著我不管。比起大海撈針地猜測誰是幕後黑手，不如讓他自己送上門來。」

※

公寓門上映著一道頎長身影，直到電梯響起抵達聲，那道身影才轉入鄰屋內。

「哥，昊一歐巴怎麼不接電話，不會不在家吧？」秦慧怡提著特大號禮物袋走出電梯。

「可能在忙吧，要布置場地……」秦越站在走廊上，前後一望道。「這麼大一層才三戶，看來公寓面積不小啊。」

「說起來，我還幻想過蘇珞住在破舊小巷，那種陰暗的半地下室……」

「妳想什麼呢，蘇爸爸是電力工程師，收入不低。」

「說了是幻想嘛。」秦慧怡嘿嘿笑著，「你想啊，身為霸道少爺的昊一，對灰男孩蘇珞一往情深，為了和他結婚，不惜獻出全副身家，懇求岳父同意……」

「妳這幻想也太寫實了吧。」秦越看著妹妹道，「妳不知道昊一為了討岳父歡心，做了多少有意思的事。」

「啊？不會真的給很多錢吧？」

「該怎麼說呢，如果能和蘇珞在一起，昊一他恐怕連自己的命都可以不顧吧，何況只是給老丈人存下一筆超高金額的養老金。」

「哇，這還沒結婚，就先給丈人養老啦！不愧是昊一歐巴，做事很具前瞻性。」

「那是。妳見過學霸和戀愛腦都在一個人身上的嗎？啊，我突然想到，要是把蘇珞綁走的話，昊一會不會哭哭啼啼呢？哈哈，光用想的就好好玩。」

「喀嚓」一聲，面前的公寓門突然打開，嚇了秦越一跳。

「要密謀幹壞事的話，起碼不要在當事人家門口吧。」昊一穿著V字領、亞麻

非限定Alpha——米洛

灰的薄絨衫和米白長褲，握著門把勾唇一笑。

這一身休閒又居家，卻說不出地誘人。就連門廊的燈光都變得像電影裡的氛圍，烘托似地透著令人心動的曖昧。

「Wooo！」秦慧怡一下子臉紅起來。「萬、萬幸啊！我是嗑CP的，不然真要栽倒在這該死的男色裡！」

「你妹妹又怎麼了？」

「你邀請她來作客後，她興奮得整晚沒睡。話說回來，」秦越瞄向昊一深V的領口，漂亮的鎖骨下，厚薄適中的胸肌若隱若現。「穿得這麼騷氣，勾引誰呢？」

「反正不是你。」昊一讓開道：「進來吧。」

「唉～當真世風日下啊。」秦越搖頭晃腦地說，「連你都開始玩色誘這一套，這世上還有老實人嗎？」

「哥～你小心點別踩到東西。」秦慧怡在邊上提醒。

他們像是清空商店的精品櫃，大大小小的禮盒、購物袋，直接把門廊塞到沒有下腳的地方。

「你們真厲害，這麼多袋都能拎上來。」昊一幫忙拿著。

「反正放電梯就好。不過，只要我妹再胖那麼一點，就難講囉。」鞋櫃被堵，秦越沒換拖鞋，直接穿著襪子走進客廳。

「哥！找死就說！」秦慧怡穿著絲襪奔進去，「我可以送你一程！」

「要打架就出去，蘇珞還在睡覺。」昊一邊整理邊說，「別吵醒他了。」

「還沒起床？都快九點了。」秦越道，「作為學生黨來說，就算是週末，生理時鐘也會在六點準時醒。」

「他易感期才過，缺覺是正常的。」昊一道。

「對哦，易感期。光想著籌備生日慶祝，把這事忘了。」

蘇珞請假兩日，老師一度懷疑他裝的，因為他前不久才易感過。好在有醫生的簽字以及說明：「青春期的Alpha信息素過度活躍，可使易感間隔縮短，是正常生理現象。」

不過，除了常規的抑制劑外，醫生還開了一盒塞劑。

蘇珞上次易感什麼事都沒有的樣子，這次居然要用退燒藥，秦越總覺得這和自己那「騷貨」竹馬脫不了關係。

「你對他做什麼了？」秦越一撞「騷貨」竹馬的肩，「是仗著你的信息素很強，為所欲為了？」

「嗯？」昊一一副沒聽到的樣子，正拆著他們拿來的東西——一隻超大泰迪態，穿著工程師經典的格紋襯衫，手裡還抱著鍵盤。

鍵盤是訂製軸體，根據工程師慣常使用的按鍵，每顆鍵的壓力克數都不同，還能折疊，攜帶方便。對程式愛好者來說，再也沒有比趁手的鍵盤更好的禮物了。

其他禮盒裡的東西，也大多和電腦有關，如最新款的高階顯示卡、主機板等。比起直接買一台主機給蘇珞，昊一覺得他應該更喜歡自己組裝。

而且挑選的這些型號，也是存在蘇珞手機裡的，他特別關注的品牌。可能因為這些新型號不是貴得離譜就是缺貨，所以他一直沒有下單。

昊一一口氣預定了蘇珞關注的所有商品，連指尖陀螺這種可能只是蘇珞隨便收藏的小玩具都沒放過。

不過他忙著做別的事，只能拜託秦家兄妹當搬運工，所以現在得核對一下訂單有沒有錯，然後還得再包起來，繫上可愛的藍色蝴蝶結。

「這些『小玩意兒』我才不會拿錯啦。」秦越幫著拆，秦慧怡在邊上看熱鬧，時間不覺過去一小時，臥室門輕輕開啟，誰也沒注意到從裡面走出來的蘇珞。

「昊一……早……唔？班長……怎麼在我家？」蘇珞揉著眼睛走到昊一面前，他顯然還沒清醒，哈欠打個不停。

「我的媽耶～～～」秦慧怡倒抽一口氣，像是怕驚醒蘇珞，兩手還捂在嘴上，興奮道：「這是我不付錢就能看的？」

秦越跟打籃球蓋火鍋似的，一把捂住妹妹的眼。「嗯，妳付錢也看不了。」

「哥！你好過分！」

「咦？班長妹妹也來了……」蘇珞撓著頭髮，「今天是什麼日子……哇，這是什麼？」

蘇珞終於發現客廳和他睡覺前的樣子完全不同，原本冷白的牆面，掛上金色、藍色、紅色的心型氣球，還懸著綴滿彩色燈珠的金色緞帶。

而由緞帶拼寫出來三段英文：

I am infinitely grateful that you are in my life.（很感激你出現在我的人生裡。）

Love is always my gift to you.（愛你是我永遠的禮物。）

Happy birthday to my dear.（親愛的，生日快樂。）

儘管是用軟軟的緞帶和細細的彩燈線，可依然做得非常漂亮，像銅板賀卡上的字，優雅圓潤。蘇珞忽然意識到，這面華麗的牆就是立體的生日賀卡。

不僅如此，一束束鮮花、一盒盒禮物擺滿整個房間。

茶几也被布置起來，放著水晶燭台、純銀香檳酒具。蛋糕是做成筆記型電腦的樣式，螢幕上顯示著：「生日快樂，蘇珞。」

非限定Alpha——米洛

十八歲的生日，蘇珞從沒有想過會有特別的慶祝，至少在與昊一交往前，他都沒有覺得生日這一天和其他日子有什麼不同。

自從爸媽分開後，不再有人慎重其事地幫他慶生。他分化為Alpha後，還不斷轉學，連談得來的朋友都沒有了。

「我不是說過，只要和你在一起就可以了。」蘇珞吸了吸發酸的鼻子。「明明這麼忙，還做這麼多……」

「我有幫手啊。」昊一笑道，「你也說過，生日要熱鬧才好玩。」

「咦，我什麼時候說的？」

「我們一起看電視的時候。」

「有嗎？」蘇珞仔細想了想，還真是。當時電視上正在放生日派對的畫面，他隨口說了句「真好啊，這麼熱鬧」，沒想昊一就聽進去了。

「他們也很高興來幫你慶祝。對了，今天我弟弟也會來，只不過他得先上課。」

「是、是嗎？小舅子啊……」蘇珞忽然結巴。

「呵呵。」昊一笑起來，「喊得很順口嘛，不錯不錯。」

「切，我這是在緊張，就算你弟弟還小，那也是……」蘇珞連連搔著頭髮。

「你不用緊張。」昊一溫柔地說，還伸手解他的襯衫鈕釦。「做你自己就好，放心吧，他要不喜歡你，我就不陪他玩了。」

「哇，你是惡魔嗎？人家娶媳婦忘娘，你是連弟弟都不要了。」蘇珞瞪圓眼睛，又按住昊一騷動不安的手。「你幹嘛一直解我釦子？有人呢！」

「你確定不解開？」昊一眼裡都是笑意。

「嗯？」蘇珞低頭一掃，操！他鈕釦扣錯了。

他以為家裡只有昊一在，迷迷糊糊地起床後，隨手抓了件衣服穿，沒想到是昊一的襯衫。

釦子扣錯好幾顆，衣襟上下岔開，鎖骨、胸前的吻痕清晰可見，連乳尖都露在外頭。

「我靠！」蘇珞還沒來得及捂胸口，又是一聲驚呼。

——他忘記穿長褲了！

襯衫下襬遮到臀上，他看起來就像沒穿內褲！

而且大腿上都是落梅般的吻痕……還有指痕，這、這是什麼社死場面！

難怪班長要把妹妹拖走了。非禮勿視啊，非禮勿視！

「！」

非限定Alpha——米洛

蘇珞的臉孔瞬間漲紅，轉身就要往臥室跑，可昊一更快地將他抱起。

「幹嘛！放我下來！」

「我抱著你，就都擋住了。」昊一說。

「唔……」好像很有道理是怎麼回事？

可進臥室後，昊一仍抱著他不鬆手。

「你摸夠了吧？」蘇珞臉紅道：「可以別再捏我屁股了嗎？」

「沒辦法，你穿我的襯衫太好看了，真想就這樣抱你進床裡……」昊一輕輕咬著蘇珞的耳朵道。

「休想！」蘇珞腰間一顫地推開昊一，跑去衣櫃換衣服。

「你慢慢換吧，不著急，外面有我招待客人。」昊一笑著，正打算推門離開，就聽到蘇珞在嘀咕。

「哼，一件襯衣而已，就想抱我。」蘇珞邊往身上套運動衫邊咕噥：「老子下次要是穿ＪＫ制服，你不得上天……」

「哢嚓」一聲，原本打開的臥室門又被推上，還反鎖了。

這聲音嚇了蘇珞一跳，他回頭才發現昊一還在房裡。

「ＪＫ cosplay嗎？」昊一帥氣地笑著，走向蘇珞。

「什、什麼？我不懂。」蘇珞立刻裝傻，「我才十八歲。」

「嗯～十八歲了，確實可以玩些新花樣了。」昊一按住蘇珞緊抵著的衣櫃門。「放心，衣服我買，你想要什麼樣的都有。」

「滾蛋！」蘇珞臉紅地瞪著昊，「你玩得還不夠花？我腰還痠著呢。」

「那我幫你揉揉。」昊一說著，就撩起蘇珞才套上身的運動衫。

「你來真的？」蘇珞見狀是真慌了。「有客人在呢！」

「他們聽不見。」

「聽不見才有鬼！」蘇珞抓著運動衫，正要怒斥昊一不害臊，就見他嘴角勾著壞笑。真是壞透了！

「可惡！你耍我！」蘇珞抓過昊一的V字領，就朝脖子咬上一口。

「好疼呢。」昊一可憐巴巴地道。

蘇珞愣了一下，看了看昊一的脖子。雖然但是，他沒咬得很大力啊。

「蘇珞你怎麼可以這麼可愛。」昊一低著頭，嗤嗤地笑。「我真不想放你出去。」

「可愛的只有我嗎？」蘇珞突然扯下掛在衣櫃門把上的鞋帶。他前幾天洗乾淨的，還沒來得及繫回球鞋上。

「嗯？」昊一不解地看著蘇珞。

只見蘇珞再次揪過昊一的V字衣領，將那兩片敞開的領子揪攏到一起，紮緊了。

「很可愛呢。」蘇珞望著像小兔子尾巴的圓揪揪道：「很適合你。」

然後，他笑咪咪地推開昊一，出去了。

昊一低頭看著自己的衣領，沒想到蘇珞會吃醋。

「早知道就不讓他們來了，兩人世界不好嗎？唉。」聽著外面秦越和妹妹的笑鬧聲，昊一「嘖」了一聲，後悔極了。

※

「蘇珞寶貝～生日快樂～！」

「Happy birthday！我的好同桌！」

「蘇哥哥，生日快樂！」

嘭！嘭嘭！隨著禮炮被拉響，當空綻放的彩帶像打翻的彩鉛，把蘇珞觸目所及的世界塗畫得五彩斑斕。

生日蛋糕上的點點燭光，亦像跳躍在秋葉上的陽光，耀眼而溫暖，看得蘇珞不覺眼眶發熱。

他閉上眼，準備許願。

不知為何，雙手交握在一起時不敢太用力，總覺得一不小心就會把眼前的畫面給捏碎，因為這份美好多少有點夢幻了。

而他偏偏是不愛作夢的人。

「蘇哥哥，就許願越長越帥～帥破天際！」揮舞著禮炮的秦慧怡興奮喊道。

「什麼？他還要怎麼帥啊？都已經拿下我的竹馬了。」秦越立刻道，「許這種願望，還不如中樂透呢。」

「哥，你果然是富三代，句句不離暴富。」秦慧怡不服氣地回道：「現在可是看臉的時代，蘇哥哥越來越帥的話，昊一歐巴才不會跑掉啊。」

「他為什麼要跑掉？又不是狗血戀愛小說，今天愛得要死要活，明天就分手了。對吧？昊一。」

「歐巴！你難道不想蘇哥哥越來越帥？不可能的吧？」

兄妹倆向緊挨著蘇珞的昊一發難，可謂在劫難逃。

蘇珞被他們三人包夾著，儘管雙眼緊閉，也忍不住挑了挑右側的眉，暗暗想道：「是呢，我也想知道，他到底希不希望我更帥些？」

「你們兩個，在別人生日許願時，不該安靜地待著嗎？」昊一開口了，富有磁性的嗓音，不管說什麼話都像聲優念台本，自帶低音炮的效果，讓蘇洛沒忍住在心裡吹起彩虹屁。

男朋友講話也太好聽了！不過他可不是因為昊一嗓音撩人才喜歡上他。

蘇珞突然回想起那日，在電影院的保全室裡，昊一抱著自己說：「對不起，我來晚了。」

明明已過去許久，可一想到當時的情形，那種心跳耳熱的感覺依然清晰。

大約是沒想到，在「是媽媽對不起你」、「對不起，爸爸這幾天得出差」、「對不起，本校不收Alpha」諸如此類的「對不起」外，還能有別的內容。

「歐巴，你幹嘛轉移話題。」秦慧怡忍不住了，「就算你承認想要蘇哥哥越長越帥，也不等於你只喜歡他的臉啊。」

「別鬧，我竹馬才不是那種只看臉和身材的膚淺笨蛋。」

「這件事你們爭不出結果的。」昊一道。

「什麼？」秦慧怡叫得更大聲了，「怎麼會沒有結果？」

「你們只在意蘇珞的外表，而我從一開始看上的就是他的內在。」昊一語氣坦然。

「內在要怎麼看？」秦慧怡道，「歐巴對蘇哥哥不是一見鍾情的嗎？」

「第六感。」昊一道。

「誒？騙人的吧？」秦慧怡睜大眼。

「我為什麼要騙妳？」昊一侃侃而談：「蘇珞真正可愛、帥氣且性感的地方都在內在，這是只有我能一眼看到的。我瞭解他，就像一個Omega天生會瞭解他唯一的Alpha一樣，所以我才會愛上他。」

蠟燭嗶啵地燃燒著，蘇珞覺得自己大概是靠得太近，所以臉孔熱得厲害，心臟怦怦直跳。

啪啪啪！秦越大力鼓掌。「這表白很可以！」

「哈哈！哪裡可以，根本很土啊！」秦慧怡大笑著說，「昊一歐巴怎麼可以一本正經地講這麼土味的情話，太好笑了啦！」

「哪裡土味了，明明很誠懇。」秦越讚道，「喜歡一個人，當然不能只看他的外表啊！難道妳是因為他們兩個都很帥，才嗑他們的CP嗎？」

「你這問題很白目耶，我當然是喜歡他們才嗑的啊。」秦慧怡怒揍哥哥的肩膀。

「這不就行了？幹嘛還非要蘇珞越長越帥。」

「臭哥哥！那是美好的願望啊！蘇哥哥越來越帥的話，說明和昊一歐巴的感情也很牢固吧。」

蘇珞覺得他們兄妹沒有「休戰」的意思，就想先吹熄蠟燭，不然該燒沒了。

這時，一隻手溫柔地按上他的肩，像是讓他別急。

蘇珞想睜開眼，但忍住了。

萬一儀式不到位，生日許下的願望八成也就無法實現。

他突然想到這點，又覺得有意思，因為以前的他可不信這些，也不會特地慶生。

可是，正如兄妹二人「掐架」的內容，他是和昊一在戀愛。

這麼不可思議的事情都發生了，說不定生日願望也能成真呢。

他心裡還真有那麼一個想要成真的願望。

「秦越說的中樂透是不錯啦。」昊一又捏了捏蘇珞的肩才道，「可你將來不會缺錢哦。」

「嗯？」蘇珞往昊一這邊側了側頭。

「因為有我在啊，請你相信我有賺錢養家的能力。」昊一的吐息輕拂著蘇珞的耳垂，撩得他的臉一下就紅了。

「我信！」沒想秦越第一個表態，還挺激動的。「昊一就算靠副業也能賺不少，說真的，我要不是他的竹馬，早嫁給他了。」

「昊一還有副業？」蘇珞愣了愣。他只知道昊一在做法律援助，還有大學兼職的助教，但那些似乎都是無償的。

「你別打岔，我也不想娶你。」昊一無情地說，「我想說的是，蘇珞十八歲的生日只有一次，想要什麼樣願望，就讓他自己決定，我們都別插嘴。」

「是嗎？」秦慧怡咯咯笑著，「我怎麼覺得歐巴你比我們都緊張、還多話啊，你是不是很在意蘇哥哥許什麼生日願望？」

「哈哈，誰說不是呢。」秦越這下和妹妹戰線一致。「我還沒見過他一口氣說這麼多話，果然戀愛了就是不一樣，變得特別坦率可愛呢。妹妹，我說得沒錯吧，我們今天第一線嗑糖，肯定嗑飽嗑滿。」

「哈哈哈，蘇哥哥也是，一和昊一歐巴說話就臉紅，太萌了。」

蘇珞忍不住搔了搔發燙的臉頰。或許他現在該說點什麼，可心跳得像小鹿亂撞，一時竟有些嬌羞。

「蘇哥哥還沒想好許什麼願望嗎？」稚嫩的童音忽然響起，是昊一六歲的弟弟昊悅。

身為兄長的昊一，擔心許願時說到什麼少兒不宜的內容，尤其是秦慧怡都犯禁幾次了，就讓弟弟先去沙發看動畫，切蛋糕時再過來，甚至給弟弟戴上耳機。

蘇珞就沒見過這麼水靈又這麼懂禮貌的孩子，簡直是育兒書上的神仙小孩。這會兒聽到他溫柔可愛的聲音，蘇珞沒忍住就「呼！」一下把蠟燭吹滅了。

「可以吃蛋糕囉。」蘇珞笑咪咪地看著昊悅，「哥哥和你一起切蛋糕，好不好？」

「好！我還是第一次切『電腦』耶，它會不會漏電還是爆炸啊？」昊悅圓嘟嘟、粉嫩嫩的臉蛋看起來比蛋糕還甜，蘇珞笑盈盈的眼裡，不覺只有昊悅小朋友了，不但抱著他切蛋糕，還一勺勺地餵他吃。

「之前還說我們是電燈泡，」秦慧怡笑道：「這『小不點』才是吧。」

「不許說我弟弟壞話。」昊一有弟控屬性，拿蛋糕盤的同時不忘護弟。

「話說回來，蘇珞許的是什麼願望呢？」秦越道，「好想知道啊。」

「生日願望說出來就不靈了。」秦慧怡邊吃蛋糕邊說，「雖然我也想知道。」

吃完美味的蛋糕，就是大家一起拆禮物。

小昊悅一馬當先地跑向禮物堆，從裡面抱出一個包裝精美、紮著紅緞帶的長方紙盒，又邁著小短腿，咚咚咚地跑回到蘇珞面前。

蘇珞一把抱住他，拉進懷裡，就著抱枕墊坐下。

「蘇珞哥哥～」小昊悅甜甜地說：「這是我送給你的禮物！」

「哦哦，謝謝呀。」蘇珞接過來，解開上面的蝴蝶結。

昊一也端著水果盤走過去，坐在他們身旁。

秦慧怡拉著秦越躲一旁去拍影片，邊拍兩人還邊嘀嘀咕咕，一臉壞笑。

「看看，好像他們自己生的一樣。」

「就是說啊，怎麼那麼像一家人。」

「昊一歐巴果然厲害，這麼快就讓蘇哥哥生了。」

「是姿勢很到位吧？」

「是很大很大才對吧，所以能一步到位。」

聽著兄妹二人越聊越嗨，昊一不得不瞪他們一眼，他們這才捂嘴收斂。

蘇珞捧著剛拆開的禮物呆住了，所以沒能聽到那邊嗨翻天的討論。

「哇……好漂亮啊。」蘇珞嘆道。

事實上，漂亮得有些閃瞎眼了。

盒子裡是一條水藍色公主裙，蓬鬆的薄紗裙襬綴滿華麗的水晶珠，還搭配一頂公主皇冠。

「哥哥喜歡嗎？哥哥是公主！」小昊悅興奮地舉高雙手。

「喜歡啊，很喜歡。」蘇珞邊點頭，邊瞪向在邊上笑得快看不見眼睛的昊一。

「前段時間他們學校排演《灰姑娘》，他就迷上了。」昊一笑道，「你這公主裙可比我的南瓜褲好看多了。」

「南瓜褲？」蘇珞不解。

「不是有南瓜車嗎？他說我長得高大，讓我當南瓜車，那條南瓜形的吊帶褲可肥大了。而且我還得提著倉鼠籠，他說那會變成馬。」

「哈哈哈……」蘇珞大笑，「那還是公主好。」

「對吧。」昊一道，「我給他看了你的照片後，他就嚷嚷著讓你做公主，要和你一起演話劇。」

「對！蘇珞哥哥是公主，我是王子，哥哥是南瓜車！」小昊悅咯咯笑著。

蘇珞這才發現小傢伙是在給自己找玩伴呢，而昊一則成功地拖他下水。

「你們真是親兄弟沒錯。」蘇珞舉起閃亮的公主裙，「獨樂樂不如眾樂樂，下次有空就陪你們一起玩吧。」

「好耶！我有公主了！」小昊悅一下子從蘇珞腿上蹦起，滿屋轉圈跑。

剛見面時小昊悅還挺靦腆的，蘇珞發現他原來只是怕生而已。

「只是幫你搭戲，這是我的公主。」昊一向弟弟宣示主權，還扳過蘇珞通紅的臉問：「我現在可以親你嗎？」

「咦？」這彎轉得太大，突然從少兒頻道轉台到戀綜，蘇珞不免一呆。

「你剛才一直閉著眼睛，我超想親你的。」昊一說得理直氣壯，「但又怕打斷你許願。」

「那我還得謝謝你囉。」蘇珞笑了，「等會兒吧，等會兒親你。」

昊一看了看滿屋蹦跳的小昊悅，只得點頭道：「嗯，好吧。」

然而下一瞬，當秦越笑著將小昊悅抱起來玩舉高高時，蘇珞突然扳過昊一的臉，深深地吻上昊一的唇瓣。

沒想到這個「等會兒」來得這麼快，昊一驚訝地挑眉，但很快又閉上眼，熱烈地啃吮起蘇珞的雙唇。

「唔嗯……」蘇珞緩緩睜開眼，被情慾染濕的眼睛看著昊一全神貫注地親吻自己的模樣，動情地想：「我的生日願望，應該會實現吧。」

在吹熄蠟燭前，願望在心底擲地有聲地響起。

——我想成為昊一的家人。

——那種法律上認可的、能陪伴他一生的另一半。

「對了，你跟我來。」親吻剛結束，昊一就牽住蘇珞的手。「我們得下一趟樓。」

「做什麼？」蘇珞還沒反應過來就被拉走了。

秦慧怡也想去湊熱鬧，但被秦越攔住。「總算輪到『大東西』了。」

蘇珞來到樓下，一眼就看到一輛相當霸氣的全黑ＳＵＶ，車標是三芒星。

「賓士？」蘇珞驚呆了。不得不說，作為大型越野車，它的風格足夠狂傲，簡直是豪車界的Alpha，硬漢氣質拉滿。

「這輛車登記在你的名下。」昊一把車鑰匙放進蘇珞手裡。「說實話，我沒想到真能趕在你生日當天提到車。還是秦越家的車行夠力，就算是訂製車款也能這麼快搞定。」

蘇珞呆呆地看著車鑰匙，好一會兒才道：「這輛車我只在電影裡見過……是不是比你平時開的那輛還貴？」

「也不貴，就兩輛法拉利的價格。」

「這還叫不貴，你在凡爾賽嗎？」蘇珞驚得快掉下下巴。「幹嘛送我這麼貴重的車……你不是還在念書嗎？而且我又沒有駕照。」

「我說過吧，對於賺錢養家我是很有自信的。」昊一下巴微揚地說：「你放心，買車的錢是我平時做各種投資賺的，駕照你也不用急著去考，因為我得借用一下你的車。」

「啊？」訊息量太大，蘇珞一臉懵。

「我都二十歲了，當然不能再開父母還有外公他們送的車了。」昊一笑得如沐春風。「我想好了，我可以開男朋友的車，只要每天負責接送男朋友上下學就可以了。」

「……」蘇珞簡直驚呆了。昊一這一套操作下來，不就等於同居嗎？

「我可是很期待的哦。」昊一「啾！」地親了親蘇珞的額頭。

蘇珞還沒見過這樣可愛、會撒嬌的昊一，忍不住捏了捏他的臉道：「你這算盤打得真響，大洋彼岸都聽得見。」

「沒有沒有，只要男朋友開心，我怎樣都好。」昊一抱緊蘇珞的肩。

「……我們去兜風吧。」蘇珞看著滿心歡喜的昊一，發出邀請。「去可以看到海的地方。」

「好。」昊一飛快點頭，還不忘補充：「就我們兩個。」

秦慧怡站在落地窗後，正努力調整手機鏡頭的焦距，好不容易捕捉到兩人抱在一起的畫面，就見他們上車了。

「這是要去哪？」秦慧怡「哎呀呀～」地嘆道：「竟然就這樣把我們甩下了。」

「讓他們去玩吧。」秦越笑道：「這裡有這麼多好吃的，還有小悅也在。」

「真可憐的小孩，還不知道哥哥們已經開溜。」秦慧怡嘴上這麼說，臉上卻是笑顏如花。「還是我陪他玩吧。為了我嗑的ＣＰ可以結婚，我得好好努力。」

小昊悅吃完蛋糕後，正窩在沙發裡抱著兒童平板。

「別看動畫啦，姐姐講故事給你聽。」秦慧怡一蹦一跳地走過去，卻見小昊悅舉起平板道：「是哥哥和媽媽！」

「哦？」秦慧怡很感興趣地拿起一看。不是她以為的家庭影片，是新聞直播。

「他最近真成了大紅人。」秦越說，「昊叔叔的辦公室為了競選拉票，可真沒少炒作昊一。」

「不是啊，哥！」秦慧怡的聲音透著從未有過的驚慌：「這是烏孫阿姨召開的記者會！」

「昊一媽媽？」秦越湊近一看，很快他的臉色變得比秦慧怡還難看。

這是實況直播，五分鐘前才開始的記者會，就已經衝上熱播榜第一位。

還有媒體打上「#突發！#爆！#國民女婿——昊一名草有主！」的ＴＡＧ，這話題很快上了熱門頭條。

昊一的母親烏孫雅蕊一臉溫婉又幸福的笑容，在眾多鏡頭前，向記者們宣布她的長子訂婚的喜訊。

即使是突發的記者會，會場仍布置得精緻奢華，長桌擺滿玫瑰花，還有高聳的香檳塔。後方大螢幕上展示著昊一與未婚妻擁抱的照片，以及昊一在學校領獎的照片。

直播的彈幕裡紛紛飄過讚美之詞，諸如：『哇！真是郎才女貌！』『果然是和Omega結婚啊！』『這一看就是富家大小姐。』『這該死的ＣＰ感！酸死我了！』

可在秦越看來，這簡直是最簡易的商品ＰＰＴ演示。

哪有公布訂婚，卻只有幾張照片是兩人在一起的，其餘都是單人照。

大約烏孫雅蕊也意識到這點，所以她宣布會捐出一億用於貧困生的醫療援助，轉移了記者們的視線。

急於挖出新娘的家世背景，又驚嘆於慈善金額的記者、網友，壓根兒沒注意到這場記者會有多不自然。

「糟了，得聯繫昊一！」秦越急忙拿出手機。「他肯定不知道這事，萬一被記者圍堵……」

「我已經打過了，」秦慧怡捏著手機很無奈地道：「他們都關機了。」

「什麼？」秦越愣住了，一時間竟也不知道該怎麼辦。

※

「昊一，快看。」蘇珞光著腳踩在白如棉花的沙灘上，興奮得像個孩子。

「好多貝殼啊！」

「嗯，還有螃蟹。」昊一也光著腳。

SUV就停在礁岸馬路上，溜著滑板的孩子從車旁嬉笑而過。

深秋時節，馬路與海灘都透著顯著的寒意。

早上的天還是陽光普照，臨近傍晚就變得陰沉起來，但絲毫不影響他們遊玩的心情，大海的氣勢也不會因為陰天就減損。

他們踏著泛白的浪花散步，用貝殼拼寫兩人的名字。蘇珞還用手在兩人的名字間畫上一顆大大的愛心。

礁石上有位寫生的青年畫家，正把瞬息萬變的浪潮，永久駐留在栩栩如生的油墨裡。

「我爸說過，這世上沒有什麼是一成不變的。有關媽媽的記憶再美好，那也是過去式，無法再找回來。」蘇珞讚嘆著畫家出神入化的筆法，有感而發道：「可現在海浪的樣子，磅礡的氣勢都保存下來了，這算不算保存下的美好呢？」

昊一沒有說話，只是溫柔地從背後環上蘇珞的腰，像擔心他著涼一樣。

「我想，大概只有用心才能做到這點吧。」蘇珞也很放心地把後背交給昊一，感受他溫暖厚實的胸膛，和吹拂在耳邊的氣息。「如果想要留住美好的一刻，自己也得付出足夠的真心和努力才可以。」

「是啊。」昊一的聲音裡含著溫柔的笑意。「所以我才要很努力，才能把自己的真心傳遞給我最喜歡的人，才能像現在這樣抱著他。」

「我說的是畫。」就算海風吹拂，蘇珞都能感到自己的耳朵熱了。「昊一……」

「嗯？」昊一更擁緊些蘇珞，「怎麼了？」

「謝謝你。」

「誒？」

「謝謝你堅定對我的喜歡，我知道這很不容易，那個時候……」蘇珞想說，連我自己都不太喜歡自己。

該說是青春期的關係，還是一個人生活久了，總有種浮躁的心境。一邊自我否定，一邊又努力地嚮往著生活……

「呵呵。」昊一笑了，「那時候你確實很凶啦，尤其瞪著我的樣子，像要把我丟進不可回收垃圾桶裡。」

「噗～」蘇珞也笑了，雙肩抖動地說：「誰讓你總是無端出現在我眼前，還老盯著我看，我以為你想找我幹架，當然不會有好臉色啊。」

「嚴格來說，」昊一的下巴像貓兒似地磨蹭著蘇珞的肩窩，「我們確實是大幹了一架，啊不，是好幾架，酣暢淋漓的。」

「啊？我什麼時候……」蘇珞扭頭回去。

「就是那個時候啊。」昊一得寸進尺地親上蘇珞通紅的耳垂。「我把你抱起來，扔進床裡，你兩條腿還夾在我腰上……叫著『啊老公～好舒服～老公我還想要』。」

「去、去你的！我什麼時候喊你『老公』了！」蘇珞臊得滿臉通紅，捋起袖子就要揍昊一。

「親愛的，你現在喊的不就是嗎？」昊一笑著躲開。

「可惡！我們來幹一架！」蘇珞去抓他的胳膊，但是抓了個空，再撲上去，就直接抱住他的脊背。

「好，等回家。」昊一托住蘇珞的屁股，把他揹起來，揹著他往回走。

他們本來打算一直玩到看日落，可惜天公不作美，就先打道回府。

畫家正反覆檢查自己的畫作，他拿著棒形畫筆再三衡量，卻遲遲難以收尾，直到眼角餘光瞥見疊在一起的那對身影，就在離他不遠的地方。

他起初以為是一對情侶，後來發現是兩個男生。

走著的那個個頭很高、長得也很帥，像明星般令人印象深刻。

另一個的五官也很端正，他一笑，臉上就像有光在閃耀。

很顯然，他們都是Alpha，只是罕見會有關係這樣好的Alpha。

背上的Alpha笑得很開心，他一手摟著另一個Alpha的肩，一手向前指著，像將軍驅策胯下戰馬，向前方沙灘墊發起攻擊。

而在藍條紋的沙灘墊上，擺著兩雙鞋襪和浴巾。

畫家這才注意到在這麼寒冷的海風裡，他們都光著腳。果然是Alpha，擁有令人羨慕的強健體魄。

一直穩穩走著的Alpha突然停下腳步，還鬆開一隻手，畫家以為背上那人會被他甩下來，結果背上那人用腿盤夾住另一人的腰，耍賴似地大笑不止。

畫家忽然很好奇這兩人到底什麼關係。

只見那個走著的Alpha握住那隻一直在亂晃的手，捉到自己唇邊，印下一吻。

甜蜜而虔誠，像婚禮上的起誓。

直到他們離開，畫家都在海浪的伴奏下，沉浸在某種情緒中。

海鷗的叫聲讓他回過神來，急忙揮動手中的筆。

……蓬勃流暢的線條，似洶湧而出的愛意。

兩個交融在一起的身影，最終成為這幅畫中最動人的一筆。

※

蘇珞才拍乾淨球鞋上的沙子，打算上車，卻見不知從哪衝來五六輛媒體採訪車。有大大的廂型車，也有普通的小轎車，但都在顯眼位置貼著公司的標誌。

他們俯衝過來時極其凶猛，生怕晚一秒就搶不到最佳採訪位置，也就沒留意到馬路上有三個玩滑板的小孩。

蘇珞想也沒想就衝出去，抱起離自己最近的男孩，把他送到前面的路肩上。

他剛想折返，就見昊一左右開弓地抱著兩個小孩，似箭般飛過來。

那安全感真是滿滿的。

孩子們哭起來，一身冷汗的蘇珞卻是鬆口氣，再晚十秒鐘就該出大事了。

就在這時，男孩喊著：「我的滑板！」跟隻兔子似地竄回去。

媒體車終於發現前方有人，不停按喇叭。

不知是不是太緊張，司機將煞車踩錯成油門，最前頭的廂型採訪車不但沒減速，反而跟瘋牛似地直撞過來。

昊一和蘇珞都能清楚看見司機那張驚慌失措的臉孔。

馬路中央的男孩抱起滑板，還沒來得及開心，就被眼前的大車給驚呆了！

蘇珞腦袋裡一片空白，只知道自己又朝男孩跑去，抓住男孩的胳膊，牢牢抱進懷裡，緊接著眼角餘光掃到昊一，然後他又被昊一摟進臂彎中。

這一切快得都看不清，只聽見「嘭」一聲巨響。

媒體車瞬間翻倒，順著另一側路肩滑到沙灘上。

沙塵滾滾，側翻的汽車輪胎還在瘋轉，周圍尖叫四起。

蘇珞耳朵裡嗡嗡吹著響哨，直到昊又一次地握緊他的胳膊問：「你怎麼樣？蘇珞？」

「啊……」蘇珞看了看懷裡嚇呆的男孩，才道：「嗯，我們沒事。」

有輛黑色商務車不知從哪裡冒出來的，橫貫馬路把媒體車給頂飛，現在它正橫擋在馬路中央，車頭凹進去一大塊，引擎蓋冒著團團白煙。

玻璃車窗都貼著防窺膜，一時不知道是誰救了他們一命。

車門哢嚓一聲被踹開，蘇珞這才發現，門也變形了。

「媽呀！我還以為我要去見太爺爺了！」秦越扶著車門，從駕駛席出來。「好在他不想見我。」

「幹得漂亮！」昊一笑了，「謝謝。」

「客氣什麼，你們都是我的兄弟。」秦越笑著說。

很快，七、八輛商務車像屏障一樣地插進來，將媒體車阻擋在外。

人高馬大的保鏢不許舉著長槍短炮的記者靠近一步。

受驚的孩子則陸續回到家長身邊。

「這裡不適合詳談，長話短說，你們倆最好回家一趟。」秦越道。

「回家？」蘇珞一聽就緊張起來。「我家怎麼了，小昊悅呢？」

「你家沒事，小昊悅和我妹去遊樂園了，你現在要去的是昊一家。」秦越皺著眉頭說。「不知為什麼，昊一的媽媽突然宣布昊一訂婚。不得不說，這些狗仔可真厲害，比我找你們都快。」

「什麼？訂婚？」蘇珞驚訝地看向昊一。

「我不知道。」昊一也難掩錯愕。「你和我一起去見我母親吧，她可能是誤會什麼了。」

「好。」蘇珞點頭。

三人上了越野車，昊一坐進駕駛席。

蘇珞坐在副駕駛席，正要繫安全帶，昊一更快一步幫他拉上、扣好，又看著他說：「你放心，我母親不是那種不講理的人，她只是不知道我已經有你了。」

「嗯。」蘇珞對昊一笑了笑。

秦越坐在後排，看著他們恩愛的樣子，笑得比蘇珞還甜。

車沒開出多遠，昊一的手機響了。

他的手機自從開機後，響鈴就沒停過，不過他都無一例外地拒接了。

蘇珞以為這次他也會這樣，沒想昊一看到來電顯示後，不但接聽還外放。

「你在哪啊？」男人的聲音有些急切，對蘇珞來說也很陌生。

「我在回家的路上。」昊一道。「和我男友一起。蘇珞，這位就是我委託去調查瓦斯外洩事件的人。」

「噢！」蘇珞明白地點點頭。

「你、你們在一起啊，是有事要辦嗎？這可怎麼辦。」電話那頭顯然更頭疼了。

「怎麼了？」

「你不是讓我對那位阿姨說，有什麼需要你都可以幫她嗎，她就很感激你。然後她今天不知怎的，精神不太正常，老往窗邊靠，我覺得她想自殺，你要不要過來一趟啊？」

「什麼？自殺？」

「可能是抑鬱症，我怕我一個人看不住她。」那人道。「啊，對了，你最好一個人來，阿姨現在不適合見陌生人。」

「你去吧。」不等昊一回答，蘇珞就道：「你去探望一下阿姨，希望不要真的出事。」

「可是……」

「有我在呢。」後排的秦越插話，「我陪著蘇珞。你媽媽那邊只要解釋清楚，就沒什麼好擔心的。」

昊一握著方向盤，沒有立刻停車，而是又往前行駛一段路才慢慢停下。

「蘇珞，你坐我的車吧。」秦越道。保鏢車就跟在他們後面。

「好。」蘇珞點頭，對昊一故作輕鬆地笑著，「我們晚點見，有事就打我電話。對了，代我問候阿姨。」

「好的。」昊一點頭道：「我安頓好阿姨就來找你。」

「嗯。」

蘇洛和秦越下了車，看著昊一開著越野車走了。

然後他們才發現，那些媒體採訪車還不死心地跟著。

他們看到昊一突然獨自駕車走了，一窩蜂地猛踩油門追上去。

「怎麼辦啊？」蘇珞著急地問。

「放心。」秦越笑著拍了拍蘇洛的肩。「他們要是能跟上昊一的車，那才厲害呢。」

「誒？」

蘇洛話音剛落，就聽到一聲驚天動地的油門轟鳴，那龐大的越野車猶如一道黑色閃電，一下就消失在馬路的彎角。

蘇洛突然想起來，上回昊一載著他逃離「追殺」的時候，風馳電掣地連拐兩個街口，就把對方甩沒影了。

「看，我就說不用擔心他吧。」秦越笑咪咪地說，「他車技超屌哦，別說這些八卦狗仔，就算軍隊的越野車追著他，也會被他甩掉。」

蘇洛放下心來，便跟著秦越坐上了保鏢車。

「昊一的媽媽是個怎樣的人？」汽車剛發動，蘇洛就看著秦越問。

「就我對她的印象……是個很高貴的女人。」秦越說，「你也知道吧，就是豪門世家，而且還得是百年以上的大家族才會有的女性Omega，自信優雅，事業家庭兩得意，就算沒有丈夫的光環也能成為別人膜拜的對象。」

「事業家庭兩得意……」蘇珞突然想到自己的媽媽就是她丈夫的出軌對象，不禁深吸一口涼氣。

「你別緊張呀，她不是母老虎，不吃人。她問你什麼，你就答什麼。等昊一忙完那邊的事，就會來找我們的。」

「謝謝你，班長。」蘇珞看向秦越道，「今天真的太感謝你了。」

「跟我客氣什麼。要是我遇上什麼麻煩，你們也一樣會幫我。」秦越道，「雖然我不想這麼煽情啦，但是人的一生，知己難求。我一直覺得遇到昊一，後來又遇到你，是非常幸運的事。和你們在一起我很開心、很滿足。」

「班長……」蘇珞眼眶竟然紅了，「我也沒想到會遇到像你這樣好的朋友。」

「既然這樣，你們結婚的時候，我的紅包是不是可以少給一些？」

「啊？」蘇珞歪著頭說，「這不好吧，班長～」

「哈哈哈。」秦越笑起來，「不錯不錯，還能開玩笑。」

蘇珞也笑了，抬頭看向前方。剛剛還暢通無阻的馬路，沒想到拐個彎就塞車了。

似乎每一天、每一刻都是未知的冒險，沒有人可以知道結果怎麼樣。

「蘇珞，」秦越伸出手按在蘇珞的頭上，溫柔地揉了揉，「安心啦，一切都會好起來的。」

※

非限定Alpha——米洛

蘇珞知道昊一的家很大、很豪華，但當真的踏上這座「富豪」島時，他還是震驚了。

眼前的一切就像電影裡演的那樣，有一眼望不到盡頭的庭院，多個穿著工字背心的園丁拿著大剪刀在修剪花葉。

花園正中央，石雕噴泉有三層樓高。

還有一條全是玻璃地板的路，蘇珞走近才發現，下方是車庫。

蘇珞突然想起曾在電視上看到過，那種會從地下升起、自動感應的停車位。

而透過玻璃地板往下看，能看到保時捷、法拉利等豪車停得滿滿當當。

「這就是昊一說的，家人送他的車嗎？」蘇珞繼續往前走。「看來我對他家很有錢的這個認知，並沒有很到位。」

俗話說「沒吃過豬肉，也見過豬走路」，可事實上沒吃過豬肉的人，根本認不出那是一頭豬。

對於不知道的事情，連要想像出來都是很困難的。

望著眼前精緻得似乎連薄暮都剛剛好落下的花園，蘇珞甚至覺得自己身處異世界。而這些姹紫嫣紅的花叢、隨風輕擺的樹葉後頭，似乎暗藏著機關，等他沉醉於美景時，子彈或箭矢就會對準他的後背射過來。

「我在亂想什麼。」蘇珞晃了晃腦袋，「遊戲打太多了吧。」

還是因為秦越突然被管家叫走後，只剩下他一人，所以緊張過頭了。

秦越臨走前，跟他說只要沿著花園往前直走就好。

蘇珞看向前面。他都已經走了快二十分鐘，卻依然沒有看到類似宅邸大門的地方，也沒看到昊一的家人。

倒是遇見過正在遛狗的保鏢，高大強壯。一看就是軍人出身的Alpha和同樣肌肉發達的比特犬，看上去就非常凶狠。

但他們似乎知道蘇珞是客人，像沒看見他一樣地走過去了。

蘇珞繼續往前走著，聽到瀑布般的嘩嘩聲，再往前走一段才發現是一座階梯狀的人造瀑布，沿著瀑布中間的階梯拾級而上，他彷彿發現金字塔似的，看見一棟相當氣派的建築物。

蘇珞愣在那。

在那彷彿藏著最終Boss的華麗大門前，夢幻般地立著一把雪白的、邊緣綴著蕾絲的大傘，傘下擺著一套雪白的鐵藝餐桌、餐椅。

圓桌上擺著點心塔、陶瓷咖啡壺、咖啡杯。咖啡壺嘴還冒著熱氣，濃郁的咖啡香氣飄散在空氣中。

非限定Alpha——米洛

比起咖啡的芳香，蘇珞忽然意識到，自己最先捕捉到的是Omega的信息素。

儘管她已經被Alpha標記，也能嗅探到她的Alpha很強大，可作為人種中最為特別的Omega女性，總有種魔女般的魅力。

女人放下正在飲用的咖啡，同時，她穿著白裙的膝蓋上還蓋著一本書。

這似乎是她悠閒的下午茶時間。

可是誰會把下午茶擺在大門口呢？還是在天色漸黑的時候。

這讓蘇珞把原先預備好的台詞、問候語都忘得一乾二淨。

他盯著女人看，女人也盯著他看。

而後，女人微微一笑，精緻的眉眼透著昊一的輪廓，讓蘇珞不覺恍神。

「原來，這就是我兒子會喜歡的類型。」女人忽然道。

蘇珞聽到這話，不禁一愣，隨即反應過來，應該是昊一聯繫過她了，在他還沒到這的時候。

「我很抱歉，這麼唐突地認識您……」蘇珞努力克制住緊張，也讓臉上的笑容不那麼用力過度。

「我也很抱歉，實在做不到同意你們交往。」身為烏孫醫藥集團的現任掌門，烏孫雅蕊如綻放於山巔的雪蓮，是迎著寒風傲然而立的。

哪怕她此刻說著令人喪氣的話，也無法讓人產生出憤怒的情緒。

蘇珞被點燃的只有鬥志。他望著那雙與昊一極其相似的美麗眼眸道：「我不想冒犯您，但是，就算您不同意，也不能改變我們相愛的事實。」

「相愛？事實？」烏孫雅蕊纖長的睫毛輕輕一抖，似笑非笑地說：「如果能用事實去決定某件事，那麼我們現在根本不會認識，不是嗎？」

「咦？」蘇珞不解地看著她。

「我的丈夫標記了我，你母親嫁給你的Beta父親。如果按照這樣的事實，那麼現在我們夫婦應該很恩愛，你的父母也不會離婚。你更不會因為單親家庭的不穩定，去接受一份悖德的情誼。」烏孫雅蕊說著，握住杯盞的指尖用力到微微泛白。

蘇珞的雙手也不禁握緊了。

他很想說點什麼反駁烏孫雅蕊，可胸口像被巨石壓著，簡直喘不過氣。

之前藏在心底、隱隱帶來不安的東西，眼下都化為實際的汙穢，一股腦兒傾覆在他眼前。

——你母親傷害了我，你還指望我能接受你和昊一相愛？

——你這樣做是在侮辱我嗎？

——你甚至想過隱瞞這件事！為了和昊一交往，你什麼都肯做！是吧？

——真是自私的傢伙！和你媽媽簡直一模一樣！

——你趕緊滾吧！滾得遠遠的！

——別再來傷害我！傷害這個家！

「我……！」蘇珞的喉嚨像乾旱的沙地，每發出一個音節都磨得發疼，這也讓他的聲音聽起來非常嘶啞。

「我很抱歉……」蘇洛捏緊的手指鬆開了。有那麼一瞬，他以為自己會跪下，向烏孫雅蕊祈求原諒，請她原諒自己的媽媽做出傷害他們夫妻感情的事。

明知有這樣的孽緣，還厚著臉皮地要求和昊一交往，可他有那樣的資格嗎？道歉，然後希望得到諒解，像占據道德的至高點，審判著受害人。我都已經認識到錯誤了，妳怎麼可以不原諒我呢——類似這樣的ＰＵＡ。

蘇珞沒辦法相信自己正在做這樣的事。

「你不需要向我道歉。」烏蘇雅蕊說，「昨天從我丈夫那裡，我已經收到足夠多的『對不起』了。」

「什麼？」

「說起來也很有趣，我只是問他，王依依作為Omega在研究院裡工作，會不會有不方便的地方？結果他直接說：『昊一告訴你了？我和王依依的事。』」烏孫雅蕊說到這，直接笑出聲來。「呵呵~他倒是敢做敢當，一下就認了。」

她笑得肩膀顫動，像是控制不住自己。

蘇珞這才發現，即便她綻放在冰山之巔，卻也被霜打得葉落一地。

蘇珞都不忍看她的笑，笑得那麼美，又那麼無助。他的胃裡像吃壞東西似地泛著酸，難受得心跳都變快了。

「我指責他為什麼這樣對我，他卻反問我嫁給他，難道是因為我愛他嗎？」烏孫雅蕊像在訴說旁人的故事，十分冷淡地說著。「確實……結婚久了，我都忘記當初是家裡安排我們相親、訂婚，也忘了AO即便標記了，也可以沒有愛。」

蘇珞插不上話，也無話可說。腦袋裡浮現的全是電視螢幕、手機螢幕、報刊雜誌上面展現的昊法官夫婦出席各種活動的場景。

鏡頭裡的他們有多和諧、恩愛，鏡頭外的他們就有多殘酷、現實。

而現實總是難以如人所願。

「我的婚姻是為了守住家族勢力的產物。我需要一個仕途無量的丈夫，他是不是愛我，不重要。而我愛不愛他，那就更無足輕重了。」

烏孫雅蕊這番話更像在說服自己，眼神變得有些茫然，似乎這樣說的話，丈夫外遇這件事就不會令她痛苦。

「他也知道我不會離婚。」烏孫雅蕊平淡地道。「他很清楚比起私欲，我更看重烏孫家族的名譽和集團的利益。」

「這樣忍氣吞聲過一輩子，真的可以嗎？」蘇珞忍不住問。

「在你需要承擔的責任比個人的感受更重要時，哪怕生活在陰溝裡，那都得過下去。」烏孫雅蕊堅定道。「不過，我實在沒想到丈夫對我道完歉後，還善意地提醒我，說比起他的私事，我更該關注昊一。畢竟昊一交往的對象是王依依的兒子，一個不能給集團誕下後代的Alpha。」

蘇珞不知道烏孫雅蕊聽到這番話時是怎樣的表情，可只要想像一下，被丈夫、孩子同時背叛，被本該是生命裡最親近、最信任的人捅刀，那種難以置信和痛苦根本無法用言語形容。

不管她現在有多冷靜，都不能改變她被傷得很徹底的事實。

蘇珞像啞了似地站在那，聽她宣洩般地說：「我不知道你是怎麼想這件事的，但我心裡清楚我必須阻止昊一，阻止他重蹈我的覆轍，選一個錯誤的對象當終身伴侶。」

「您這樣做才是重蹈覆徹。」蘇珞不想讓她更難過，可有些話現在不說就遲了。「昊一也好，還是那位Omega也好，他們都不會想要這樣被束縛的婚姻。」

「我承認，突然召開記者會宣布昊一訂婚是很魯莽，可你不是上門來見我了？」烏孫雅蕊道。「我的目的就是想親眼見一見你，讓你明白有些事是不可能的。至於昊一未來的婚姻是束縛還是自由，就更不勞煩你操心了。」

「不管您是什麼想法，我都不可能和昊一分手的。」

「你確定不可能？」烏孫雅蕊不客氣地道，「哪怕這樣會傷害到你父親？」

「什麼？」蘇珞心下一驚。

「我調查過你父親。這些年他酗酒、躁鬱、孑然一身，都是因為王依依吧？她拋棄了你們父子。你要是堅持和昊一交往，那麼有關你的一切都會被媒體深扒，對你父親來說，無疑是再次揭開傷疤……」

「可那樣的話昊法官也會……！」蘇珞急了。

「你想說我丈夫包養情人的事也會曝光？」烏孫雅蕊冷笑道，「所以說你和我們是不同世界的人，不然不會不知道，就算在同等條件下，受傷害的也只有那些無權無勢的人，而有權有勢有人脈的，總能倖免於難。」

蘇珞有些分不清烏孫雅蕊只是在恐嚇，還是這些事真的會發生，但震盪的心底已經擺向「相信」。相信父親好不容易翻篇的過去、治療好的心理疾病會再次重現，他會沒日沒夜地酗酒，發脾氣，痛哭，連工作都丟了……

更重要的是，當年酗酒導致他胃穿孔、大吐血，是手術救回來的，蘇珞無法想像再來一次會是怎樣的後果。

「只要你們分手，我就讓司機送他回去。」烏孫雅蕊淡淡地道。

「誒？」蘇珞大吃一驚。

「你的父親，我已經讓司機接來了。」

烏孫雅蕊下最後通牒般地說：「如果你同意和昊一分開，我保證你父親永遠不會知道你母親的事，你們的生活也不會受媒體騷擾，你們可以像以前一樣過著平淡安穩的日子。對你們來說，安穩就是最大的幸福，不是嗎？」

聽著烏孫雅蕊的話，蘇珞腦袋裡想的，全是上午許下的生日願望——成為昊一的家人。

沒想到願望之所以是願望，正是因為它很難實現。

「你聽到我說的嗎？」烏孫雅蕊再次道，「我不想做惡人，但有的事處在我的位置上是不得不做的。只要你答應，我可以送你去留學，一個你可以優渥地生活，同時昊一絕對不會再聯繫到你的地方。時間和空間對你們這樣年輕的孩子來說，是糾正錯誤的最好辦法。」

看來烏孫雅蕊也很清楚要斬斷兒子的感情，最好的辦法是讓兩人再也見不了面。

蘇珞只覺得渾身冷得厲害，從頭到腳都很難受，像要病倒般寒顫。

「我兒子——」突然，從樹影下奔出一個人，不知他是剛來，還是……

蘇珞震驚地看著父親，看著他擰成疙瘩的眉頭和用力繃著的嘴巴時，腦袋裡頓時空白一片。

烏孫雅蕊也很吃驚，大約是沒想到他會這樣冒出來。她明明吩咐過保鏢，讓這個人先待在書房裡。

「我的兒子，」男人再次大聲道，「想要和誰在一起，是他的選擇，誰也管不著。要我看，他和昊一在一起就很好！不像妳，老公出軌卻只能當作看不見。」

「爸……」蘇珞一把挽住父親的胳膊，想要說什麼，可視線被淚水糊成一團，嗓子也啞了。

「家長們的事情由家長解決，嚇唬孩子們算什麼本事。」蘇爸爸反握住蘇珞的手，再次看向烏孫雅蕊。「還有——就算記者翻出我的過去，大家看到的也只是一個善良的孩子，費盡心力照顧他的酒鬼老爸，讓他得以重振精神找回人生。像這樣的過去，我恨不得人人都能看到，人人都能知道我家蘇珞是多麼棒的孩子！」

烏孫雅蕊愣在那。這和她預想的不一樣。一個曾被妻子拋棄而想要自殺的男人，為什麼會是這樣的反應？

他怎麼沒和她同一戰線？辛苦撫養長大的兒子和妻子外遇對象的兒子交往，他難道不覺得屈辱和憤怒嗎？

作為共同的「受害人」，他應該支持她才對。

所以烏孫雅蕊才命司機「請」蘇珞的父親來做客。

「小珞，有些話我早就想和你說了。」面對兒子的淚眼，蘇爸爸笑得溫柔。「以前的我不成熟，害你小小年紀就跟著我吃苦。現在不一樣了，輪到我來罩著你。所以別怕，天塌下來，有爸頂著呢！」

「嗯……我知道。」蘇珞不住點著頭，用手背擦去落下來的淚。

看著父子二人互相扶持的樣子，烏孫雅蕊莫名覺得很眼生。

下一瞬，她像突然意識到似的，發現自己的人生好像從未被人理解過。

結婚前，從穿什麼禮服出席宴會，到選擇怎樣的丈夫，都是父母說了算。

結婚後，她反覆考慮的都是說出口的話、做的事是不是符合身分，會不會對集團名譽、對丈夫以及孩子們的前途產生不良影響。

所有人都認為她很完美，不管家庭還是事業都操持得如此出色。

可是，這些都是有「劇本」的。像拍攝一部鉅額投資的電影，只要照著導演的意思，揮灑她的演技，就能獲得一聲完美的：「很好！下一場！」

緊接著，烏孫雅蕊又意識到，在她出演的場次中，導演可以是任何人：父母、老師、丈夫，甚至是身邊的女傭。

不管面對怎樣的人，她都能很好地接住「劇本」，把戲演下去。

所以，也不會有人問她對劇本的意見，或容許她突然「即興發揮」。

隨著時間推移，她竟也不知不覺成為昊一的「導演」，要求他按著劇本去演繹怎麼都不會出錯的電影。

在心底深處，烏孫雅蕊覺得這樣做沒有錯，誰讓她出生在烏孫集團的舞台上呢？

可另一方面她又忍不住想，要是那天爭吵時，她對昊翰林反駁：「你怎麼知道我就一定不愛你？你是我的Alpha，你到底明不明白這句話的分量！」那他們夫妻會不會有自二十一年前的相親以來，第一次交心的機會？

「妳還有什麼話想說？沒有的話，我們就走了，我還要回去上班呢。」蘇爸爸氣勢滿滿地說。

烏孫雅蕊依舊沉默不語。

天色完全暗下來，光靠花園那點燈光，不足以照清她的表情。

蘇爸爸不客氣地拉著蘇珞就往回走。

可蘇珞卻拉住他道：「爸，等等，我有話要說。」

烏孫雅蕊這才把目光投回到蘇珞身上。

蘇珞看著她道：「我以前是不愛作夢的，因為現實告訴我，少點期待也就少點失望。可在遇到昊一後，我才知道人就是要作夢，願望才會有實現的一天。昊一以為他只是說了『喜歡我』、『想和我在一起』，可事實上，他給我的東西是我這輩子都不會放開他的勇氣。」

「我也不會放開我兒子！」烏孫雅蕊並不示弱，甚至因為蘇珞的告白，眼神變得更加炯亮。「曾經，在他分化的時候，我沒能陪著他，差點失去他。但這次，我會守好他，不會看他走向悲劇而無動於衷！沒人可以奪走他！」

「阿姨，」蘇珞道：「沒人可以從您手裡奪走您的兒子。如果您真想昊一以後過得幸福，請先保重您自己。他只有您一個母親，他真的很愛您。」

蘇珞拉著父親離開時，烏孫雅蕊一直安靜地坐在桌前，不發一語。

※

晚上七點。

蘇珞和爸爸來到家附近的拉麵店，要了兩碗麵。

蘇珞不是第一次來這家店，也非常喜歡它的廣告詞：「人生如一碗麵，受得起折騰，品得了鹹香……」

老師傅手工擀出來的麵條勁道爽滑，湯頭鮮美，加上醬蛋、海帶結、酸筍等，每一口都回味無窮。

蘇珞吸著麵條，整個人都暖和起來。他沒和爸爸提昊一去哪了，怕他又為他們擔心。

等吃飽肚子，蘇珞送爸爸上車。蘇爸爸是被「綁」來的，還得回去工作。

車門關上的那一刻，蘇爸爸突然放下車窗道：「兒子，將來的日子還長著呢，別著急眼前的事……不管怎麼說，一切都會好起來的。」

蘇珞愣了愣。原來就算他不說，父親也知道，他有多麼擔心昊一，以及他們的未來。

「嗯。」蘇珞笑了笑，兩手插進校服口袋。「你說得對，走著瞧吧！」

※

非限定Alpha——米洛

秦皇酒店，總統套房。

挑高的玻璃陽台外，是經濟、科技、文化最為集中的新商業圈。

此時馬路上擁堵的車流，像赤紅的燈帶把高樓大廈都串聯起來，建構出一幅巨大的「人體」血管圖。

一身晚宴禮服的昊翰林立在陽台旁，俯瞰這片璀璨燈輝下的芸芸眾生。

一如他坐在大法官席上，審視著每一個前來聽從他審判的人。

不論是律師、證人、還是當事人，只要在AO法庭上，他都是他們的救世主。

只有他才能讓這些渺小如塵的人，體會到什麼是「昊法官的正義」。

是這些迷茫的Alpha、Omega、甚至Beta，劫後餘生裡唯一信奉的「神」。

也只有他才能滌蕩世間罪惡，讓真凶實犯俯首就縛。

「沒有人能像我這樣。」昊翰林凝望著璀璨的燈光，自言自語：「在維護正義的同時，還帶來救贖……」

只有「神」才能救贖萬民。

而救贖對於處在絕境人的來說，是唯一的希望之光。

昊翰林曾經是傲慢的。作為Alpha，作為男人，作為憑藉聰慧和天生的機敏從未經歷坎坷的完美人生的主人，他對任何事、任何人都有種高高在上的姿態。

他覺得人生不過如此。

財富、前途、Omega也統統不過如此。

沒有東西值得他在意、值得他拼搏。

直到那一天……

就算它已過去二十多年，在他的記憶裡卻依然沒有些許褪色。

『Omega妻子殺害Alpha丈夫。』

『丈夫出軌多名陪酒女。』

『妻子先在酒裡放安眠藥，後劃破丈夫的勁動脈，丈夫死因是失血性休克。』

這是昊翰林接到法庭的指派，成為嫌犯的刑辯律師前，得到的案情簡報。

也是他拿到律師從業執照後，第一次獨立處理的案件。

就算還沒開庭，昊翰林也知道從主審到副審法官、公訴律師、司法鑒定、記錄員等都是Alpha。

而翻看以往的審判卷宗紀錄，就會發現在ＡＯ夫妻之間的傷害案，對Omega的量刑往往比對Alpha要重。要是涉及到性質惡劣的「凶殺」，結局通常是「Omega

死刑」。

但反觀如果是Alpha謀殺Omega妻子，結局就是「Alpha終生監禁」。

所以這場刑事辯護，吳翰林面對的不只是法官、證人和受害者父母，而是整個法庭的Alpha，以及某種不存在法律條例裡卻在現實中處處體現的「Alpha對Omega的絕對掌控與歧視」。

吳翰林一開始並沒有亮出自己的底牌，只是擺出事實列舉他的當事人——也就是嫌犯，平時的為人極佳，是父母、鄰居眼裡的好女人。再說明她的丈夫長期不歸家、外遇等行為，導致她的生活孤單，長期失眠。

已被標記的Omega是不能離開Alpha太久的，那會產生強烈的不安感。

安眠藥顯然也不是拿來預謀殺夫的。

他把案情從公訴方的「謀殺」導向「無法自控的激情犯罪導致意外發生」。

就在公訴律師列舉醫院的診斷，認為嫌犯在那日精神狀態是正常時，吳翰林才突然揭示數據，從過往案例中，提出「對Omega的量刑是否不公正」的疑問。

別說法官，在場記者都驚呆了。

沒見過這麼自砸飯碗的律師，怕是不想再混了。

而且法官也以「與本案無關」為由，結束這滿庭的譁然。

可在庭審當晚，「昊翰林」的名字就出現在各家媒體頭條上。比起殺人案，大家更在意的是，對Omega的量刑偏重是否真的只是巧合？

隨著社會輿論越滾越大，主審法官的頭髮都白了好幾根，案子再不結，整個司法系統都會被針對。

終於到來的第四次庭審，法官綜合各項證據，判定嫌犯是「激情犯罪」，無主觀犯罪意圖，故公訴方的「故意殺人」罪名不成立。還有念其初犯，且坦白罪行，最後決定判處「三十年監禁」，並處罰金。

不僅不是死刑，還連終身監禁都不是，這樣的結果完全在昊翰林的意料之中，正微笑著打算和助理律師握手慶祝，法庭上卻爆出兩聲極其炸裂的哭聲。

一是受害人父母在哭訴「不公」，大喊著：「殺人凶手，還我兒子命來！」

二是嫌犯，她同樣聲嘶力竭地在哭喊著：「天啊！我為什麼不是被判死刑！」

這個不論問什麼，除了點頭說「是」之外，什麼也不交代的Omega，第一次情緒失控，法警都差點拉不住她。

在被拖下去前，她扭曲著臉，顯得憤怒又悲傷地喊：「不可以！我不可以活著！」

非限定Alpha——米洛

審判結束，案子了結。

記者那邊似乎被打過招呼，不再發相關文章。

至於「昊翰林」這個名字，不是毫無分量的新晉律師，而是敢於面對和挑戰「性別歧視與不公」的新生代律師。

不久後，他開始結識社會名流，還獲得與醫藥集團的千金相親的機會。

雖說他那時已有王依依這個戀人，但兩人之間的身分差距越來越大。

王依依是善解人意的，主動提分手，還和一個Beta工程師結婚了。

沒了後顧之憂，昊翰林的事業也好、婚姻也罷，全都在往上走，所以他也不知道自己為什麼要去監獄見那個歇斯底里的Omega。

在那間不管外面陽光多燦爛，屋內始終陰暗的探望室裡，昊翰林看著女人掩面哭泣，說出事情的真相。

原來她和Alpha丈夫是命定的戀人，可以說這世上除去對方，就沒有其他值得如此去愛、去託付的人。

丈夫根本不會出軌，他和陪酒女的照片只是生意上的應酬。

「我太愛他了。」女人哀嘆，「爸媽嫌我是Omega，他們不願給我的愛與關心，我都從丈夫這裡得到了。可他越是愛我，我就越擔心會失去這份愛。」

「家裡建材生意做大後，他總是出差，每次看到交通事故的新聞我都怕得發抖，吃了很多抗焦慮的藥都沒用……他見不得我這麼痛苦，乾脆把自己關在家裡，生意也不管了，就陪著我……」

女人說到這，又哭了。

「他真的很愛我。事發那天……他和我說，要不妳把我殺了吧，那我就不會死在別的地方，而是在妳的手裡，永遠都和妳在一起……」

「我知道他是在開玩笑，但後面我們喝了很多酒，不知怎麼就認真起來。他見不得我整日惶恐不安，而我又離不開他……他開始大把大把地吞安眠藥，可胃裡難受，又吐出來不少，他覺得這樣死不了，就拿美工刀割頸……」

「他流了好多好多血，直到失去意識前都在說愛我。我抱著他，看著他的笑容逐漸僵硬，看著他的血把地毯染紅……直到鄰居敲門，我才知道血都滲到樓下去了……我很快就被抓，都沒來得及割腕。」

「可他在奈何橋旁等我，我必須趕過去。我撒謊他出軌的事，也只是想要快點被判死刑。我要是說因為我太愛他，所以不得不殺死他，會有哪個法官相信呢？命定的Alpha和Omega是如此稀有，沒有人對我們感同身受。他們只會把我丟進精神病院……」

女人淚流滿面地說個不停，從兩人相遇、相戀到為對方赴死的決心。

昊翰林只是聽著，連附和一聲都沒有。這案情就算對身為Alpha的他來說都很離奇。或許他這輩子都無法體會這樣癲狂的愛情吧，那種全世界只剩下對方的「唯一」感。

可是，昊翰林能看到女人眼裡的光，從敘述丈夫開始變得越來越亮，又從自己沒能死去的失望開始，逐漸地失去光輝，就像親眼目睹著她的死亡……

昊翰林知道自己該說些什麼，比如鼓勵她活下去，照顧雙方父母，重新面對生活，又或者乾脆上訴，說明她丈夫是自殺的，她無罪。

可那樣，她也會被送進精神病院。那裡的「看管」比監獄還森嚴。

昊翰林沉默地整理自己的公事包，把紙張、原子筆、錄音筆逐一收回包包的夾層中，然後他摸到某個硬硬的東西。

一分鐘後，他走出探望室，卻在獄警把門關上的瞬間，又往裡瞥了一眼。

女人滿臉驚訝地看著似是不小心遺漏在桌角的美工刀，她飛快抓過它藏進衣袖，然後，她也看向門口。

那個眼神，昊翰林一輩子無法忘懷。

像虔誠的信徒，用全副身心感謝「神明」的救贖。

看著她婆娑閃亮的淚眼，昊翰林忽然意識到，法律「救」不到的人，他可以救。

而想要成為拯救他人的「神」，就得擁有更多、更至高無上的權力。

「我一定會成為司法部長，然後登上更高的山。」昊翰林望著燈火輝煌的商圈，喃喃自語：「沒有人可以阻攔我，就算是我兒子也不行。」

※

昊一失聯了。

蘇珞送父親離開後，就掏出手機找昊一。

本想問問他在蔡阿姨家有什麼進展，結果發現他關機了。

好像自認識他以來，他都沒有關過手機，何況他離開前還說要「保持聯絡」。

儘管腦袋裡給出「大概是手機沒電」的答案，可蘇珞的心始終懸在那。

他忙給秦越打電話，在得到他也找不到昊一的回答後，蘇珞撥通了父親的手機。

他本想問蔡阿姨的聯繫方式，結果父親說，他剛和蔡阿姨通完電話。

蔡阿姨在電話裡對昊一是一頓猛誇，說昊一雖然年輕，但身上有種實事求是的沉穩，做事也很細心，讓人倍感安心。還說要不是昊一幫忙，她兒子的案子也不會得到重審的機會。

聽到這，蘇珞忍不住問父親：「什麼意思？瓦斯外洩不是意外嗎？」

「不是意外。你蔡阿姨之前就提出要重新驗屍，但進度緩慢，昊一請到醫學院法醫學系的教授來幫忙，他們好像很早就認識，是忘年之交。那位教授是這方面的權威，在結合現場勘查報告和重新驗屍後，他給出了『他殺』的結論，並提交詳細報告給警方。」

「他、他殺……」蘇珞倒吸一口冷氣，「那阿姨現在……」

「之前你蔡阿姨對記者說不是意外時，沒人信她，還各種含沙射影說是她害的，她當然崩潰。現在知道實情，她反而冷靜下來。她打電話給我，和我聊這麼多，除了感謝外，也是想讓我放心。她說昊一承諾會找到凶手，她也答應昊一會好好保重自己，不再做傻事，不讓她在天堂的兒子擔心。」

聽到這，蘇珞稍稍鬆口氣，緊接著意識到，昊一已經離開蔡阿姨家了，不然，蔡阿姨也不會給父親打電話說這些事。

心底的不安如汙水傾覆在紙面，瞬間擴散開來。

蘇珞都不記得自己是怎麼掛斷電話的，只知道收起手機後，整個人忐忑到不行，像下樓梯時不小心一腳踩空，心臟一下子撲騰起來那樣。

眼下都八點了，昊一卻還是音訊全無。

『他肯定遇到什麼事了。』

『等等，我先別這麼慌……會不會是他的手機摔壞了？』

『……可就算是手機壞了，他也會找別的方法聯繫我。』

『對了，他身邊有個叫李瑋的人……他應該會借手機給昊一。』

蘇珞回想起在車上時，李瑋打過來，他和昊一說話的語氣很熟絡。

當時聽到就覺得有些意外。

原以為李瑋只是來幫忙調查瓦斯爆炸案的人，但在通話時，他有些「意有所指」，好似他和昊一之間存在什麼祕密一樣。

「這樣想來，要不是父親告訴我，我都不知道調查後續……」蘇珞忍不住想，「昊一是找不到告訴我的時機？還是他覺得這事情很危險，刻意隱瞞？」

蘇珞更傾向於後者。

「畢竟是凶殺。」蘇珞眉頭緊皺，「蔡阿姨的兒子長期宅在家，怎麼會招惹到這麼凶狠的角色。在蔡阿姨飯後散步這短短時間裡，他不僅殺人還偽造現場……連驗屍報告都瞞得過去，要不是昊一請到更厲害的鑑定專家，整件事就會被當作意外掩埋。」

「昊一現在要把這個人揪出來。」

蘇珞不覺翻閱著網上有關瓦斯外洩的新聞，它依然有著不小的熱度。

「也就是說，凶手也可能會對昊一下手？」

蘇珞握緊手機，心臟突突跳個不停。

「是我讓他去調查的，我卻什麼忙都幫不上，還讓他陷入危險……」

蘇珞焦慮地抓了抓頭髮，手機突然發出滴滴的提示音，一看是之前他追查的駭客有結果了。

那名駭客入侵別墅安保系統，還竊取了媽媽電腦裡的所有文件，暫存在保全室電腦，直到被他發現。

雖然文件內容他沒有看到，但他有追蹤駭客的位置。

只是追蹤真實ＩＰ需要不少時間。

就在剛才，真實ＩＰ被找到，並定位在地圖上。

不知為什麼，蘇珞有種身處噩夢的恍惚，以至於眼前的一切都是那麼不真實。

……駭客的位置，和新聞公布的瓦斯爆炸地址一模一樣。

他剛還看著新聞裡現場的慘狀。

而被害人，那個駭客，竟然就是——蔡阿姨的兒子。

「這是什麼意思？」蘇珞不禁渾身發冷，氣息凝固。「他的死和我媽媽還有昊法官有關嗎？」

蘇珞盯著新聞畫面，繼而發現，就是他和昊一去別墅的那天晚上，駭客被殺了。

「因為我發現了駭客，保全通知了昊法官，所以當晚昊法官就派人……」

蘇珞感到一陣強烈的暈眩，雖然想要控制住的，可渾身軟得厲害，他不得不往後踉蹌。

「蘇珞！」有人從後面扶住他的雙臂，焦急道：「你怎麼了？」

聽到那熟悉的聲音，蘇珞如夢初醒般地問：「真的是你嗎？昊一。」

「咦？」昊一一愣，「需要證明我是我嗎？」

「笨蛋！我的意思是……」蘇珞說到這，又眨眨眼道，「真的是你，不是我太想見你，所以產生的幻覺？」

「真的是我，對不起！我該早點聯繫你的，可是手機……手機裡存了重要的東西，不得不關機，然後我又去處理一些事……」昊一很抱歉地說，「我來找你，看到你在這發呆，還想繞到你身後，矇住你的眼睛，讓你猜猜我是誰……我真是太幼稚了。」

蘇珞沒理會昊一的自我反省，倒是抓住他話裡的重點，盯著他問：「手機裡重要的東西，不會是蔡阿姨的兒子被害的原因吧？」

「你為什麼會這麼想？」昊一很吃驚。

「不是嗎？我發現他就是入侵別墅的駭客，所以……」

「蘇珞，你真的好厲害。」昊一一臉驚嘆地道，「我剛拿到驗屍報告還有備份的資料不到三小時，你就已經全部知道了。」

「誒？」

「蔡阿姨知道案件會重審後，就把她兒子的遺物都交給我。」昊一道，「是一個隨身碟，說是她兒子託她保管的。爆炸發生後，警察草率結案，她很缺安全感，總覺得周圍的人都是凶手。這個隨身碟，她只給真正能幫助她兒子的人。」

「看來蔡阿姨很清楚，自己沒有害死兒子。」

昊一點了點頭，「我將隨身碟連上手機，拷貝了所有的文件。除去明星的隱私照片，有個文件夾和我們在別墅裡見到的一樣，他果然藏了備份。」

「也就是說……」蘇珞突然感覺很緊張，像恐怖的惡鬼正要摸上他的肩膀。

「我知道你在怕什麼。」昊一很溫柔地抱緊蘇珞，「我看過裡面所有的照片和影片了，和我們先前想的很不一樣，文件裡都是你母親平時生活和工作的紀錄。雖然也有幾張和我父親的合照，但都是在公開場合很正常的交際。也就是說……」

「也就是說，不存在他們因為被發現偷情，而買凶殺人的事了。」蘇珞不覺說出心裡最為擔心的事。

再怎麼樣，那也是媽媽啊，不想她一錯再錯。

想必對昊一來說也是一樣。

「不愧是我男朋友，的確如此。」昊一笑了笑，摸了摸蘇珞的頭。

蘇珞不好意思地低頭，然後又想到什麼，「可是，他還是被殺害的！」

「沒錯。」昊一摟著蘇珞的腰，完全不在乎已有路人盯著他們看。「蘇珞，我打算繼續調查那些文件。就像你說的，這件事和他們的外遇無關，但真沒關係的話，也就不會出現在受害人的隨身碟裡……我很抱歉這樣說，但是……我會繼續深挖，直到確認裡面的每一頁紙、每一行數據真的都沒問題……」

蘇珞深深吸口氣。那都是媽媽的東西，他當然知道昊一是什麼意思。

「你是笨蛋嗎？」蘇珞眼底濕了，雙手緊緊圈抱昊一的腰。「你這是在幫她啊，幫我的媽媽……幹嘛要和我道歉，你以為我的心真的不會痛嗎？聽你為這種事感到抱歉，我是真的很痛啊。」

「嗯，我是大笨蛋，蘇寶不哭。」昊一吻著蘇珞通紅的眼角，柔聲細語地問：「那你願意跟我這個大笨蛋回家嗎？」

「回家？」蘇珞看著昊一。

「我想你再見一見我媽媽。」

「現在嗎？」蘇珞吸了吸鼻子，「到你家都要半夜了。」

「沒關係，我媽媽會等。」

「你剛才說……去處理了一些事，」蘇珞看著昊一道：「不會是去找你媽媽談話了吧？」

「啊……」昊一眨了兩下眼，「這你也能知道？ＯＭＧ！那婚後我要做點什麼壞事的話，根本瞞不住你啊。」

「什麼？」蘇珞臉紅了，「什麼婚後，我有答應和你結婚嗎？還想著做壞事？怎麼，想藏私房錢？」

「不敢啦。不過你真的很厲害，我確實是去找過我媽媽，讓她一定要同意我們的婚事。」昊一道。

「婚、婚……」蘇珞聽著昊一這麼大聲地說結婚，看著周圍人都在看他們，還有偷笑的，臉孔更紅了。「不是說要去你家嗎？還不走？」

昊一卻仍站在那，看著蘇珞不停往前衝，兩耳通紅，真的太可愛了。

他沒忍住，就拿雙手攏在嘴前喊：「——蘇珞，我愛你～！」

蘇珞整個人一怔，昊一笑得瞇起眼睛，再次道：「我好愛你！」

蘇珞終於回過頭來，昊一以為他會豎中指，結果他紅著臉，咬著後槽牙道：

「我也愛你。笨蛋！」

※

蘇珞站在那扇豪華的實木大門前，有點不敢置信自己又回來了。

和昊一媽媽那不甚愉快的談話，都還在眼前沒消散。

不過眼下讓他更在意的是，這裡正在舉辦雞尾酒宴。

站在大門的位置，蘇珞可以望見裡面的大廳。

就像萬花筒，那些手持雞尾酒杯走來走去的賓客，渾身閃著夢幻的彩光。

蘇珞終於明白旲一說的「媽媽會等」是什麼意思。

她有宴會，自然通宵達旦。

不過，這是屬於大人的派對，也是孩子們的睡覺時間。

「我看還是明天再說吧。」蘇珞看著這陣仗，連忙道：「別掃了阿姨的興致。」

「想去玩嗎？」沒想到，旲一卻牽起他的手道：「正好我也餓了。」

「誒？」蘇珞被旲一帶著往前，看著比自家客廳還要大N倍的玄關，忽然意識到下午見到旲一媽媽時，甚至都沒能進門。

現在倒是能長驅直入，只是……

蘇珞覺得自己並不是害怕誰，只是阿姨才召開記者會，向公眾宣布她的「天選兒媳」，這時兒子就帶著真命天子來砸場……真的好嗎？這樣「母慈子孝」的場面，肯定又會衝上頭條……

蘇珞想到這，頭皮都麻了。

『別的不說，我真的會被阿姨恨死吧。』蘇珞不由想道，『媽媽離開爸爸後，就算我去找，她也不見我。旲一的媽媽等同於我的第二個媽媽，難道也要一樣地疏離嗎？我就不可以被媽媽喜歡嗎？明明我這麼喜歡她們。』

眼瞅著宴會廳的拱形大門越來越近，蘇珞一把抓住昊一的胳膊，笑了笑道：

「我看我們還是……」

他話還沒說完，昊一就先轉向了。

昊一沒去那觥籌交錯、音樂陣陣的宴會廳，而是走向左邊的大理石樓梯。

「去哪？」蘇珞很意外，但還是跟上樓。

只要不去宴會廳都好說。他還小跑兩步，走到昊一前面。

但昊一忽然拉住他的胳膊，然後把他抱起來。

「靠！幹嘛！」蘇珞的臉一下紅透。在樓梯上公主抱什麼的，太騷氣了。

「我怕你累著，後面要做的事情還挺多。」昊一笑得寵溺，「我們先去三樓。」

「後面什麼事啊？你別惹阿姨生氣……快放我下來！」蘇珞抓住昊一的衣領，正要他放自己下來，忽然想到一個古老且百試百靈的妙計。

「昊一～」蘇珞揪著衣領子的手改為親密地摟著昊一脖子，笑得要多甜有多甜，另一隻手還摸著昊一迷人的下頜線。「我說，還是去你房間吧，我都沒參觀過你的房間。」

「只是參觀嗎？」昊一果然停下腳步，目光閃亮地看著蘇珞。

想到自己的男朋友完全經不起撩，蘇珞又有點猶豫。逗弄昊一的下場只會變成他第二天上不了課，再請假的話，會影響出勤率嗎？要是畢不了業，就只能讓昊一養著了……好像也不錯。

昊一又邁開腳往上走，蘇珞趕緊道：「當然不只是參觀，在你的房間，我們愛做什麼做什麼，你懂噠～」

「哦哦～我還以為就我的竹馬好男色，沒想到連我的同桌也一樣。」秦越不知道從哪冒出來，靠在三樓的樓梯扶手上，樂不可支地說：「果然不是一家人不進一家門呀，哈哈。」

「嗄？班長！」蘇珞以為這裡沒人，抬頭才發現秦越。他還不是一個人，身後站著女僕，而且是好幾個。

而這空闊的旋轉樓梯就像巨大的擴音喇叭，把他剛才夾著嗓子的撒嬌聲傳了個遍。真社死啊！

蘇珞崩潰到不行，只好抱住昊一的脖子，把通紅的臉往那一埋——看不見我，看不見我……

「哈哈哈。」秦越大笑不止。

昊一抬頭，飛給竹馬一個眼刀。

「別啊，我又沒說這樣不好，我可巴不得你們天天膩歪，甜死我才好呢。」秦越笑著道，「對了，昊一，嘉賓我請來了，我妹還有你媽媽都陪著呢。」

「嘉賓？」能讓秦越妹妹和昊一媽媽作陪的，一定是重量級人物，蘇珞好奇地抬頭，昊一恰好走到三樓平台。

所以蘇珞都還沒弄清楚嘉賓的事，就被秦越給閃瞎。

班長穿得可太帥了。可能是雞尾酒宴會的關係，秦越穿著淺色訂製西裝，左胸襟前佩戴著超級閃亮的鑽石胸針，圖案是粗獷的黃金海盜船舵，和他大海般寬廣的信息素交相呼應。

「我看，還是去臥室吧。」頭頂響起昊一不怎麼愉快的聲音。

蘇珞這才反應過來，自己不小心沉迷在班長的美色裡。

「啊？哈哈，我開玩笑的，我們還是……對了，我們要幹什麼？」蘇珞看向吃醋到飛起的昊一。

「他就這麼好看嗎？你都看呆了。」昊醋精卻沒打算翻篇，「你還在我懷裡。」

「我只是在看他的衣服還有首飾。」千穿萬穿馬屁不穿，蘇珞帶著陶醉的樣子說。「要是你穿的話肯定更好看，因為你的肌肉更勻稱，身高也是，天生的衣架子，所以我看到好看的衣服，都會忍不住試想你穿起來的樣子。啊~真的好帥。」

昊一的嘴角肉眼可見地上翹。

「散了吧、散了吧，這裡沒我們什麼事了。」塞了一嘴狗糧的秦越道。「讓他們直接入洞房得了。」

一旁侍立著的女僕，也忍不住低頭笑了。

「她們會幫你換衣服。」昊一把蘇珞放下，「就在那邊的房間。」

「誒？」

「應該先帶你來這的，」昊一歉意地說，「我一緊張就忘了。」

「你還會緊張？」蘇珞驚訝地看著他，忽然想到應該和那重量級嘉賓有關。再聯想他之前說，會讓媽媽同意他們交往，蘇珞不免猜想那嘉賓是不是來當說客的。

身分很貴重，昊一見他還會緊張，難道是……法學院院長？

昊一曾提起，院長年輕時是Omega女子學院的導師，也是他媽媽的恩師。

如果是這位碩果累累的老人家，那昊一會緊張就不奇怪了，而且他極可能是昊一說服媽媽的唯一籌碼。

想到這，蘇珞就暫且告別昊一和秦越，積極配合女傭們的安排。基本上是女傭拿什麼來，他就換什麼上去，沒有一句廢話。

只不過這衣帽間也太大了，比他臥室還大兩倍，三面內嵌的衣櫃，放滿黑、灰、白、米色系的西裝，還有西褲、領帶、皮鞋、襪子。

有一排櫃子裡全是抽屜，一抽屜的精品腕錶，一抽屜的領結、口袋巾、胸針、袖釦……蘇珞看得目瞪口呆，他不知道西裝的配飾居然有這麼多。

而且這些東西看起來都很貴的樣子，在秦越身上出現的船舵胸針這裡也有，只是款式略有不同。

雖說看得眼花撩亂，但蘇珞很快看中一款蛇形胸針。

它和昊一佩戴過的耳環很像，只是姿態是盤起的，鑲滿鑽石的蛇小心呵護著一枚心型寶石。蘇珞不知道那是什麼材質，只知道它又冰又潤的色澤很像昊一的眼睛。

「這是翡翠，這顆心型寶石還是天然的。」女傭姐姐介紹道，「它是少爺從古董拍賣會上拍回來的一套中的一件，全世界也就只有這一套。」

蘇珞忽然後悔不該問的，聽到那駭人的價格後，多少有點戴不上去了。

「這些全是少爺送給您的禮物。」女傭取過蘇珞手裡的胸針，小心地為他別上，笑著道：「一直以來，我們都認為少爺是覺得衣帽間不夠用才開闢這裡。他總是不停往這添置新衣，還有他以前收藏的那些古董首飾。」

「不止呢，他還反覆檢查燈光、鏡面、櫃門、甚至地毯，直到確認使用舒適，」另一個女傭激動地補充。「我們都不知道少爺在做什麼，直到今天……嘿嘿。」

「您和少爺真的非常登對。」在整理鞋襪的女傭笑著點頭，「真讓人羨慕，這樣神仙般的愛情。」

「啊，這樣啊，難怪這些衣服這麼合身……那、那真是謝謝他了，也謝謝姐姐們的幫忙。」蘇珞面頰泛紅地站在那，面對她們姨母般的笑容，更害羞了。

咚咚！有人敲門，蘇珞以為是昊一，來的卻是秦越。

「哇哦～！昊一看到會走不動路吧。」秦越張大嘴巴，很是驚喜的樣子。

「現在的重點不在他身上吧。」是要討院長的歡心，蘇珞深吸一口氣，提了提精神。「Let's go。」

「Follow me。」秦越看看時間，距離午夜十二點還有二十五分鐘。

他們一走，女傭們就忍不住啊啊啊地尖叫起來。

「他臉紅的樣子好可愛啊。」

「難怪少爺這麼喜歡。我看著也很喜歡。」

「身材也好好，現在的孩子怎麼這麼會長。」

「您一定要成功啊，昊一少爺！」女傭們興奮地手拉手，「求婚一定成功！」

※

「老、老爸？你怎麼在這？」在宴會廳左側的休息室，蘇珞差點沒認出父親。

「驚訝吧，我是搭直升機來的。」爸爸笑道。

他穿得還很正式，繫著酒紅色領結。

蘇珞忽然意識到，和媽媽離婚後，爸爸外出穿的基本是電力公司的工裝。哪怕他不用去監工，只坐辦公室繪圖也是一樣。所以他不論出現在哪，都一副剛從工地回來、風塵僕僕的樣子。

有次校慶合唱，舞台下很黑。同學都找不到爸媽坐哪，只有他能一眼望見最後排的爸爸。那工裝上的反光條比貓眼還閃。

這很好笑也很稀奇，爸爸會參加他的學校活動堪比中樂透，機率太低了。

而爸爸再次出現在昊一家的機率，無限趨近於零。

蘇珞不得不把爸爸拉到身後，並心驚肉跳地看向坐在沙發裡的烏孫雅蕊。

不知道她為什麼又把爸爸「請」來，還一臉似笑非笑的表情。

『……事出反常必有妖。』蘇珞心想，『隨她怎麼欺負我都行，但要再找爸爸的麻煩，我就不客氣了……我去揍昊一，拿捏軟肋什麼的，誰不會啊！』

「哈啊——嚏！」休息室門口響起一個大噴嚏，眾人一驚。

秦越率先笑起來，「你沒事吧？緊要關頭，可別感冒了。」

「我沒事。」昊一看他一眼道：「我人生的字典裡沒有感冒，只有……」

對蘇珞的發情期——有長輩在，昊一這後半句只能憋在肚子裡。

可秦越顯然是懂竹馬的，衝他直挑眉頭。

昊一卻不再理他，只是看著背對門口的蘇珞。

他媽媽有很重要的話要對蘇珞說，所以事先叮囑過，讓他先待在門口，等他們談完。

可蘇珞的背影看起來既可憐，又可愛，就像一隻獨自看家的小奶狗，瑟瑟發抖地對抗著妄圖闖進家門的陌生人。

『他受委屈都是因為我，我該早點把他介紹給媽媽認識。就算沒有那件事，以蘇珞的為人，都能讓媽媽接受並喜歡上的。』昊一心想。

他快步走向蘇珞，想攬緊他的腰，再摸摸他的頭，以表支持和安慰。

然而，媽媽更快一步起身，並一把握住蘇珞的右手。

所有人都愣住了。

Omega如無必要，是不會觸碰一個Alpha的身體，就算是母子也一樣。

可以說，Omega和Alpha之間就是存在著「邊界」。

這「邊界」是Omega的安全感。

除非Omega真的很喜歡這個Alpha，那「邊界」就不存在。

看著這一幕，昊一便收回差點就摟上去的胳膊，安靜地陪在一旁。

「我真的很對不起你！」烏孫雅蕊數度哽咽才說道：「我什麼都不知道，就自以為是地插手你們的感情。」

蘇珞想要說什麼，可腦袋已然當機。

這和他想的不一樣，昊一的媽媽怎麼會那麼熱情地握著他的手，還淚眼婆娑著道歉？這中間到底發生什麼了？

「你是昊一的救命恩人，沒有你伸出援手，昊一不可能活下來。是你救了他。」烏孫雅蕊動情地道，「我真的很感謝你，也很對不起你。請原諒我之前惡劣的態度。其實我從一開始就不討厭你，之所以會那樣對你，說到底是心有不甘，覺得你不是家族選中的人，沒辦法給昊一光明的未來。」

「但是，這很可笑不是嗎？誰也不能保證未來會發生什麼。我聽從父母的安排，以最符合利益的方式結婚，現在的結果呢？落得準備離婚的下場。」烏孫雅蕊道。

「什麼？」資訊量太大了，而且已經被標記的Omega要離婚，談何容易？

蘇珞震驚不已地看著她，烏孫雅蕊倒是很淡定，還笑了笑說：「我從沒有這樣傷心過，也從沒有這樣高興過。就像你說的，我是昊一的母親。如果說這世上有什麼能彌補過去，彌補那些我未曾擁有過的遺憾，那就是親眼見證昊一的幸福，看他和真正喜歡的人在一起。」

烏孫雅蕊說到這，把蘇珞的手轉交到昊一的手上。

看著兒子，她眼裡的淚就落下來，那神情像在懺悔什麼。「昊一，謝謝你那麼堅定地去追求自己的幸福。如果不是你那麼勇敢、堅決，我可能這輩子都無法從那樣的懊悔中走出來。」

「媽媽，我愛妳。」昊一道，「妳知道的，我和蘇珞都很愛妳。」

烏孫雅蕊點點頭，再也控制不住地扭過頭去，輕聲啜泣。

蘇爸爸趕緊遞上紙巾，並小聲安慰。

蘇珞看著這連想都不敢想的一幕，心裡感動得要命，腦袋裡的問號也多得飛起。

他抓著昊一的胳膊就帶到休息室角落，質問道：「你怎麼和你媽媽說的，我怎麼就成了你的救命恩人？你這編故事的能力跟誰學的？班長嗎？」

秦越躺著也中槍。

「他哪有這個能力。」昊一鄙夷。

秦越吸氣。

「那麼……」

「你確實救過我，只是你不記得了。」昊一溫柔地說：「你看完這個就明白了。」

昊一打開手機裡的一段影片。「這是監控錄影。」

「監控？」蘇珞好奇地湊近，播放著的畫面光線昏暗。

不知為何，他有種誤入恐怖電影的驚悚感，連胳膊上的汗毛都豎起來了。

而且越看心裡就越湧起一種莫名的熟悉感，就像曾經在夢裡去過這個地方一樣。

非限定Alpha——米洛

陰暗潮濕的地下室，連通風扇都沒有。整間屋子透著一股將死的恐怖氣息，哪怕多停留一刻都會讓人覺得窒息。

隨著夜視鏡頭的調整與推進，畫面變得清晰一些。

一台放著少許器械的診療車，斜斜地立在角落。

蘇珞注意到盤子裡的棉球還是鑷子都血跡斑斑。

他不由得吞了口唾沫，然後把視線投向鏡頭聚焦的地方，也是最為陰冷的角落。

蘇珞不知道自己是怎麼知道的，反正那個地方就是很冷，冷到讓人止不住地打寒顫。

「那裡，有個人。」蘇珞突然道。

在鏡頭還沒推得更近前，他就脫口而出：「一張病床擺在那裡，有個人被綁在床上。」

像是印證他的話，鏡頭也清晰地映出那張單人病床，還有點滴架，不過架子已經橫倒在地上，不知道是什麼的藥水流了一地。

病床上的人從頭到腳都被綁帶牢牢捆住，讓他只能待在床上，動彈不得。

「我、我夢到過他！」蘇珞這下激動起來，拉著昊一的手說：「那個人……

還是個孩子，他快死了……等一下！這不是夢？這是真的？是我的記憶嗎？」

這下，蘇珞更著急了。「昊一，這是哪？我們得報警救人！」

「蘇珞，放輕鬆。」昊一握緊蘇珞的手道，「這人是我。」

「誒？」蘇珞呆了。

「是十三歲時的我。」昊一道，「我在分化時信息素爆炸，所有的一切都亂套了，再多的抑制劑、再多的專家都沒辦法控制我的信息素，也沒人敢靠近我。在給別人造成實質的傷害前，我決定把自己關起來。我走進研究院的地下室，那裡也是強制隔離觀察室。」

「可是這樣的話，誰來幫你治療呢？分化期那麼痛苦，總該有止痛藥吧？」

蘇珞指著畫面裡傾倒的藥水道，「根本就沒有人幫你啊。」

「蘇珞，別哭，那都過去了。」當昊一抬手擦去蘇珞眼角的淚時，蘇珞才意識到自己竟然心疼哭了。

「我知道！」蘇珞也不知道自己在氣什麼。昊一說得對，不管他的分化期怎麼糟糕，那都已經是過去的事。

「我還是跳到最後吧。」昊一說。

「不要！我要知道你到底經歷了什麼。」蘇珞道，「我也要知道我忘記的是什麼。」

「那個時候……」昊一語氣更緩了，「我並不知道父母已經簽了字……」

「簽了字？什麼字？」

「也許是不想我這麼痛苦吧。你也知道Alpha經歷分化時，身體像遭受重創，沒有一處不疼痛，還會發高燒。我的狀況自然更嚴重，身體狀態糟糕到極點不說，精神狀態也一塌糊塗。於是醫生向我父母建議，在我的狀態更加不可控之前，實行安樂死。」

「安樂死？」儘管昊一有意放緩這句話的衝擊度，蘇珞仍然吃驚到無法置信，一直盯著昊一問：「你是說……他們想殺死你？可你明明還活著啊！」

而且，只有犯下嚴重刑事案件的Alpha和Omega才會被執行安樂死。

昊一什麼錯都沒有，他只是在與分化期艱難地搏鬥。

「當時專家們的建議，就只剩下這項了。這段影片拍下的，是我人生中最後的時光。那時專家已經拿到我父母的簽名，正在配藥室做準備……」

蘇珞震驚極了，淚水兀自往下掉。

他算是明白烏孫雅蕊在懊悔什麼了。她放棄過昊一，放棄過她的兒子。

「蘇珞，別哭。」昊一連忙道，「我現在很好……」

「笨蛋！」蘇珞卻猛撲到昊一懷裡，緊緊抱住他道：「我真是個笨蛋，怎麼可以忘記這麼重要的事。」

「誒？」

「我全都想起來了，那天是我和媽媽約好，去研究院體檢的日子。每次只有體檢的時候才能見媽媽一面，想到這個，我就很想哭。」蘇珞道，「然後我就聞到一陣香味。很香，香到讓我忘記難過和委屈。」

「我問了周圍的大人，他們都說沒有味道。我就一個人循著香味往樓下找，不知不覺就走到地下室。」蘇珞想了想說，「我還記得那條走廊又深又直，沒幾盞燈。我看著旁邊一扇又一扇像是冰箱門一樣厚重的金屬門，以為是大人們說的停屍間，怕得要死。可是香味卻在前面『牽引』著我，我沒忍住越走越深，直到走廊盡頭的那間房間。」

「我那時以為門後藏著很神奇的東西，可怎麼也沒想到會是一個……只比我大一點的孩子。」即使是回想，蘇珞也感到心驚肉跳。「這不是虐待嗎？把人那樣綁在床上，像垃圾一樣丟在那麼冷的房間裡，是人體實驗嗎？我害怕極了。或許是因為這樣，我後來才會以為那只是惡夢，怎麼可能是真實存在的呢。」

蘇珞深深吸一口氣後才道：「我當時拚命想救你，想扯掉你身上的綁帶，可是我沒那力氣。我覺得頭暈目眩、渾身發軟，只能握緊你的手，我根本救不了你。」

「怎麼會呢？」昊一同樣語音沙啞，「你的出現，就像穩定劑一樣及時穩住我即將崩潰的San值，讓我得以戰勝分化期。蘇珞……其實你十二歲就分化，是受到我信息素的影響。」

「啊，是嗎？」蘇珞抬頭，「後面的事我不太記得了。」

「後面你暈倒在我身邊，被趕來的研究員發現，聯繫了你媽媽。」昊一摸了摸蘇珞的頭，「她對你做了一些檢查，大概因為你是Omega和Beta生的孩子，她一直很關心你的分化情況。」

「這麼說來，媽媽確實經常把我從學校接去研究院檢查……直到和爸爸分開，次數才變少了。」

「嗯。你媽媽也確實發現了你會提前分化的數據，只是你遇到我，屬於研究院重大事故，為了保證研究院不被調查和關閉，她只能把研究報告和拍攝到我們在一起的紀錄全都隱藏起來。」

昊一說，不過也沒道出全部的事實。

王依依不是普通的Omega。她的信息素「柑橘香」，會讓Alpha產生一種認知錯覺，會誤認為她是命定的另一半。

她很容易獲得Alpha的青睞，但她從少女時期就一直青睞的男人，卻沒能和她結婚，對方娶了一個更有錢有勢的Omega。

未婚的Omega難以找到工作，王依依又很想研究自己特別的信息素，不知道是不是因為這樣，她才和蘇爸爸閃婚。

她似乎認定蘇珞會分化成Omega，所以非常喜歡這個兒子，並為他制定了十分詳盡的成長計畫。

直到發現蘇珞更有可能分化成Alpha後，她感到很痛苦。她認為自己特別的信息素沒得到很好的繼承，蘇珞更是她實驗室裡的「汙染物」，讓一切願景都化為泡影。

或許這也是她決定離婚的另一個原因。

透過閱讀她親筆記錄的文件和日誌，昊一意識到王依依並沒有發現蘇珞其實有遺傳到她的這一個特質。

蘇珞很容易吸引Alpha的注意。並非是想和他爭鬥，而是會先注意到他，就像在人群中一眼辨識到Omega一樣。

秦越也說過，蘇珞雖然是Alpha，卻不會令人反感，反而覺得他很可愛。

要知道，在「弱肉強食，遍地獨狼」的Alpha世界，能有其他的Alpha想和一個Alpha交朋友而不是為敵，那是多麼強大的優點。

當然，對昊一來說，會讓他很吃醋就是了。

不過歸根究柢，他是不會讓王依依用所謂的實驗去傷蘇珞的心。

「你說的電腦，就是我媽媽被竊取資料的那台吧？」

「嗯。那裡面有一個文件夾是『11／26』。」

「是我的生日。」蘇珞道。

「嗯。」昊一忽然不好意思地笑了笑，「在拿到蔡阿姨給的硬碟初步檢查時，發現這是關於你的檔案，我就沒忍住點開來看了……」

「我理解。」蘇珞笑了，「換我我也忍不了。」

「不過裡面保存的大多是你過去的體檢報告，沒什麼特別的。只是這份影片紀錄……我看到時，整個人都傻眼了。我一直以為，當時出現在我身邊的是守護天使，也一直這麼和我媽媽說。」

昊一看著蘇珞道：「說起來，媽媽也是受我影響，才開始關注宗教和教團，即使我後來和她說，那應該只是我的幻覺，她依然堅信有天使在守護著我，也因為這樣，她才特別希望我和起源教的信徒聯姻。」

「說起聯姻……」蘇珞說著，看則昊一手裡的手機，影片已播放結束，顯示還有一分鐘就過十二點了。

「昊一，你願意和我結婚嗎？」蘇珞認真地問。

倒也不是非要趕在十八歲生日這天說出來，而且今天的經歷已足夠離奇，上午還在被昊一媽媽否定，晚上就得到昊一媽媽衷心的祝福。

而且，他竟還出現在昊一最重要的分化時期……這緣分怕是上輩子就結下了。

換言之，如果他是Omega的話，和昊一就是命定的戀人。

『可就算不是Omega，』蘇珞想，『我依然是他唯一愛上的人。』

這才是命定的意義——唯一。

「如果不求婚的話，我想不到還有什麼話能表達我現在的想法。」蘇珞撓撓頭，再次把心裡的話給說出來。

「我當然願意。」昊一嘴角上翹著，整個人因喜悅而閃閃發光，「我愛你，蘇珞，你是我在這世上，唯一想相伴一生的人。」

主動求婚的人是蘇珞，傻傻愣住的也是他。

他看著開心得收不住笑容的昊一，嘴角也跟著翹上天，心裡情不自禁地想

非限定Alpha——米洛

道，真的可以嗎？和昊一成為一家人的願望這麼快就實現了？

『我真的可以這樣幸運嗎？』

『在這每天都有糟糕事情發生的地球上，擁有這樣的Happy Ending。』

「可不能反悔哦。」昊一伸出右手小拇指，要和蘇珞打勾勾。

「當然不會。」蘇珞搖晃著手道，「騙你是小狗。」

「那你可以陪我去個地方嗎？」昊一笑著握住蘇珞的手。

「唔……」蘇珞想說得和長輩打聲招呼，回頭才發現爸爸、烏孫阿姨還有秦家兄妹不知何時都離開了休息室，大概是不想當電燈泡吧。

既然如此，蘇珞笑著點點頭。「我們走。」

然而才出休息室，蘇珞就反悔了。

原來昊一是要帶他去參加宴會。

『切～！我還以為是去他的房間。』蘇珞不由得暗啐一口昊一的遲鈍。

剛求完婚，當然得私下相處才對啊。

誰要去那觥籌交錯，所有人都在bling-bling閃的雞尾酒會啊。

「我不要～」蘇珞一手扒著門框，另一隻手被昊一牽著，「喝酒噠咩～！」

「不喝酒，我們吃好吃的。」昊一笑咪咪道，「我還想把教授介紹給你認識。」

「啊，你老師也在？」蘇珞更不想去了。

倒不是社恐，只是想到烏孫阿姨剛公開她有「Omega兒媳」，自己就和昊一手牽手地登場……怎麼想都不太好。又不是母子打擂台，妳方唱罷我登場。

何況阿姨現在已經接受他們了，就更沒必要急著向公眾表明什麼。

蘇珞還聯想到他不斷轉學的經歷。

只是多轉學幾次，就有人造謠他是不良Alpha。這讓他交不到一個朋友，連老師都冷落排擠他。這種非議，蘇珞可不想身邊的人體驗。

「蘇珞，什麼樣的人會讓你emo？」昊一忽然問。

「emo？」蘇珞想了想道，「身邊的人吧。身邊的人不開心的話，我會很emo。」

「那網路上的人呢？」

「網路上？」蘇珞歪頭，「我都不認識他們，沒理由在意他們說的話吧。說起來，我在網路上兼職的時候，也遇過一些不太好的人，講話很難聽，可是我不在意他們，只管完成我的工作。」

「也就是比起在意他人的非議，不如集中精神到眼下要做的事情上。」昊一微微一笑，「比如亟待修正的錯誤。」

「沒錯。拿修訂代碼ＢＵＧ來說，如果我總是考慮別人的邏輯，那我就注意不到自己的邏輯有無問題……」蘇珞正興致勃勃地想往下聊，猛地發現周圍怎麼突然變亮了。

「靠！不是吧。」蘇珞定睛一看才發現，他和昊一十指交扣，邊走邊聊地都已經來到舞台上。

他的眼裡盡是言語溫柔的昊一。

而賓客的眼裡，都是熱聊著的他倆。

蘇珞不覺倒吸一口氣，心臟狂跳。

這就是社死的感覺嗎？有種想撬開地板遁逃的衝動。

「那男孩是誰啊？和昊一關係很好的樣子。」

越來越大聲的議論，連正傾情演奏的鋼琴都蓋不住。

「沒見過呢。不過可以肯定的是，他不是昊一的未婚妻。」

「廢話，那是Alpha。」

「Alpha之間感情也能這麼好啊。還都穿白西裝，好像戀人一樣。」

「你別看到帥哥，就意淫他們是一對。昊一是有未婚妻的。」

「……想想又不犯法，我還想當他老婆呢。」

「話說回來，昊一可真帥啊，而且從小到大就沒長歪過。」

「帥不帥是其次，有錢才是重點。經營醫藥集團和開印鈔機有差別嗎？」

「要說有錢有顏的Alpha，我也見過不少。但能讓我們這些記者大半夜跑來參加宴會的，大概只有他了。」

「沒錯。連他的大法官父親都要拿他的司法考試成績炒作，可見他真正吸睛的是前途，前途無量啊。」

「我聽法學院的教授說，他以後可能是AO法庭上最年輕的大法官。」

「我沒想那麼遠，我就羨慕他的未婚妻，也太好命了。」

「要不怎麼說投胎是門技術活，你得先是Omega，才有可能嫁給他。」

蘇珞在這吵吵鬧鬧的議論聲中，意識到嘉賓裡至少有一半是記者，接著便想到烏孫阿姨昨日召開的記者會。

『難道阿姨是想借雞尾酒會，向記者、嘉賓更正之前錯誤的消息？』

『所以昊一是想告訴我，阿姨並不會因為網路上的非議而emo嗎？』

『……也對。』

蘇珞想到烏孫阿姨是個會提出離婚的Omega，又怎麼會在意陌生人怎麼看她。

『我確實小看阿姨了，膽小的是我，是我在瞻前顧後。』

蘇珞把目光投到人滿為患的台下，這裡得有三百多人吧。

『既然要砸石頭下去，就讓浪花來得猛烈點吧。』蘇珞深深吸氣，打滿雞血。『我要大聲告訴他們，我才是昊一的真命天子！衝呀！』

蘇珞正想舉起昊一的手，沒想到昊一卻把手抽了回去。

「嗯～？」出師不利，蘇珞看著自己空空如也的手，想著下一步該怎麼做。

這時宴會廳的鋼琴曲變了。

蘇珞這才發現，這裡不只有鋼琴和樂隊，還有歌手在。

金髮碧眼的女歌手唱起〈This is love〉，歌聲令人沉醉。

雞尾酒會變身成音樂會，氣氛非常浪漫。

蘇珞望著白色紗幔、金色氣球還有數不清的玫瑰花，有種置身花海的夢幻感。

昊一站在花海的另一頭，牽著他的弟弟。

小昊悅穿著藍色小西裝，活潑地蹦蹦跳跳著。

議論聲逐漸被友善的笑聲取代。

顯然，比起他和昊一牽手，台下的諸位似乎更能接受眼下的這一幕。

蘇珞不由得輕嘆口氣，不過，他還沒明白這是怎麼回事，昊一就帶著弟弟走到他面前。

「蘇珞哥哥！」小昊悅舉起手，蘇珞發現那是用來裝鍵帽的方形小盒。

鍵帽盒子通常是透明的，這款也不例外，只是裡面放的是兩枚鉑金鑲鑽的戒指。

情侶戒，戒面刻著「Love You」和「Forever」，與他和昊一的情侶手機殼的設計很像。

戒指內圈還烙有兩人名字的縮寫。

這對鑽戒很閃，像漫天星輝。

昊一剛拿過盒子，小昊悅就很害羞地跑了，邊跑還邊回頭喊：「哥哥要加油！」

蘇珞不禁朝他看去，才發現小昊悅跑去的方向，站著爸爸、烏孫阿姨還有秦越兄妹。秦慧怡哭得稀里嘩啦，妝都花了。

「啊。」所以不是對記者澄清，而是直接求婚嗎？

終於意識到這是怎麼回事，蘇珞的臉孔瞬間通紅。

「蘇珞。」昊一拿著戒指，單膝跪下。「從我見到你的那刻起，我就想好了我們將來的養老生活。」

「誒？養養養老嗎？」蘇珞的心跳簡直失控，真的好害羞啊。

「嗯，未來還有很多很多的事，都需要你一起參與才行。所以蘇珞，你願意嫁給我嗎？」昊一懇切地道，「你放心，在『永遠愛你』這件事上，我已經做了充足的心理準備還有預算，一定會讓你很幸福。」

「啊？」蘇珞歪了歪頭，「向我求婚這件事，你還要做充足的心理準備？」

「誒？」昊一一愣，整個人都慌了。「不！我的意思是，我寫了很多篇求婚的稿子……蘇珞，對於我很愛你這一點，我本人已充分瞭解……」

「嗯，我知道。」蘇珞點頭，露齒笑著。「所以我接受你的求婚。」

意識到蘇珞是在捉弄自己，昊一也笑了，還拍撫著胸口鬆了口氣。他是真的嚇一跳。

昊一把戒指戴到蘇珞的左手中指上，戒圈尺寸很合適。

晶瑩剔透的鑽石，與皎潔如月的鉑金圈，像古老的法器，承載著兩人相守一世的決心。

蘇珞把另一枚戒指戴在昊一的左手上，感嘆他超強的審美，小小的一枚戒指，怎麼可以比他見過的任何東西都要帥氣。

「蘇珞。」昊一眼裡也閃著特別閃亮的東西，他看著蘇珞微笑地問：「我現在可以親你嗎？」

「當然。」蘇珞紅著臉，還主動仰頭。

昊一托著他的後腦杓，溫柔、熾熱地吻著他。

此時的蘇珞已經不在乎台下的人是什麼反應，反正他們不是驚到傻眼，就是在那驚呼：「Oh My God！」

「這算是你對我的突襲嗎？」一吻結束，蘇珞笑著問昊一，「明明是我先向你求婚的。」

「唔……算是我對全世界的突襲？」

「咦？」

「我是你的這件事，」昊一的肩膀輕輕一碰蘇珞的肩，多少有點不要臉的成分在裡面，他說：「我想讓全世界都知道。」

※

秦皇酒店，總統套房。

非限定Alpha——米洛

昊翰林坐在沙發，面前的茶几上擺著龍蝦刺身和紅酒，還有情侶專屬的紅玫瑰。

可王依依沒有現身，都快凌晨一點，她的手機依然是關機狀態。

昊翰林倒沒有很生氣，多少有點習慣了。

從認識王依依的那天起，他就知道她的特立獨行。

當然，她也有任性的資本。

長得好看，絕讚的信息素味道，以及極為聰明的腦袋。

她的聰明並不用在拓展與Alpha的人際關係上，而在那張超乾淨、擺滿各種試管和儀器的實驗桌。

「這才不是試管，是用來移取微量液體的儀器。」

王依依會認真糾正他錯誤的稱呼，卻對他準備和富家千金訂婚的消息一笑而泯，放手得極為乾脆，還說：「我雖然很愛你，但也沒那麼想生你的孩子。」

昊翰林一直以為她這麼說，是主張不婚不育。

現在想來，或許她的意思是，不想生下一個Alpha。

要真的不想生育，她也就不會和Beta結婚了。

但結果，她還是生下一個Alpha。

一個和她的信息素非常像的Alpha。

對於這個兒子，王依依應該很失望吧，不然就不會那麼快離婚，又重新和他走到一起。

昊翰林認為自己是懂王依依的，知道她爽約肯定又是在廢寢忘食地做實驗。

但或許，是王依依很懂他才對。

王依依知道只要她穿上性感的裙子，化上精緻的妝容，然後撒嬌說：「對不起，要檢驗新的抑制劑，實在走不開……我很想你哦。」他就會點頭表示諒解，然後奉上她想要的禮物——可能是一大筆用於研發新型抑制劑的資金，或是某項遺傳基因實驗的特批許可文件。

說起來，這些東西沒什麼緊要，就是沒辦法給她標記的補償。

不管怎麼說，Alpha身邊總該有一個Omega。就像某種「限定」一樣，只有少數人能獲得的特別關係。

結婚對象不能自由選擇已經很遺憾了，若要再失去唯一能帶給他「宿命感」的Omega，未免太可惜。

「宿命嗎？」昊翰林喝著紅酒，想到昊一對蘇珞那麼深情，不由輕笑道：「還真是宿命啊，父子愛上母子，還都是無法標記的狀態……」

「唔……突然想這些，是喝多了嗎？」一瓶紅酒已見底，昊翰林放下酒杯，正想再開一瓶酒時，祕書來電。

祕書的情緒有些激動，說有非常不好的消息。

昊翰林靠在沙發背上，一邊覺得有些吵，一邊閉眼揉捏眉心。

突然，他睜開眼睛問：「什麼？瓦斯案被定性為謀殺？昊一還拿到了文件？你不是說都燒毀了嗎？」

「很抱歉！法官大人，是我們沒檢查清楚，也沒想到那小子竟在他母親那藏了備份，等我們趕過去時，少爺已經拿到手了……」

「那是駭客非法竊取的贓物。」昊翰林又打開一瓶紅酒，「昊一就算拿到手，也只能交給警方，再經由警方交還給失主王依依……」話說到這，不等祕書回應，昊翰林正倒酒的手就一頓，沉聲問：「昊一做了蔡家的代理律師嗎？」

電話那頭，突陷死寂。

「啊～原來如此。他這麼積極地調查瓦斯爆炸案，是想成為代理律師，然後名正言順地搜查與之相關的一切證據，包括查閱被盜的文件內容。」昊翰林笑了，「該說不愧是我的兒子嗎，這麼會挑案子。」

「誒？」

「這將是他的法庭首秀，不是嗎？」吳翰林道，「他還是以第一名的成績畢業，表現將備受關注。」

「的確是這樣。」祕書猶豫著道，「所以我們擔心熱度過大，會牽扯出不相干的事……」

「是指我外遇的事嗎？」吳翰林直言，「確實，再加上『大法官外遇』，這案子可算集齊熱門要素了。」

「法官大人……」祕書的語氣裡透著無奈。

「他要贏了，可就是一戰成名。」紅酒緩緩注入高腳杯，吳翰林看著血紅的酒液道。「我是真不想毀掉他的首秀，但是……」

吳翰林深深地嘆氣，「有鑰匙才能打開寶箱，他光拿著箱子，除引來盜寶賊外，沒有別的用處。」

「盜寶賊……啊，您是指謀殺駭客的人！」祕書說到這，語氣更急了。「那少爺豈不是很危險？」

「這是……」吳翰林突然注意到手機不斷推送的頭條新聞。

#雙A戀 #吳法官大公子公開認愛Alpha！

#甜到炸 #醫藥集團繼承人吳一與平民Alpha蘇珞相戀！認定終生！

非限定Alpha——米洛

#「Love You」&「Forever」
#論Alpha之間的愛情有多蘇
#當代灰男孩蘇珞 #陽光帥氣大男孩
#王子與王子的西裝 #淺折訂婚戒指、名品訂製
#現場笑點：秦皇集團太子秦越爭做伴郎

五花八門的標題，飛滿熱門關鍵字榜。

而醫藥集團發布在官網的求婚現場影片，點擊數更是突破一億。

在這資訊傳播速度比燎原之火更快的時代，所有人都卯足勁地圍觀這場嘆為觀止的求婚，唯有昊翰林是最後知道的。

「……和起源教的聯姻算是吹了啊。」昊翰林道。

「您、您看到啦。」祕書很小聲地說，「我們知道夫人要辦雞尾酒會，但不知道她是想宣布少爺和蘇珞的婚事，多少有點措手不及……我們也想過趕緊聯繫起源教，至少要在別的地方做出補償，那邊才不至於太生氣。然而……」

「然而？」昊翰林摸著酒杯邊緣問。

「我們又收到另外一個緊急消息。」祕書多少有點焦頭爛額了，氣息急促地說：「是關於夫人的。」

「我太太怎麼了？」

「夫、夫人和少爺談話過後，就聯繫了醫藥集團的法務部，向他們諮詢離婚訴訟的事……她好像是認真的，還要求所有法務人員明早，也就是今早八點到公司開會……怎麼辦，下週就是最終票選，可現在不僅少爺的聯姻取消，夫人也……這樣下去，我們會失去很多選票。」

司法部長的選舉，經由最高ABO司法遴選委員會票選，而這十二位委員背後都是資本和大家族的力量。

不管是醫藥科研集團的女婿，還是起源教高層幹部的岳父，都可以幫昊翰林拉到至少五張選票。

當然民眾的傾向也不可忽視，尤其在這處處立人設的年代，是否取得民眾的好感會影響委員投票的意向。

而昊翰林以頗為強硬的手段對「強制Omega宅家」的律法條例發起進攻，最終達成廢除，也修改了諸多與之相關、本該淘汰的，卻因為某些守舊觀念和利益而維持原狀的條例，讓他在民眾，尤其是弱勢群體中獲得很好的口碑。

在外界看來，除了才四十二歲，比現任司法部長及競爭對手都年輕太多這個「硬傷」外，昊翰林在成為司法部長的征途上，幾乎沒有阻礙。

「僅僅一天，」昊翰林端起紅酒杯，「他就把一切都翻了天……該說是青出於藍嗎？」

「少爺在各方面都很優秀，他真的很像您。」祕書道，「只可惜他站錯了位置。」

「是嗎？」昊翰林輕輕搖著酒杯，「那你呢？你能保證一直站對位置嗎？」

「當然！」祕書立刻道，「作為您的部下，我永遠義無反顧地支持您！」

「既然如此，我也不能讓你失望。」昊翰林笑了笑，「對吧？」

「誒？」祕書不解。

「昊一還是太年輕了，以為只要是頂級Alpha就什麼都能辦到。」昊翰林道，「尤其他手裡還捧著一個開不了的『寶箱』。他有身分做靠山，可他身邊的蘇珞，和那個被燒死的倒楣蛋有區別嗎？」

「蘇珞他無權無勢……」祕書囁嚅道，「只有一個昊一未婚夫的身分。」

「還不如沒有呢。那孩子現在就是昊一公開在外的軟肋。」昊翰林道，「根本不需要我們做什麼，那些人就會讓昊一閉嘴，而他的行動一旦被遏制，那麼很多事都得再議。」

「這樣看來的話，夫人應該不會再提離婚的事，就連起源教那邊也會有轉圜的餘地……」祕書的語氣裡透著不可置信的驚訝。

「說起來，我還挺喜歡那孩子。」昊翰林把一口未喝的酒放回茶几上，「但當不幸降臨時，也沒人能阻止。」

※

兩日後。

上午九點，秋高氣爽。

秦越提著環保購物袋，來敲昊一的臥室門。

袋子裡裝的是全班同學準備的訂婚賀禮。

蘇珞宣布訂婚後，向學校請了三天假。

——家有喜事。

校長親自核准假單，還致電祝賀，正式得像什麼官方社交一樣，或許是學校也被記者採訪了的關係吧。

畢竟蘇珞剛滿十八歲，這個年紀訂婚實屬算早。

不過班裡的同學就沒那麼在意年紀，大多是感到驚喜和羨慕。

當然也有幾個蘇珞的暗戀者，在那悄悄地抹眼淚。

女生倒也罷了，秦越看到那三個總愛找蘇珞麻煩的Alpha，居然也躲在操場一角感傷得很。

真是活該啊！他們明明對蘇珞有好感，卻合起來欺負他。這種反向操作的追求方式，當然是不可能追到人的啊。

樂得秦越舉著手機就是一陣拍，準備把這些照片當作賀禮送給昊一。

然而，等他來到昊一家，才發現事情並不簡單。

先是從不會攔他的管家問他有沒有和少爺預約。

秦越原本就是想要給他們一個驚喜，當然不可能事先報備，為了能進門，秦越撒謊說約了。

然後穿堂過巷地走——沒錯，誰讓昊一家就是這麼大。

他剛來到昊一的臥室門外，正打算敲門，就遇到一位面色紅潤的女傭。

女傭姐姐欲言又止的樣子，讓秦越摸不著頭腦，舉著的手也不知該敲不該敲。

「秦少爺。」女傭終於開口，臉頰越發地紅。「麻煩代我問一聲，少爺今日也在房內用午餐嗎？」

「哦，好。」秦越點頭，還以為什麼事呢。

秦越應聲的同時，手下意識地按上門把。說起來，從小到大他可沒少往昊一的房間跑，要不然怎麼是竹馬呢。

昊一看著不愛搭理人的樣子，實際上外冷內熱，常常嘴上說著沒空玩遊戲，然後熬大夜地幫他通關。或者在他因為父輩給的壓力太大而崩潰大哭時，安靜地陪著他，等他發洩完了，還要當哥哥進行勸慰。

「最壞的情況也就那樣不是嗎？」

「這樣想來，好像結果也還可以嘛。」

「別發愁了，真有問題，我也會幫你的。」

這些年來，昊一N次拯救了想要離家出走的他。

可能就是交情夠深，兩人才能在分化為Alpha後繼續做好兄弟。

而好兄弟之前進房門，都是很少敲門的，因為想嚇對方一跳。

秦越把門推開的同時，腿也自然地往裡邁。

話說腦迴路這種東西滿神奇的，它能讓你不假思索地開門往裡闖，也能讓你倏地反應過來之前沒能想明白的東西，比如管家善意的詢問、女傭姐姐嬌羞的笑臉。

秦越意識到了：靠！都兩天了，他們不會膩歪到連房門都沒出過吧？就離譜啊！家人們！

秦越簡直是妹妹上身，恨不得拿出手機開直播，讓昊一和蘇珞的ＣＰ粉一飽眼福，可是會被昊一打死吧。

腦子告訴他應該快離開，可心裡卻大喊：「住腦吧！老子就是要看啊！」

小臉一紅，步子一壓，秦越做賊似地往裡走。

昊一的臥室很大，分外裡外兩部分。裡間是床和衣帽間，外間有投影設備、沙發、遊戲機、零食櫃，還有專門為蘇珞準備的漫畫雜誌櫃。

果然外間是沒有人在的，蘇珞的校服和長褲都脫在懶人沙發上。

而裡間的床上，傳來翻身的動靜，很顯然他們倆都還沒起床呢。

秦越快憋不住笑了，小碎步地來到分隔裡外間的綠植後，探出腦袋往床的位置一瞧。「啊？昊一呢？」

床上就只有蘇珞在。

蘇珞抱著枕頭趴在床上，在玩昊一的筆記型電腦。

秦越原先想撲過去嚇唬他，正如在學校的時候，他們倆也互相撲來撲去。

可不知怎麼地，他就拎著一大袋禮物，傻傻站在那。

蘇珞穿著米黃色的短袖汗衫和灰格紋平角短褲。

從窗外透到床上的陽光照在他身上，不管是兩條胳膊也好，還是正後翹著的雙腿都很白，白得發光。

『真好看啊。』

『這就是熱戀中的男生嗎？連空氣裡也都是他誘人的信息素……』

『他的睫毛之前就這麼長嗎？好可愛啊。』

『屁股好翹啊。以前一起打球時都沒發現呢。』

『蘇珞根本是男神級別的嘛～難怪那幾個Alpha要抑鬱了，換作我也……』

「你怎麼來了？」昊一突然出現在秦越身後，和平時上學一樣穿著休閒襯衫，袖子挽起一截，手裡還拿著一個頗厚的文件夾。

好一個禁慾系Alpha。

秦越看昊一一眼，像無法置信般地朝竹馬的褲襠掃去。「唉，白長這麼大個……不爭氣的東西。」

昊一毫不客氣地用文件夾敲秦越的頭，「胡說什麼。」

「是你家裡人說的，你倆一直在臥室。」秦越嘟嘴道：「還以為你們在熱汗淋漓地打撲克呢……啪啪～唉，痛！」

又挨揍了。

「嗯？班長？」蘇珞的注意力總算離開電腦，他回頭見是班長，立刻笑嘻嘻地爬起來，盤腿坐著道：「好巧啊，我們正說到你。」

「我？」秦越很意外，搖著頭道：「3P我拒絕……啊！好痛！」

秦越的腦殼再次受襲，昊一拿著文件夾，以一副竹馬可能沒救的眼神說：「你不想要了是嗎？」

「要什麼？」秦越看著昊一問。

「就是你想要的法學院復習資料啊。」蘇珞把插在筆記型電腦上的隨身碟拔下來。「我都打包好了。」

「誒！這麼突然的嗎？」一直想要的學神復習資料就這麼到手了，秦越感到難以置信。「你們訂婚的夜晚，本該羅曼蒂克，卻忙著整理我的復習資料？這是想感動死我嗎？嗚嗚～」

「啊，這個……」蘇珞想說，昊一特邀自己成為瓦斯案的「技術人員」，在用昊一的電腦檢查硬碟裡的文件時，發現桌面上有準備給秦越的復習資料，問了之後才發現，昊一早就備好了，但出於某些原因，一直沒有給秦越。

蘇珞想了想，就寫了點程式，把復習資料都打包了。

然後他們這兩天一直在做各種調查，也確實整理出一些可疑的、類似資金往來的機密文件。

說實話，蘇珞現在快睏死了，才一直趴在床上，但看到這麼有朝氣的班長，他不由得也振奮起來。「衷心祝願班長考上法學院經濟法系。」

「那我爸就不會老管著我了。」秦越說，然後奉上班上同學給的禮物。

那是一大束用便箋彩紙折出來的玫瑰，拆開玫瑰花瓣，裡面都是同學寫的祝福。

昊一微笑著說：「小孩子就是單純。」

原來，蘇珞的碼農群「燃燒の髮際線」也寄來了禮物，是保險套做的花束，花蕊還是潤滑劑。

「不一定哦。」秦越道，「好像還有暗戀蘇珞的人寫了紙條。」

「什麼？」昊一一驚，拿起玫瑰花束就開始拆。

「真的嗎？我看看。」蘇珞笑嘻嘻地湊過去。

「你很開心嗎？」昊一問。

「沒有啊，我就是好奇，平時也沒覺得有誰暗戀我……」

「你看你嘴角在笑。」

「哪有……這個有可能是情書嗎？」蘇珞摘下其中一朵紙玫瑰，一副很想看的樣子。

「你信不信我把那束花全用了。」昊一指著保險套花束。

「你體力這麼好，我怎麼會不信。」蘇珞依舊在拆玫瑰，還轉過來秀給昊一看。「果然，是說喜歡我的呢。」

「什麼？那你還看。」昊一一下子就撲過去，兩人竟然直接在床裡鬧起來。

秦越一看就知道蘇珞在逗昊一。呵，真是詭計多端的0，拍的那些Alpha照片也沒用了，蘇珞比他還會搞事情。

不過有什麼關係呢，他沒有空手而歸。

秦越喜滋滋地回到車上，把隨身碟連上筆記型電腦，打算把學習資料拷貝下來。

結果螢幕上跳出兩個火柴人。

「誒，這是什麼？動畫？」

秦越點擊兩下，火柴人開始對話，並浮現出文字。

『秦越對我來說既是竹馬也是弟弟。他什麼都好，唯一的缺點就是，如果我不說要幫忙的話，他就覺得這件事會失敗。比如考法學院，以他的實力完全沒問題，可他就認為需要我的筆記才可以。』

『所以，你才一直沒把復習筆記給他？』

秦越看明白了，兩個火柴人一個是昊一，一個是蘇珞。

『嗯，我不想他以後考上法學院了，還認為是我的功勞，而無視真正在付出努力的自己。』

『那就把筆記給他，然後讓他自己選擇。』

『嗯，這是個好主意。』

『班長，是時候展現你真正的實力了！衝呀！我們會一直為你加油！』

在一連串的打Call呼喊後，火柴人對話到此結束。

「可惡啊……你們都這麼說了，我還怎麼看？」秦越拿著那枚小小的隨身碟，看來只能當作吉祥物來佩戴了。

可是，這種隨之而來的幸福感是怎麼回事？

尤其想到蘇珞趴在床裡認真敲火柴人程式，以及昊一仔細整理筆記的樣子。

「真的太好了。我的竹馬和同桌走到一起，太讓人高興了。」

但不知道是不是太美好的關係，心底的不安也一直在躁動。

回想昊一臥室裡，隨處可見的、剛列印出來的文件，以及蘇珞一臉的疲倦。

他不禁握著隨身碟自言自語：「他們兩個那麼能幹，應該能應付的吧。」

※

研究院，早上五點。

對抑制劑科學實驗室來說，員工幾點出現都不奇怪。

畢竟實驗進展可不會按照人的作息來，兩個穿著白袍的Beta研究員回到崗位，一邊記錄儀器上的數據一邊聊天。

「你們知道昊大法官要離婚的事嗎？」

「呵呵，還有誰不知道？在競選司法部長的節骨眼鬧離婚，也不知道他們夫妻是怎麼想的，換我肯定不會。」

「你猜這會不會和我們王組長有關？」

「這還用猜？研究院裡誰不知道他們兩個有一腿，只是閉口不談罷了……對了，前天不是還有警察找她問過話嗎？」

「警察好像是來調查什麼資料失竊……我是不想進行道德審判啦，出軌不出軌都是Alpha和Omega的事，我只是覺得神仙打架不要連累我們這些普通人就好。」

「對喔！烏孫女士可是研究院的大金主，昊法官又經常給我們審批上的便利，要真的因為王組長鬧得不可開交，好多研究專案都得暫停……」

「唉，我想到這些就心煩，虧我之前還挺佩服她的。一個Omega能取得事業成就不容易，沒想她背地裡竟是這樣的人。」

「是啊，人家夫妻都標記了，她還去插足，真不知道是什麼心態，而且她原本也是有老公和孩子的人。」

「真的嗎？這我倒是第一次聽說。」

「好像很早就離婚了，兒子歸爸爸，具體我也不太清楚。我這邊記錄好了，走吧，我請你喝咖啡。」

「我也好了。啊，不會就是因為她出軌才離婚的吧？那樣也太過分了，一下子傷害兩個家庭……」

研究員們八卦著走了。

王依依從樣品櫃的後方走出來，像什麼事都沒發生過，繼續做起檢驗。

作為抑制劑實驗室，不只是研發新品，也會接其他廠商提供的樣品檢測。

要證明一款新研發的抑制劑是「安全、有效」的，必須經過多重檢測。只有他們實驗室檢測出來的「合格品」，才能提交藥監局審核，推到市場上販賣。

王依依從小小的記錄員做到專案組的組長，其中的付出只有自己知道。

「……什麼心態嗎？」王依依忽然自言自語起來，她看著試管裡的滴劑道：「我也是努力過的。」

努力不去想父母把她扔在孤兒院的理由。

努力不去想昊翰林和烏孫雅蕊恩愛的畫面。

甚至努力地想要當一個好媽媽。

可是事實上，再多的笑容也好、眼淚也罷，都不能改變她真正想要做的事。

那就是站在實驗台前，檢測、研發各種各樣的抑制劑。

看著令人驚訝的成果顯示在圖表上，就好像支離破碎的人生也被一點一點地拼補上了。

昊翰林也是一樣。貧窮又糟糕的父母，讓他的童年乃至青春期都吃足苦頭。

他曾說：「貧窮並非原罪，痛苦只源於不懂遊戲規則，一旦掌握它，生活就會變得輕鬆起來。」

「他會贏的，不管是選舉還是離婚案。」王依依像是有所預感。「競選新聞、娛樂頭條都是他的名字，連從不關心八卦的同事也捲進這場有關『影響力』的遊戲，卻還毫不自知，他們已經陷在翰林的遊戲裡了。」

『他永遠都知道自己需要什麼。』王依依想著，『我沒有喜歡錯人。』

她拿出套著無菌袋的手機，撥通昊翰林的電話，那邊大概很忙，過一會兒才接起來。

「嗯，怎麼了？」

「沒什麼，就是想和你說一聲，」王依依微笑地道：「我愛你。」

「嗯。我也是。」

「還有，」王依依愛不釋手似地撥弄著滴劑的瓶蓋，然後把它歸位到試劑架上。「我們分手吧。」

※

下午一點半，ＡＯ法學院三樓科技圖書館。

「哐！」一聲，一大疊文件夾摔在書桌上。

昊一和蘇珞不約而同地抬頭，看著因為搬了太多文件而滿臉通紅的李瑋。

「你們要的公開帳本都在這了，多虧以前熟識的朋友幫忙。」李瑋笑呵呵地道，看著眼前這對超帥的Alpha，心裡忍不住感嘆：誰能想到呢？無心插柳卻成為破貪腐案的最強力量。

李瑋其實是地方檢察署的檢察官，在收到記者提供的多名高官妻子非法交易房產的線報後，檢察署就成立專案小組進行調查。

說起來，他是去年才通過司法研修院考試的（錄取率２％）。必須要懸梁刺股地取得法學院本科學歷，再苦苦熬過最高法院下研修院為期三年的實習，最終披荊斬棘地通過研修院考試，才能成為一名讓世人羨慕的檢察官。

這期間的高昂學費，難以計量的時間、精力成本，分分鐘都能把一個普通家庭壓垮。

所以李瑋才這麼佩服同為「寒門學子」的昊翰林，視其為指路明燈。

他怎麼也沒想過這麼重大的貪腐案，查著查著竟然指向昊翰林的辦公室，並且多條線索在他那裡中斷。加上不斷有同僚退出，讓他不得不冒險偽造身分，成為大法官辦公室的一員。

只可惜他沒來得及深入調查，就被大法官的祕書一腳踢出。

那之後，他像是無頭蒼蠅到處亂轉，直到撞破昊翰林的婚外情。

他抱著死馬當活馬醫的心態，拿著出軌證據去找昊一，想從大法官的家人著手，看看能不能套取一些情報。

但他怎麼也沒想到，昊一竟是這麼正直且無畏。他不但沒有包庇父親，還很深入地調查起貪腐案。

李瑋感到自慚形穢。因為他雖看不起那些受到壓力就急著退出的同僚，但心裡也存著想透過此案一舉成名的想法。

但昊一是明知道自己的前途會被此案連累，甚至可能將來都不能成為律師，卻依然義無反顧地查下去。

還有，即便昊一知道蘇珞就是父親外遇對象的兒子，也不改初衷。

光是這兩點，李瑋就佩服得不得了。

蘇珞也刷新李瑋對Alpha高傲又好鬥的偏見。他天真可愛，又勇敢機智。

李瑋越和蘇珞相處，越發覺得之前自己認為「昊一利用蘇珞去調查王依依，可真聰明啊」的想法有多無恥。

事實上是他會這麼做，所以想像昊一也是一樣為達目的不擇手段。

李瑋是發自內心地佩服蘇珞。

這次要不是有蘇珞厲害的技術，根本沒辦法把硬碟裡那些複雜的數據全部解碼，從而得到多達十七位、多部門官員的妻子，透過結婚洗房等方式收受賄賂。

所謂洗房就是這些妻子先和富商結婚，獲得豪宅，再離婚與官員結婚，從而讓官員獲得豪宅……這操作也太騷了。

不管結婚、離婚還是房產交易都會涉及法務部門，這其中都有昊翰林下屬的「速通」章。類似於「特事特辦」，給官員妻子行方便。昊翰林要是真的沒從中收取好處，就不會這麼做。

所以眼下，他們要對比整理貪官公開在外的帳務，和他們查到的私帳，以及前後的時間線等。

證據整理完後，不但要提交檢察署進一步審查，他們還要在昊法官司法選舉的當天揭發。再也沒有比在滿座司法界高官、記者們的面前揭露更好的時機了。

「帳冊這樣齊全，看來檢察署也做好起訴的準備了。」正整理著帳冊的昊一突然道。

「是啊，我們已經……」李瑋的笑容逐漸凝固。

「嗯，我知道哦，你是檢察官的這件事。」昊一抬頭，對著李瑋一笑。

「誒？」李瑋震驚了，「你怎麼知道的？」

「很明顯吧。」蘇珞轉著手裡的筆，搶先答道：「只是熱心市民的話，怎麼可能三番四次地從警察那裡調取資料，而且每次我們說需要什麼，你都能很快送來。」

「可、可是我每次都有解釋啊，我有好朋友在那……」李瑋試圖挽尊。

「你不知道這種『無中生友』的發言是最可疑的嗎？」蘇珞噗嗤笑出來，「下次別說了。」

想到蘇珞還是高中生，李瑋不由得捂胸。

「多少可以理解為什麼你才幹幾天，就被法官辦公室趕走。」昊一說，「人家也不是笨蛋啊。」

昊一的意思是，李瑋查案的手法太笨拙，根本不適合做臥底。

「嗚嗚！我不活了！」李瑋撲倒在書桌上。他不管了，他的自尊心已經被他們兩個碎成渣渣。

「不過嘛。」蘇珞用筆桿子戳戳李瑋頭頂的髮旋，李瑋一抬頭，就看到他一臉燦笑的模樣。彷彿春日最明媚的太陽花，讓人的胸膛瞬間充滿力量。

「果然是檢察官啊。」蘇珞眉眼彎彎地說：「了不起。」

「嗯，就因為是檢察官，所以……」昊一則看著蘇珞，「不會妥協。」

「嗚嗚嗚……我不管了！」李瑋左右開弓地握住他們兩人的手道：「求求你們！加入檢察署吧！以你們的本事，絕對可以成為優秀的檢察官！」

這也是他一直憋在心底的話，可以說，以前有多討厭和Alpha共事，現在就有多想和他倆在一起。而且蘇珞作為電腦方面的天才，加入檢察署的話……

「謝邀。」蘇珞搖頭，「我討厭背磚頭書。」

「圖書館裡禁止喧譁。」昊一用筆狠狠拍打李瑋握著蘇珞的手。「還是先想想眼下的帳本吧。」

「好痛～」李瑋揉著手背坐回去，「這裡不就只有我們三個人嗎？」

「那你更應該好好幹活。」昊一白他一眼道，「總不能都讓我老婆做吧。」

蘇珞在用可攜式掃描器把需要的數據掃入電腦，那副認真的樣子不僅映在昊一的眼裡，也映在距離七百米外的狙擊槍瞄準鏡中。

那是法學院的運動館，虞淵匍匐在太陽能裝置的後面，裝置本身的反光很好地掩蓋住他的存在。

比起射擊腦部還有心臟這種容易偏掉的部位，他更喜歡瞄準腰部。腎臟破裂會造成大出血，人會瞬間喪失行動力，而且腎臟有兩顆，比起單一目標更容易擊中。

當然，結果也是必死無疑。

在殺人這件事上，虞淵並不喜歡炫技，完成委託才重要。

只是在看著蘇珞的時候，腦袋裡卻浮現出不相干的念頭。

「什麼叫你不想接？你只是休假而已，又不是不幹了。而且這次的目標就住你隔壁不是嗎？說起來，你為什麼搬去那邊住啊？你不會認識那人吧？」

「我不認識他。」

「那就好。小淵，老叔知道你厲害，可現在這世道不好混，你有這樣的本事，別把它搞砸了。」

虞淵閉了下眼睛，靜默片刻。

再次睜眼時，極為利索地扣下扳機。

子彈破空而出，它的目標在槍口微不可見的輕抬中，驟然變為昊一！

※

什麼是財富？

對普通人來說，銀行帳戶餘額、個人的時間、專長、父母的愛都可以是財富。

對富豪來說，擁有的股權、人脈、個人的信譽、以及以複利計算的資產等都是財富。

對虞淵來說，他就是「財富」本身。

只是「所有權」不在自己手裡。名義上擁有他的人，還未見上面就死了。

直升機墜海，屍骨無存。

「不需要進行器官移植的話，這孩子就沒什麼用了。」

「這可是很大一筆財富，『上面』就這樣不要了？」

「或許可以問問『老叔』，他那邊不是很缺小孩？」

「他缺的是有格鬥天賦的小孩，不是阿貓阿狗都要。」

「這孩子還不夠好？體檢報告全是『優秀』，總比直接報廢好吧。」

「唔……那就這樣上報吧。」

他出生於暗網器官移植機構，成長於暗網殺手訓練營，沒有父母、國籍、戶籍，也沒有名字。

直到「老叔」叫他「虞淵」——日沒之處。

「遇見」他的人，都不會見到第二天的太陽。

七年過去，「老叔」都已經換人了。

或許某天，「虞淵」也會被替代。

可眼下，他是一定不會失手的。

因為完成任務，是他存在於世的唯一證明。

※

傍晚五點。

圖書館外停滿電視台轉播車、救護車、警車。

「KEEP OUT」的警戒線拉得再長，也不妨礙看熱鬧的人疊出好幾圈。

距離槍擊事件已經過去四小時，調查仍在繼續。

儘管法學院第一時間就封閉了，監控也全部調取，卻依然找不到疑似槍手的人。

傷亡和受害人的情況倒是很快被透露上網。

一死二傷。傷者中有一人是重傷，到現在都還在手術室搶救。

有記者用長鏡頭偷拍現場，可見碎了一地的玻璃、飛濺的血跡，還有像是爆炸開來一樣的桌板，都說明當時狙擊子彈的威力有多強。

法醫一直在現場勘驗，尤其蓋著白布的屍體旁，放著好些標記。

就在大家驚駭於為什麼會在大學裡發生這樣的凶案時，被害人的身分被公布了出來。

地方檢察署的檢察官，年僅三十歲的李瑋。因公殉職。

※

晚上六點，醫院手術室外。

蘇珞木然坐在長椅，看著雪白的地板上，印著的兩道暗紅鞋印。

那不是他的鞋印，他的鞋子很乾淨。

也不是昊一的，昊一是被推進手術室的。

他不由走到鞋印旁，蹲下來近距離地盯著它看。

就在這時，走廊的另一頭響起喧譁。

醫院保全守在那，不讓記者還有閒雜人等進入。

但來的是秦越和秦慧怡，保全放他們進來，秦慧怡小跑了幾步，突然就捂住嘴哭起來。

秦越顧不上妹妹，三步併作兩步地趕到蘇珞身邊。

「班長……」蘇珞還沒站直身體，就被秦越抱個滿懷。

「蘇珞！嗚嗚嗚！」秦越哭得比他妹妹還凶，眼淚鼻涕一起往外冒。

蘇珞兩眼通紅地抱著班長不斷顫抖的後背，啞著聲問：「都安排好了？」

「醫院出入口還有走廊我都派人盯著了，」秦越吸了吸鼻子說，「媒體記者那邊，都會統一口徑。說實話，我都不知道烏孫家竟然有入股電視台……」

「阿姨怎麼樣？」蘇珞又問。

「阿姨說，下次做這種詐死的事，麻煩先通知一聲。」秦越捏了把蘇珞的後背，「還有我！多少透點口風給我，我也不會這樣手忙腳亂。你以為哭戲很好演？」

「抱歉啦~班長。昊一之前說，我們動了貪官的蛋糕，他們一定會動手，但沒想到殺手真的這麼快就動手了……我們是有防備，只是難免有意外……」

「意外？你不是說那個檢察官沒事嗎？」秦越驚了，「怎麼還有意外發生？」

「李瑋人沒事，只是受驚不小，檢察署為了避免再引來殺手，把他保護起來了。」蘇珞說著，抬頭看向「手術中」的手術室。「但事情比想像的複雜，現在就看昊一那邊會怎樣了……」

「什麼意思？」秦越抓著蘇珞的胳膊問：「他真的中槍了？」

手術室內，消毒水的味道令人頭疼。

在手術無影燈下，昊一正往左手小拇指上纏繃帶。

那是他在布置射擊現場時，被飛起的鐵釘劃破的，小小的一道。

「不是已經消過毒，也打過破傷風針了。」虞淵就站在昊一的面前，看著他道：「至於這樣嗎？」

「你沒人心疼，我有。」昊一說，還翹起那裹得像粽子似的小拇指。

「是嗎？」虞淵冷笑一下，拿起器械車上的手術刀。「那我幫你多劃兩道？」

「你的狙擊槍都殺不死我，還指望面對面的時候能贏我？」昊一勾唇冷笑，「在你對目標之外的人動手時，就已經不是『職業』的殺手了。」

虞淵愣了愣，「原來你這麼早就發現我了……」

蘇珞抓住的駭客在少年監獄自殺身亡，他的父母在不久後跟著意外身亡，這自然引起昊一的注意。

事實上，昊一一直關注著這個少年犯。他庭審時的態度就很差，說是被蘇珞陷害的；審判結束後，他更是放話說要蘇珞好看。

還以為在少年監獄的管束下，他多少會悔悟，沒想到真的上暗網找殺手，還把自己全家給搭了進去。

員警那邊說是自殺和意外，沒有謀殺的證據，但昊一覺得他們死得蹊蹺，當然不會視而不見。

他開始調查這件事，李瑋和他背後的檢察署也幫忙了。只是他不想此事引起蘇珞的恐慌，所以不管是調查還是對蘇珞的保護都是暗中進行。

他還透過教授認識一些能接觸到暗網內部、知道殺手組織的老學者，從而瞭解以前未曾知悉的地下世界。

有陽光的地方就會有黑暗，暗網是普通人接觸不到，卻真實存在的網路世界。

每個暗網殺手就像地獄放到人間的惡鬼，是絕對不能招惹的。

老學者只是做研究，就深感殺手的可怕。他說：「那不是人性的黑暗面，而是那裡根本不存在人性。」

這讓昊一更堅定了要抓住暗網殺手的決心。

他調查了出現在蘇珞身邊的所有人，直到發現虞淵。

然後他把少年犯死前進行的買凶交易，還有掌握到的相關資訊都提交給國際刑警組織，又從國際刑警那得知一個叫「血月」的暗網組織。

他們販賣人口和器官、非法克隆、基因實驗，還有綁架、暗殺……無惡不做。

虞淵就是他們培養的殺手。

國際刑警只是缺少一個可以撬動他們的支點。

在昊一看來，虞淵不僅是支點，更是可以毀掉「血月」的撬棍。

針對虞淵安排的大型誘捕行動，就此展開……

「這麼說，你也早就知道我搬到蘇珞家隔壁了？」虞淵問道，「虧我還那麼辛苦地隱藏自己的信息素。」

「你就沒想過在我這樣的Alpha面前，做任何遮掩都是徒勞的？」昊一道，「看你還存在著一點人性，我才會給你一次被公正審判的機會。從沒有被世人看見過的你，也是時候出來證明自己了。」

虞淵看著昊一，那眼神比手術刀的光還要寒冷。他就像是被突然戳破祕密的叛逆小孩，震驚、苦惱和怒火一股腦湧出來。

那個時候，只要開槍殺掉蘇珞的話，就算他之前殺了目標之外的人，一切也能回歸正軌。

可直到狙擊槍瞄準蘇珞，他才知道自己是真的做不到。

不僅做不到，他還要保護蘇珞。

因為他不動手，還有組織裡的其他殺手會補上，所以他得殺掉其他的殺手。

可是，又會有新的殺手被培養出來。

他突然就感到厭煩了。

憑什麼自己喜歡蘇珞，就只能遠遠望著？

就算知道殺了昊一會惹麻煩，也會讓蘇珞傷心，但他還是朝昊一開槍了。

只是沒想到擊中的卻是一面鏡子。

只有三個人在的圖書館，絕佳的狙擊位置，現在想來，是只有新手才會中招的陷阱。

他們在等他出手呢。

也是，昊一這麼喜歡蘇珞，又深入調查瓦斯案，怎麼會不知道這件事很凶險，會惹來殺身之禍。

可他還敢干預，顯然是有備而來。

虞淵突然覺得自己很笨，可能是一直以來都很輕鬆地完成暗殺任務，就覺得這世上不存在對手。

也有可能是第一次喜歡上一個人，所以有些操之過急。

又或者……

虞淵突然咯咯笑起來，「這下可真是尷尬了，我沒想過自己會站上審判席。你說他們會以什麼名字稱呼我？無名氏？還是虞淵？」

「或許你可以趁機取個自己喜歡的。」昊一說，看了看一旁。

兩個早就等候在那的國際刑警走上前，給虞淵戴上手銬。

「不知道為什麼，我竟然鬆一口氣。」虞淵抬了抬手，和昊一說了再見。

他知道自己不會再見到蘇珞，不過沒關係，他原本就不該出現在他的世界，不管是過去、現在還是以後。

※

看到「手術中」的燈光熄滅，蘇珞這才露出笑容。

昊一和他說到殺手這些事的時候，他還以為只是玩笑，直到和國際刑警視訊。

原本國際刑警打算公開逮捕虞淵，但考量他還涉及貪官買凶殺人等案件，還是決定做一次特別行動，暫時不打草驚蛇。

蘇珞心想，之後和昊法官的對決，如果也能這麼順利就好了。

※

司法部長選舉當日。

大家都預料到這次的選舉非同往昔，畢竟它創下多個首次紀錄。

首次有年齡低於四十五歲的候選人。

首次進行網路全程直播。

首次開通熱線，接聽市民電話。

首次有即時人氣指數，也就是來自線民的投票。

所以當直播鏡頭給到台下前後兩排，共計十二位的ＡＢＯ司法遴選委員會席位時，網友不禁驚呼：「有那Feel了！」

簡直像選秀綜藝，台下坐著導師，台上一圈練習生。

#選秀嗎?當司法部長的那種

#出道即巔峰

非限定Alpha —— 米洛

#你敢信？C位是司法部長

這樣的話題飛速刷爆全網，連遊戲圈、宅腐二次元都出現了大量主題帖，司法部長選舉第一次紅出司法圈。

司法大樓外的馬路被記者和市民圍得水泄不通。

即使沒有走紅毯以及記者採訪的環節，受邀出席的官員、榮譽市民等在下車時，仍有種誤入國際電影節的震撼。

記者如潮水蜂擁而至，也不管下來的是誰，話筒直接懟上臉。

「請問您覺得誰的贏面最大呢？」

「您怎麼看網友認為這次選舉是『看臉』的說法？」

「網上傳聞昊法官和檢察署之間矛盾不小，還涉及官員貪腐……您怎麼看這事？」

沒有官員願意接受採訪，但都和顏悅色地擺擺手，然後往裡走。

蘇珞是和昊一同一輛車，昊一的法拉利在眾多黑色商務車裡特別顯眼。

他們下車時，人群裡還有人尖叫。

「媽呀！他真的好帥！」

「為什麼不能選昊一呢？」

「他老婆也好好看。」

不知道是不是稱呼「老婆」比「未婚夫」更順口也更甜，年輕人都直接叫蘇珞「昊一的老婆」。

不過也有人站昊一「老婆」、蘇珞「老公」。

還有人說ＡＡ之間可以互攻、不分０和１。

但不管哪種，蘇珞和昊一的ＣＰ粉是呈指數級增長，他們受歡迎的程度也註定記者如海嘯般席捲而來。

好在烏孫集團的保鏢團隊早有預備，身高超過一百八的大高個們手拉手地築起人牆，讓馬路上的秩序得以維持。

對此，司法部也是很感激，誰也沒想到這次選舉會激起這樣高的熱度，光憑司法大樓內的警力顯然難以防護到位。

停在昊一法拉利前面的是礦業資源部的公務車。

那位官員下車的時候，蘇珞認出他來。

是能源資源部的資深科長石榮。Beta。也是十七名涉嫌貪腐的官員之一。

世上無不透風的牆，檢察署調查貪腐的事情早已在網上傳開，甚至檢察署那邊也受到不小的壓力。

畢竟十七位官員的來頭都不小，背後都有大大小小的靠山或者利益聯結。用檢察署的話來說，沒想到比對付暗網還複雜。

要不然，也不會想到動用輿論的力量，讓昊一在司法選舉這個萬眾矚目的時刻去公開證據。

就在蘇珞想著，這位科長的臉上看不出一點不自在，還和記者握手、拍照，彷彿大明星一樣時，沒想到對方竟朝著他們走來。

「昊大律師，你這人氣比你爸都高啊。」在記者鏡頭下，石科長笑得特別和藹，還伸出手要和昊一握手。

昊一也是一笑，與他握手道：「怎麼會？今天又不是我的主場。」

「也對。」面對數不清的記者鏡頭，石科長像是要擁抱晚輩那樣，突然靠近道：「人氣什麼的和搞輿論戰一樣，都是虛的。人嘛，要腳踏實地才能闖出名堂。」

「腳踏實地？」昊一看著他。

「嗯～你母親的烏孫集團就是一塊特別堅實的土地不是嗎？」石科長陰陽怪氣地道。「我們這些人也是。雖然部門不同但根基一樣，這點你父親就很懂，不會做出那種傷敵一千自損八百的蠢事。」

石科長說完，還不忘和記者招招手，才轉身瀟灑地走向司法大樓。

「這貪官說什麼了？還貼你這麼近。可惡！」蘇珞沒有聽清，只覺得這個貪官笑得很欠揍。

「他讓我放馬過去。」昊一道，「他在前面等著呢。」

「靠！果然很欠揍。」蘇珞氣到了。

「不氣不氣，我會收拾他們。」昊一微笑地摸摸蘇珞的頭，又引來「啊啊啊！好甜！」的尖叫。

蘇珞臉紅了，他不想大庭廣眾之下秀恩愛，只是昊一的笑容真的很讓他心動，臉紅耳熱什麼的根本控制不住。

來到選舉會場，蘇珞才發現不管外面怎麼評論這次選舉，說架滿攝像機像在錄製綜藝，但裡面的氣氛是一點也不輕鬆，甚至有些壓抑。

厚重的木造主席台、委員席位，還有旁聽的嘉賓席，都透著凝重。

沒有背景音樂，沒有致辭暖場，現任司法部長正一臉肅然地審閱著案台上的文件。

十二位ＡＢＯ司法遴選委員也依次落座。

整齊劃一的法院制服、胸章，不苟言笑的姿態，讓人有種不是在進行投票選舉，而是在審理刑事案件的錯覺。

那麼多的記者也是悄然無聲，都埋頭在筆記型電腦上寫著現場的新聞稿。

蘇珞不由得吞了口唾沫，屏息地跟著昊一落座。

隔壁坐著的官員滿頭白髮，大概六十多歲，也是個Alpha。

事實上，周圍坐的都是上了年紀的人。

蘇珞忽然意識到和昊一相處久了，會產生出一種錯覺，以為律師也好、司法界也罷，都是和昊一、李瑋差不多的人。

等他真正坐在這，才發現自己實在太嫩了，方方面面都很稚嫩。

他能破解文件，發現貪官貪腐的證據，都是因為昊一。

是昊一給了他這樣的機會，也是昊一讓他這樣一個乳臭未乾的孩子，能坐在政府官員的中間，旁聽這樣重要的選舉。

很顯然，他不可能像昊一那樣十九歲就讀法學博士，還成為刑事案件的律師。

『我們之間的差距未免太大了……』蘇珞忍不住想道，『我這次算是有幫上忙，但下次呢？』

『還有國際刑警的事，他怎麼可以在調查瓦斯案的同時，又那麼冷靜地處理殺手的事……也正因為他超高的效率，檢察署才能趕在選舉前，掌握證據。』

「現在，他又要主動上台去作證，直面這場風暴。」

蘇珞不由得握緊手指，並偷偷地看向身邊的昊一，心想他是怎麼做到的？怎麼承受住揭發自己父親的壓力？

『他想要的真相，代價太大了。』

想到這，蘇珞與其說佩服，倒不如說是心疼。

非常非常地心疼昊一。

昊一始終看著台上。司法部長發表了他即將卸任的簡短演說，大多是感謝大家的監督，然後就宣布四位候選人上台。

昊法官和其他三位候選人登台了，像登台領獎的明星，每一位都風頭無量。

ABO司法遴選委員會全體開始投票。

據說以前都是直接公示結果，今天因為有大量媒體和民眾關注，才有唱票環節。

在委員代表起身，準備逐一公布每位候選人的具體票數時，昊一突然站起身，表示自己有話要說。

所有人的目光立刻投到他的身上。

尤其幾位身材高大的檢察署高官，更是面容嚴峻、目光如炬。

這和他們之前商量好的一樣，他們在等待昊一的發言。

可蘇珞還是緊張到不行，感覺都要喘不上氣，他抬頭看著昊一。

昊一忽然就轉過來，還俯下身，笑著問：「你會在這裡等我的吧。」

「誒？」蘇珞愣了愣，隨即點頭，「當然。」

「那就沒什麼可擔心的，這局很穩。」昊一說完，又對蘇珞笑了笑，這才斂起笑走上演講台。

蘇珞想說，這又不是三國殺那麼簡單。

這把可是高端局，輸了的話，昊翰林極可能贏下司法部長的選舉，而被他統治的司法界，將失去真相和真正的正義。

不過嘛，蘇珞發覺被昊一這麼一打岔，自己好像沒有那麼緊張了。

昊一上去後沒有廢話，直接在鏡頭前亮出他和檢察署掌握的多項證據。

多達十七位官員，涉及五個政府部門，他們的名字、官職，他們通過洗房等方式收受巨額賄賂，所有加密的文件全被曝光。

每份文件上還有昊一和蘇珞寫的標注、總結，可以說就算不明白前因後果，單從數據也能看出官員貪腐的時間線以及具體金額。

更別說，還有李瑋搜集到的官員受賄現場照片。

這就像一顆深水炸彈，不僅現場、場外，連整個網路世界都被震得直晃。

石科長是最先反應過來的，跳起來大喊冤枉，直呼這些都是捏造的，還怒罵昊一指控他的事沒有一件可以成立，並認為昊一是借著李瑋的死，朝他亂潑髒水。

立刻有不少人朝昊一投去同情的目光。

是啊，人死不能復生，少了這麼重要的證人，怎麼說都是……

「誰說我死了？」李瑋突然走到台上，一臉正氣。

石榮直接傻眼。李瑋還不是一個人來的，他身後有檢察署的鄭署長，以及其他同僚，約莫二十來人。

看到這番陣仗，石榮跟見鬼似地嚇得癱坐在地。

李瑋帶來已簽署的逮捕令，石榮見狀，竟然不顧場合地打滾撒潑，還死死抱住李瑋的右腿，怒罵：「你為什麼要裝死來陷害我？你還說你心裡沒鬼！」

這瘋癲的舉動別說李瑋傻眼，蘇珞都驚得站起身。

法警上前本想拉開石榮，卻沒想他竟趁機搶走配槍。

「不就是想要我死嗎？李瑋你這混蛋！要死就一起！」

現場頓時尖叫四起，陷入混亂。

蘇珞想上台幫忙，但被保全攔住。

就在這時，昊一一個俐落的掃堂踢，狠狠踹中石榮的手腕。

「啊啊啊！我手斷了！」他痛得大叫，手裡的槍也甩脫出去。

兩名法警立刻上前抓住石榮的手臂，並將其反扣著壓制在地上。

就算如此，他還在嚷嚷自己是冤枉的。

記者們看他這副「寧死不屈」的模樣，也不由議論起來。

「不會真是替人背鍋吧……」

就在這時，螢幕中響起石榮的咒罵聲：

『你確認他電腦裡沒有其他備份了嗎……媽的！那臭小子，我讓他去偷點東西，他竟反過來勒索我……』

『我讓你殺掉那混蛋，沒讓你把房子點著，好在我警局裡有熟人……』

『……看到新聞沒？瓦斯外洩意外，哈哈哈。早知道殺人這麼容易，就該早點找你幫忙。』

『那個姓蔡的老太婆總在電視上喊冤，警方又說會重新調查，你們就不能再製造一起意外嗎？金額好說，只要那老太婆能閉嘴，加價三倍都行。』

記者們都驚呆了，面面相覷著，似乎不敢置信聽到的內容。

「這……」石榮不再掙扎，面孔煞白、滿頭的冷汗。

昊一居高臨下看著他，正色道：「李瑋檢察官的死訊是誤傳，可你貪汙受賄、買凶殺人都是罪證確鑿的事。」

「什麼？石科長買凶殺人？」全場譁然。

「他還縱火……這太可怕了！」

「沒、沒想到石科長竟然是這樣的人！」

「這還能算是人嗎？他連老人都不放過，根本是禽獸啊！」

「我、我我……」石榮這下是徹底慌了，他跪在那支支吾吾地想表達什麼。

「都是偽造的，律、律師呢？我要找律師……！沒有律師在，我一句話都不會說。」

「巧了，」昊一嗤之以鼻，「這裡有的是律師。」

司法部長選舉，但凡有些名氣的律所都會想來旁觀，長長見識。

此時的觀眾席上，一半以上是各律所派來的代表，不管有無名號，此時都是一副「震驚」外加「吃大瓜」的表情。

面對石科長那近乎絕望的求救表情，他們不約而同地選擇緘默。

「看來只能等法庭指派了。」昊一又看向石科長，「不過你和律師能達成的也只有認罪這一條。」

石科長這會兒是既不瘋也不鬧，整個人失魂落魄。

兩名檢察官上前把他拉起，拷走了。

李瑋「呼——」地大鬆口氣，並對昊一豎起大拇指。

蘇珞看著這一幕，也想鬆一口氣，可心始終懸在那。

他忍不住想，如果自己再強大一點，就能和昊一站在一起，共同面對了吧。

身邊的人突然開始鼓掌，相比台上略顯尷尬的氛圍，台下的氣氛整個歡欣鼓舞。

有記者甚至想衝上台去採訪昊一，但都被法警攔下。

不過司法部部長也好，還是委員們都沒亂了陣腳，或許對這種打打鬧鬧的場面早已司空見慣。

而選舉本身就允許與會者在投票前提出自己的意見。

司法部老部長還一臉鎮定地提醒大家說，這次選舉不會因為揭發貪官而取消。

蘇珞注意到，在昊一出示石榮貪腐的證據時，那些委員也在小聲議論，並在本子上記錄著什麼。

昊翰林雖一言不發地坐在候選人的席位上，但他的臉色變得有點難看，就像忍著胃疼，但這表情也在他鬆弛一下嘴角後，便不復存在。

就在蘇珞以為，投票將繼續進行時，有位戴眼鏡的女性Alpha委員突然站起身，向昊一發問：「昊律師，你剛才說石榮貪腐的證據存在王姓女士的電腦裡，而王女士能拿到絕密文件，是通過昊翰林法官……？這到底是怎麼回事？昊法官和王女士又是什麼關係？」

還是來了！

隨著委員落下的話音，蘇珞心裡咯噔一下，問題的重心終歸來到昊翰林的身上。

如果可以，他真不想看見昊一親自揭發自己的父親。

要是昊翰林能主動退出選舉，承認錯誤該有多好。

但一個石科長都能抵死不認，何況位高權重的昊大法官？

蘇珞甚至開始擔心，就算昊一把一切證據公之於眾，結局還是……不會變。

就像他們在調查途中遇到的種種阻力一樣，總感覺走到這一步已經耗盡精力。

『不行！我怎麼可以有這種想法！就算不是為了旲一……』蘇珞暗暗咬著牙根，『我也要堅持下去，只為正義可以得到伸張！』

「尊敬的委員，您問的既然是我的事，應該由我本人來回答。」沒想，在旲一回答前，旲翰林率先站出來。

他還面帶微笑地看了旲一一眼，旲一便什麼也沒說地站到一旁。

旲翰林對提問的委員禮貌地一笑，然後對著鏡頭解釋起來：「我和王女士是老同學，這些文件會出現在她那裡，只因我們拿錯了電腦。」

「什麼？」委員一愣。

「嗯，我們的電腦一模一樣又一起出席同學會，一不小心就拿錯了。不過王女士並未翻看其中的檔案，檔案也是加密的。而駭客竊取的事，只是恰好發生在同一時間。」旲翰林道，「有關這件事的報告我已經提交給上級部門，對於蔡女士兒子的不幸遇害，我也深表同情。」

聽到這裡，蘇珞的眉頭已經擰成結。他看向旲一，旲一也皺著眉，卻仍舊一言不發。

旲翰林繼續往下說著，還一臉欣慰。「幸好這案件一直由我兒子——抱歉，我更正一下稱呼，是由旲一律師和李檢察官持續追查，才能抓出幕後真正的凶手。他們真的很了不起。」

委員點了點頭，然後又問：「那你和石榮之間有往來嗎？為什麼昊一律師說你的辦公室和那十七位涉嫌貪腐的官員往來密切？」

「這是有證據的！」不等昊翰林回答，李瑋就急不可耐地跳出來，「我手裡有昊法官辦公室的……」

「李檢察官，現在不是搶答遊戲。」委員不得不提醒，「請你注意發言順序，我現在正在詢問昊翰林法官。」

「啊、是，可是……」李瑋多少有點著急，畢竟昊翰林已經顛倒黑白地說了一通。

「我這邊不僅有證據，還有人證。」昊翰林不但沒對李瑋生氣，反而笑咪咪地往斜後方看。「是吧？」

蘇珞吃驚於昊翰林看的方向，是昊一。

父子二人正對視著，有個人從昊一身後走出來，竟是檢察署的鄭署長。

鄭署長不到六旬的年紀，穿著筆挺的制服，總給人精幹的印象。

他也確實很能幹，在貪腐案的調查中幫了不少忙。

「各位委員，這裡面存在誤會。」鄭署長笑著道。

「什麼誤會？」委員卻是不苟言笑。

「是這樣的，我們收到記者有關貪腐的舉報後，就開始祕密調查。機緣巧合下，旲法官也發現他們貪腐的行為。他不想打草驚蛇，就決定暗中搜集他們的罪證。那些『速通』章，都是為了收集證據。」

底下的記者彷彿在看電視劇似的，一個個露出不可思議的驚訝表情。他們的手也沒停下一秒，一直在電腦上劈里啪啦地瘋狂輸出。

原來旲法官才是揭發貪腐案的真正幕後英雄——以此為標題的特大新聞瞬間發遍全網，蘇珞的手機上也彈出這樣的新聞推送。

說起來他的手機震動就沒停過，全是這屆司法部長選舉相關的話題，真是熱爆全網，就連國外媒體都在報導。

可蘇珞沒有心情盯著手機，只想關注旲一，還有李瑋。

李瑋痛苦地抱著腦袋，而旲一則一直盯著自己的父親，那表情是失望至極的。

蘇珞的心也跟著揪緊了。

他雖不像他們那樣上台發表意見，可對事情的來龍去脈也是一樣清楚。

那就是不管過去還是現在，鄭署長都絲毫沒提起過旲法官有在貪腐案件中幫忙，反而說就算昊法官牽扯其中，恐怕也抓不到證據，因為昊法官不像石榮他們，真的有收賄。

昊法官的做法更像是趁機抓住這些官員的把柄，好讓他們聽從他的使喚。

這麼推測的理由有兩條。

一是石榮明知昊翰林手裡有不利於自己的檔案，卻沒有買凶殺他。

二是昊翰林手裡的證據已經足夠檢舉石榮他們，卻遲遲沒有行動。

直到現在，檢察署都公開逮捕石榮了，他才辯解說是在調查搜證。

也就是說，在他們不知道的時候，昊法官和署長碰過面並達成了某種協議。

或許在司法部高層和檢察署署長的眼裡，比起成立專案組，調查聲名顯赫的昊大法官在貪腐案中是否存在失職行為，還不如背棄與昊一的約定，盡快平息風波更好。

「兒子檢舉老子什麼的，根本就是家庭矛盾而已。」

「而且怎麼看都不太可能成立。」

「昊法官的人品和職業操守，大家都有目共睹。」

專案組裡，這樣的言論就不少，他們都是李瑋的同事。

『反正檢察署也找不到證據，與其得罪未來的司法部部長，甚至是行政首長，倒不如賣個人情給昊翰林……現在是這個意思嗎？』蘇珞難以置信地想著，並感到一陣惡寒。

昊一看著父親面對媒體鏡頭，扮演認真、負責又光明磊落的大法官形象。

看著檢察署署長情緒激昂地為他站台拉票。

看著委員們從緊繃著臉到逐漸變為放鬆、微笑，甚至是贊許似地點頭。

看著滿場的記者、律師都成為昊法官的粉絲，就如同李瑋當初那樣，為他的個人魅力傾倒。

昊一雙手握拳。他最不想見到的事情全都發生了，就連投票結果都是那樣理所當然。

ABO司法遴選委員會的十二票全都投給昊翰林，對手們甘拜下風。

司法部長更是在如雷鳴的歡聲中，滿面驕傲地宣布司法界迎來最年輕的司法部長，實在是後生可畏吾衰矣。

他還親切地拉住昊翰林的手，兩人像父子般站在記者前受訪。

記者向他們展示網上的投票結果，和預料的一樣，昊法官的人氣一騎絕塵。

熱門回覆第一條是個GIF表情圖，卡通擬人的昊法官胳膊一抱地發話：「在座的各位都是垃圾。」還有許多諸如「一個能打的都沒有」這樣的圖片。

別的評論，尤其是針對昊法官的質疑統統不見了，取而代之是清一色的讚譽。

倒是有幾個發文踩昊一的網友，覺得昊一在投票前突然揭發昊法官辦公室涉嫌包庇貪汙是居心不良，肯定是和昊法官有私仇。

這兒子算白養了，妥妥的白眼狼。

面對這樣的情形，李瑋嘆了一口氣，走到昊一身邊，拍了拍他的肩道：「我恐怕沒法再待下去了，畢竟我以前是那樣崇拜他。」

昊一看著李瑋離去的背影，鬆開了一直握緊的雙手。

其實石榮的事就算不在這裡說也能處理。他找那麼多理由，讓檢察署同意在司法選舉現場揭發，唯一的目的是希望父親能藉由石榮的事，藉由這個台階，承認自己並不適合擔任司法部部長。

昊一知道父親平時雖為人孤傲，甚至是專制，但靈魂深處還是「正義」的，是會為弱者盡全力貢獻出自己的力量。

因此，哪怕父子間每次談話都不怎麼愉快，昊一心底依然崇敬著他。

猶記得六歲的時候，父親牽著他的手，在一眾親朋好友面前驕傲地說：「我的兒子非常像我，將來會和我一樣，成為為正義發聲的審判者。」

如果父親還是記憶裡的那個父親，就絕對會那樣做。

——引咎辭職，重新來過。

可父親不但拒絕了，還利用這善意的台階，一舉登上司法部長的位置。

「為什麼……會這樣？」鬆開的指間流逝著力氣，連帶著他對父親最後一點的希冀，全都消失了。

「昊一。」蘇珞看著台上像是被全世界遺忘的昊一，心疼極了。

他想起昨晚問昊一的話：「如果最後還是你父親贏了的話，你打算怎麼辦？」

「我還是會還原事實。」昊一說。「揭開創面的那一瞬會疼痛難忍，但如果不讓腐壞的東西流出來，身體永遠好不了。」

蘇珞知道昊一說的都在理，可大義滅親這種事對昊一來說，就是一道深刻在心底難以癒合的傷。

只要是傷，永遠都會痛。

蘇珞很心疼昊一，但也知道昊一既然選擇司法這條路，少不得遇到這樣的事。

蘇珞暗下決心，從今往後，不管發生多糟糕的事，他都會堅定地陪在昊一身旁。在他很痛的時候抱着他，輕輕吹一吹那道傷。

「趁此機會，大家一起來拍大合照吧。」一位委員建議記者為頭版新聞拍照。

沒人注意到正用眼神交流的蘇珞和昊一。

在昊一略略點頭後，蘇珞按下手機裡影像程式的播放鍵。

全場燈光忽地暗下去。

只有巨大的螢幕還亮著，眾人不覺看向它。

一段影片開始播放。

畫面中是一座老式監獄，油漆剝落的大門上掛著「鐵荊棘」的標誌。

穿著西服的昊翰林提著公事包，在獄警的注視下穿過拉滿電網的欄杆，進到三層樓高的樓房裡。

監控鏡頭下的昊翰林看起來是那麼年輕又瘦削，像個不諳世事的大學生。可鏡頭掃過他的正臉時，仍能窺見未來大法官的「威嚴」。

有記者很快發現：「這不是昊法官剛成為律師的時候嗎？」

「對對！他第一個案子就是處理Omega謀殺丈夫案……」還有人應聲。

「我記得現場的照片，到處都是血，總之……很嚇人。」

非限定Alpha——米洛

「很難想像一位新晉律師敢接這樣的大案。」

「所以他才能成為司法部長呀。」有人打趣，「回顧昊法官的成名史，這真是一個不錯的主意。」

大家都微笑盯著螢幕，很樂見這段影像，沒人注意到影片那灰暗交錯的光倒映在昊翰林的臉上，宛如驚悚片般令他瞳孔地震。

很快畫面來到室內。

那是一間僅能擺下兩把椅子、一張方桌的小屋。窗戶很高，鐵欄杆鏽跡斑斑，就算外面的太陽再大，也沒能帶給屋內多少光亮。

昊翰林坐在桌前，他對面的女囚犯則縮肩趴在桌上，看起來既憔悴又精神恍惚。

她哽咽著，斷斷續續地說著什麼，聲音有些模糊，只能聽到「昨天他又來看我了……」、「我不能沒有他」之類的話。

昊翰林耐心地聽女人說完，接著公事公辦地收拾好公事包，準備離開。

在他起身的時候，一把美工刀從包裡滑落出來。

它是紅色的。在一片令人深感壓抑的幽暗中，它特別顯眼。

在場所有人都不自覺地把目光聚焦到美工刀上，他們眼裡都透著疑惑。

一枝筆被帶進高級別監獄，都要被獄警拆開來反覆檢查，但這把美工刀，怎麼會就這樣出現在吴律師的包包裡，而且吴律師還讓它掉了出來。

這無疑是重大失職，是會被吊銷律師證的！

每個看到美工刀的律政人，都感同身受地恨不得鑽進影片裡把刀撿起來。

可吴翰林像是沒看到一樣，轉身就走了。

「啊……」

「這什麼意思……」

「我沒記錯的話……那個Omega是死於自殺吧？」

「嗯，而且……」另一人用難以置信的聲音道，「警、警方卷宗裡記錄的就是這把刀，說是女人從監獄的醫務室裡偷的。」

「什麼？所以她真的是用這把刀自殺的？天啊！她把刀撿起來了……」

就算知道事情早已發生，女人也早就死了，但在她撿起刀、偷偷藏進衣袖裡的那一刻，所有人依舊倒抽一口涼氣，嚇得面無人色。

這件案子當年鬧得沸沸揚揚，誰都知道那個Omega殘忍地殺害了丈夫之後，又在監獄裡自殺了。

而那年才當上律師的吴法官，為她舌戰群儒、努力脫罪的樣子，給大眾留下了深刻的印象。

尤其他說的關於命定戀人的理論，讓大家深信Alpha和Omega之間的情感並非常理可以解釋，Omega殺害Alpha丈夫不是惡性謀殺，只是兩人太相愛的結果。他們需要的是法官和民眾的理解，不是一面倒的指責和仇恨。

也因為昊翰林的努力，那個Omega才沒被判死刑。

可是，她的自殺怎會是由昊法官，不——是由新上任的司法部長造成的呢？

叮鈴鈴！突然響起的電話聲，讓全場僵立的人都渾身一震。

檢察署署長似乎這才想起，他們還做了觀眾熱線的環節。

或許是想消化一下眼前的事，檢察署署長匆匆接起那通全場都能聽見的電話。

「昊翰林！你這個殺人犯！還我女兒的命來！嗚嗚嗚！」女人痛苦的哀號響徹每個人的頭頂。「我女兒只是病了！病得分不清現實……她需要的是治療而不是你的愛情理論。你知道她是有躁鬱症的！還把刀子留給她……這不是逼她去死……嗚嗚嗚！我的寶貝啊……」

所有人都看向昊翰林，他站在那裡毫不作為的樣子，也出現在每個觀看直播的人的手機裡、電視裡。

一時間，大大小小的螢幕裡全是昊翰林那張冷若玄冰的臉。

熱線幾乎被打爆，檢察署署長不敢再接，但記者那邊也接到很多投訴。

有人搶過話筒，大聲念起又一位失獨母親的痛斥。

「昊翰林你無視人命！手裡握著這麼多貪官的證據，明明可以逮捕他們，你卻什麼都沒做！要不是你只顧著自己的前途，我兒子又怎麼會被他們害死！你和他們根本是蛇鼠一窩！」

這邊的聲音才結束，又一通電話被接入。

「我叫王依依。」電話那頭的聲音聽上去十分冷靜且溫婉。「我打電話來，是想說明一件事。」

就在大家想著王依依是誰時，她自我介紹道：「我曾是昊翰林的情婦……沒錯，他婚內出軌，這也是為什麼他的妻子要離婚。」

「我知道他接下來將面臨停職調查，所以有些事必須先澄清。」

「他確實利用司法部的人脈及權力，使我關於資訊素及抑制劑的新藥研究能不受阻礙地進行，這過程雖然不合法，但我的研究成果無罪，我希望任何調查都可以公正地對待這件事。」

記者瘋了似地衝上台，法警才反應過來似地攔著。

多個直播電台直接當機，所以影像都卡死，直播被迫中斷。

檢察署署長呼籲就地召開緊急會議，而在那極具戲劇性的混亂中，昊一走向蘇珞，兩人一同離開現場。

走廊上同樣兵荒馬亂，不時有人跑來跑去，用對講機喊著得叫特警來維持秩序。窗外也響起直升機的轟鳴。

蘇珞突然停下腳步，看向昊一。

「怎麼了？」昊一問。

「就是覺得你挺冤的。」

「嗯？」

「不是嗎？昊大法官要是贏了，你會被打壓、針對。」蘇珞開玩笑似地說，「可現在他輸了，你一樣會因為他而受到影響，甚至被排擠。這樣一想，你真慘。」

「確實。」昊一笑了笑，又垂下眼簾，「抱歉，讓你經歷這樣不堪的事。」

「笨！」蘇珞抬手敲他的腦袋，「我的意思是，你還有我在，不管多慘的事，我們夫夫倆一起面對。」

「唔……」昊一很認真地看著蘇珞，「那你是承認了？」

「承認什麼？」

「我是你老公這件事。」昊一道，「你不是一直說沒舉行婚禮，就不算夫夫嗎？」

「我那是不好意思嘛，而且一上床你就讓我喊『老公』，這什麼鬼畜癖好……咳咳。」有人從他們身邊跑過，蘇珞臉紅著清了清嗓子。「不信我給你看備註。」

蘇珞拿出手機，他給昊一的備註確實是「老公（親生的）」。

「親生的……？」昊一挑著眉頭問：「怎麼還有野生的老公？」

「還不是因為你有時候很氣人……」蘇珞的臉更紅了，「總之，我這是在提醒自己，自己選中的老公，跟親生的一樣，別打。」

「我什麼時候氣你了，告訴我，我可以改。」

「……」

蘇珞想說：「在我趕小組作業的時候，明知今晚沒法做愛，你還脫光光地在我面前走來走去秀大雞雞，這就很欠揍！」

……說不出口啊。

「那我改一個吧。」蘇珞拿過手機，開始修改，「就『老公』，不分親生野生了。」

「蘇珞的。」

「嗯？」

「蘇珞的老公。」

「……」蘇珞鼓起腮幫子，開始輸入「蘇珞的老公♥」，還附贈一顆心。

要不是可能會超出字數，他可真想寫「蘇珞的幼稚老公♥」。

這幼稚的老公忽然把頭栽過來，倒在他的肩頭，接著雙手也抱上來，用力摟住他的腰。

蘇珞能感覺到昊一在顫抖，便也緊緊回抱住他，小聲安慰：「會好的……一切都會好起來。」

「嗯。」昊一點了點頭，不再顫抖了。

※

三個月後。城東監獄。

昊翰林本可以逃脫刑責，畢竟單憑監控影像，還不能證明他有教唆犯人自殺的行為，頂多是未能嚴格遵守職業規範。

可在檢察署調查時，昊翰林承認自己就是想幫她解脫，才故意落下刀子。

接下去的重點，就是調查犯人自殺前的精神狀況。

而昊翰林原本就是以「她愛得太深切導致情緒失控」等理由，為Omega開脫「故意殺人」的罪名。

說白了，她就是一名失去明辨是非能力的病人。

醫生也給出相關證明，那位Omega不僅是重度抑鬱，還有嚴重的被害妄想症，認為丈夫一直想離開她，所以先痛下殺手。畢竟，死去的丈夫會一直在她身邊。

也就是說，犯人確實存在精神問題。

這樣看來，昊翰林讓一位失能病人自殺，屬於故意殺人。

大約是要平眾怒，案子審理得很快，三個月不到就有結果。

昊翰林故意殺人的罪名成立，被判入獄十年。

昊翰林與妻子結婚前，曾簽署婚期內不能犯法的協議，因為被判了刑，烏孫雅蕊很順利地與他離婚了。

烏孫雅蕊在離婚後沒多久，就宣布要重組麓山研究院，停止所有不合法的研究內容。

王依依離開研究院，帶著她的研究去向不明。

李瑋和國際刑警組織合作，繼續追查、搜捕「血月」的餘孽。

秦越參加了法學院的新秀招生計畫，取得全優成績，再過三個月，就要作為新生代表進入法學院就讀。

蘇珞也是，參加了科技大學的內部招生，不但拿下第一，還有全額獎學金。

而昊一則是在蘇珞考上大學後不久，才去監獄探視父親。

那時正是四月，開春。

隔著堅實的玻璃，昊一見到父親坐在那，氣色看上去不錯。

他們拿起電話，父親說獄警待他挺好，獄友也常找他幫忙看些法律文件，大多是些離婚、子女撫養的訴訟。

總的來說，最難熬的日子已經過去。

不過未來的日子還長。

昊一和父親有一句沒一句地聊著，他以為父親會問自己，是怎麼拿到鐵荊棘監獄的監控影像，畢竟拿到巨額封口費的監獄長是不會出賣昊翰林的，瀕臨破產邊緣的民辦監獄也因為這筆錢起死回生。

原本這事無人知曉，是負責烏孫雅蕊離婚訴訟的團隊在調查夫妻間的財務情況時，意外發現昊翰林名下有個海外帳戶存在巨額支出，便把這事告訴昊一。

昊一可以選擇直接檢舉，可他還是希望父親可以自首，獲得最後的體面，這樣刑期上也能減少一些。

只是，最後事情的發展還是到了無可挽回的地步。

父親一直坐在那，握著話筒，說他能聽到高牆外有孩子在玩。他問昊一，這麼偏僻的郊野還有住宅區嗎？

昊一回答說沒有，可能是獄警的孩子。

父親點點頭，又問起蘇珞的學業。

當昊一回答蘇珞跳過高三，直接考上大學，父親突然笑了。昊一這才意識到，自己已經很久沒看到父親這樣輕鬆的笑容。

父親也不會再關心那影片是怎麼被發現的。

「這孩子……怎麼會是你的軟肋。」兩人正聊著蘇珞的大學，父親忽然自言自語似地說，「我以前真的太傲慢，太自以為是。」

「嗯？」昊一看著他。

「……我現在才知道，有想要保護的人，只會變得更強大，而不是被人拿捏。」昊翰林語重心長地道：「尤其是你，昊一。」他頓了頓，「你對自己的心意和目標總是那樣堅定，而我……從故意留下那把刀開始，就已脫軌……不，還要更早，在我為了前途和你媽媽相親的時候，就不再是當初那個滿懷正義感的法學院學生了，腦袋裡只有數不清的取巧捷徑和計謀，還美其名曰，只有掌握這世間的遊戲規則，只有擁有更多的權力，我才能實現正義。」

「可事實上，想做一件正確的事，和我處在什麼位置一點關係都沒有。」昊翰林道，「昊一，這是你教會我的。」

「爸……我很抱歉。」

「你沒必要向我道歉。」昊翰林微笑，「事實上，在這裡我反而能夠冷靜下來，思考一些對我而言很重要的事。」

昊一正想說什麼，昊翰林又岔開了話題：「我知道你在這段時間裡獲得很多獎，『有為青年』、『年度人物』、『律師新人獎』還有『優秀市民』金獎章，我知道你現在深受大家喜愛，也知道你不會像我這樣迷失方向。所以昊一，就這樣走下去吧，和蘇珞一起獲得幸福。」

昊翰林說完這番話，就起身離開座位，主動結束這次會面。

昊一也起身離開監獄，開車去接蘇珞。

他們約好今天一起吃飯，時間充裕的話，再看一場電影。

平時兩人都很忙，蘇珞在考駕照，也還在代表Lara戰隊參加全球創意編程大賽。他想在去大學報到前，拿下高中組的大滿貫。

等來到約定地點，就看到蘇珞捧著手機，又不知道在寫什麼程式。

然而，昊一的手機卻響了，是來自「蘇珞寶貝」的簡訊。

『你在哪？太陽都快把我曬蔫了。』

昊一不由笑了，原來蘇珞是在傳訊息給自己。

把車停好後，他走向等在路邊的蘇珞，想給他一個驚喜。

昊一突然想到父親的話。

——軟肋……

『蘇珞他不是我的軟肋。』昊一想，『這是顯而易見的事。』

而且，因為要保護蘇珞才變得特別強大這個觀點，昊一只能說父親還是不懂「命定」的意義。

『被守護的是我才對。』

AO之間的命定關係之所以被人羨慕，昊一覺得是因為那種只有彼此才能明白的「被深深愛著」的感覺。

被愛、被守護，除了你之外，沒有第二個人能帶給我這樣的感受。

非限定Alpha —— 米洛

然而，並非只有Alpha和Omega才能成為命定的戀人，因為不管如何，只要是人就存在共通性。

每個人，不管什麼性別，都會在遇見那個「他」的時候，心頭一顫地想：「啊，就是他了。」

雖然不知道那是怎樣發生的，但只要和「他」在一起，就覺得再難的事也沒那麼難，就像太陽落下也還會升起一樣。

會想和「他」一起就這樣走到世界的盡頭。

這種只發生在彼此間的靈魂觸動，卻給自己的世界帶來了天翻地覆的變化。

自此，你的世界裡就不再是一個人了，而是一個家。

「哇！你們快看！是蘇珞學長！」

昊一站在離蘇珞不遠的路燈旁，本想偷看他給自己發送簡訊時的可愛表情，卻見有三個女生圍了上去。

「學長是在等人嗎？」

「我知道，在等男朋友吧。」

「呃、我……」蘇珞笑了笑，正想說什麼，就瞥見無論在哪都那麼顯眼的昊一，帥得令人臉紅心跳。

『他來了啊。』蘇珞想，剛要招手，突然意識到：『這傢伙是故意的嗎？站在那看我抓耳撓腮地等他。』

「我沒在等男朋友。」蘇珞望了望熙熙攘攘的商業街，「我在這看風景。」

「那就是……有空囉？」女生們笑道。

「嗯。」蘇珞點頭。

「那學長可不可以幫我簽名？」女生從書包掏出漂亮的手帳本，「今天真是太幸運了，出門補習都能遇到蘇珞學長！拜託了，就寫數學考試順利！」

「我也要！學長！幫我寫：『抽卡不歪，十連雙金！』」另一個女孩也激動地掏出紙筆。

「我的話，希望明年能脫單！找到心儀的男朋友！」第三個女孩臉紅著舉起手。

「喂喂~我又不是許願池裡的王八。」蘇珞嘴上這麼說，簽的字卻非常好看，比他寫試卷時的字跡還要工整得多。

「謝謝學長！學長你什麼時候再去學校開『程式入門』課啊？」拿到簽名後，女孩們開心地原地蹦噠。

「對啊，我發現學長教的電腦課特別易懂。」

「你們跟著……」蘇珞想說跟著老師學也是一樣的，結果抬頭就看到昊一轉身往前走了。

「我還有事先走了，妳們補習加油！」蘇珞趕忙追過去，還帥氣地飛奔過十字路口。

「啊，是昊一律師！」女孩們也看見了，哈哈大笑。「還說不是在等男朋友。」

蘇珞當然聽見女孩們的笑聲，可此時他不顧得面子，一口氣追到昊一身邊，拉住他的手。

但昊一依然不理他。

「你又不是醋缸裡泡大的。」蘇珞搖了搖昊一的手，撒嬌說：「不至於生這個氣，是吧？」

「不是醋缸，也可以是醋碟子啊。」昊一回道，而且不看蘇珞。

「什麼醋碟子能裝下你？」蘇珞另一隻手也扒上昊一的胳膊。「好啦，不生氣。」

「噗……」沒想昊一笑場了。

「靠！」蘇珞後知後覺地道，「你小子耍我啊！」

「我哪有。」昊一停下來，看著蘇珞道。「我看你們在太陽底下聊得這麼熱，想給你們買冰淇淋……哪知道有人看我一走就追上來，真的好愛我啊。」

「誰愛你了。」蘇珞又捏了捏昊一的手指，臉紅道：「我是怕你走丟。這裡人多，不好找。」

「這樣的話，我們得握緊才行。」昊一修長的手指插入蘇珞的指間，就在蘇珞以為兩人要十指交握時，昊一又抓起他的手，在手背上親了親。

「你幹嘛！大庭廣眾的。」蘇珞掙了一下，沒能掙脫。

「秀一下恩愛而已。」昊一笑得滿面春風，蘇珞拿他沒轍，抓著他的手往前走。兩人很快並肩。

「對了，我還是打算考檢察官。」昊一微笑著說。

「哦哦~你終於下定決心了。」蘇珞開心地點頭，「律師考檢察官的話，會不會容易一些？」

「確實有重合的地方，但檢察官的考核點要比律師廣泛得多。一般而言，很少有人第一次就考上。」

「那我來當個預言家。」蘇珞粲然一笑，「你會一次就考上，並且還是第一名。」

「既然你都這麼說了，」昊一笑得寵溺，「那我是不是該先去測量尺寸？」

「嗯？」蘇珞歪頭。

「檢察官的深色制服，你不是一直想看我穿嗎？」昊一道，「之前李瑋怎麼催我考檢察官，你都沒反應，直到他發來制服照，你就說，去考檢察官也不錯……」

「我不是~我沒有~我這麼不純潔的人，啊不是，我這麼純潔的人……」蘇珞羞得額頭都紅了，還一把推開昊一，轉身跑路。

「可我不是。」昊一笑著追上去，再次握住蘇珞的手。

「不是什麼？」蘇珞也握緊了昊一的手。

「我對你的想法並不純潔，不管你穿什麼，我都會想入非非，當然不穿就更……啊~痛痛！」昊一被蘇珞狠狠擰了手心，但還是沒有放開手。

「我愛你，蘇珞。」昊一低頭，在那通紅的耳邊呢喃。

「我也愛你，昊一。」蘇珞抬起頭，笑得很甜。

眼裡就只有彼此的世界，會有無數陽光燦爛的日子。

（完）

Sweet Home

1

「謝謝你們，辛苦了。」

送走搬運工後，蘇珞關上大門，轉過身看著堆在客廳牆邊的大大小小紙箱，不由得深吸一口氣，自言自語道：「很好，要開始拆箱了。」

話是這麼說，蘇珞忍不住先在客廳溜達一圈。

他沒想過真的會搬到離科技大學這麼近的地方，畢竟這裡位於市中心，而且是商業街的黃金地段。

這棟三十層的公寓樓還是新建的，在國際上獲得過多個設計大獎。

之前在電梯間，他幫忙搬運的時候，聽到工人們在聊天。

「現在的孩子可真有錢，年紀輕輕就能租這麼貴的房子……」

「那是他們父母有錢吧。」

「會投胎也是一種本事，這叫命好……」

說實話，當昊一說他們會搬到這裡來時，蘇珞也很驚訝。這裡最小的三房，一年也要高達上百萬元的租金，都可以在郊區買一棟房子了。但昊一說他們不需要付租金，這是爺爺奶奶送給他們的訂婚禮物。

而昊一爺爺會買這裡的公寓，就是考慮到「孫媳婦」的大學在隔壁街區，上學方便。

蘇珞目前只在視訊裡見過昊一的爺爺奶奶。當然，在昊一家，蘇珞曾見過一幅超大的全家福油畫。

祖孫三代都在油畫中，只是時間過去頗久，畫中的昊一才五歲。

視訊裡的爺爺奶奶既不像油畫裡那般威嚴，也不似蘇珞想像中的稀壽老者，有著滿頭銀髮。他們年輕得像是只有五十多歲，對於孫子選擇Alpha而不是Omega訂婚這件事，他們的態度也很開明，還反過來勸蘇珞放輕鬆些，不用在禮節上過於拘謹。老人們還說，會在耶誕節前回國，為他們慶祝喜事。

蘇珞知道他和昊一訂婚後，昊一的親朋好友都在恭喜他們，但直到最近，蘇珞才有了真實的、一步步成為昊一「家人」的自覺。

他在日常問候、購買禮物時，會在清單填上「給爺爺、奶奶」這樣的備註。

從習慣獨自照顧酒鬼老爸，乃至獨自應對痛苦的分化期，到受昊一家人照拂的「孫媳婦」，這其中的變化不可謂不大。

幸福嗎？那是當然的。

可是……

環顧著灑滿耀眼陽光的客廳，蘇珞總覺得哪裡不對。就像試運行一段程式，儘管沒有出任何問題，可是內心深處總覺得它哪裡藏著ＢＵＧ。

「還是……太累了吧？」大學第一學期，所學的內容幾乎和高中脫鉤，還有新生必須要參加的各種活動、應酬，加上仍在做的網上編程兼職，一天二十四小時，睡眠被他暴力壓縮至只剩四小時。

「唔……但我感覺還行啊。」蘇珞撓撓頭髮。得益於Alpha旺盛的精力，就算讓他立刻下樓跑五公里也沒問題。

「那就是……要整理的東西太多了？」可他又不是第一次搬家，昨晚還是和爸爸一起整理行李。

至於搬家的時機，恰逢大學校慶，放假三天，加上額外請了兩天事假，所以足足有五天假期，時間上是不用煩惱的。

「按計畫，今天先把從家裡帶來的個人物品歸置好，再把廢紙箱送去回收。」蘇珞摸著微熱的後頸自言自語，「這樣想的話，哪裡都沒有問題啊，所以我在煩躁些什麼？哈哈哈。」

蘇珞轉頭環顧了下四周。即便地上堆疊著好些紙箱，客廳看起來還是空蕩蕩的。昊一訂製的沙發、茶几等傢俱要下週才到，他的說話聲在這客廳裡都響起回音，感覺很有意思，蘇珞還哼起小曲。

不過這裡也不是什麼傢俱都沒有，一把原木搖椅擺在落地窗旁，將來一邊曬太陽一邊念書的話，感覺會很不錯。

搖椅旁鋪著一大塊純白羊毛地毯，是秦越送來的喬遷禮。他還特地說不用擔心弄髒它，會有專門的保潔人員定期上門來清洗。

蘇珞早上曾躺在上面過，它編織得十分緊實，又依然保持著嬰兒織物般的柔軟，當表面那層絨毛拂在臉上時，癢癢的會想笑。

就算秦越保證會有人來定時清潔，蘇珞還是脫掉拖鞋才走在地毯上，拆箱整理物品時也不會把雜物堆上面。畢竟是嶄新的賀禮嘛。

「……衛浴用品都收拾好了，那這箱子裡是什麼？」不大不小的紙箱外貼著「牙刷杯」的貼紙，蘇珞把它拆開。「啊！」

臉孔頓時發燙。那是一大捧五顏六色的保險套花束，紙箱底下還放著未開封的潤滑劑，是剛訂婚那會兒「燃燒の髮際線」送的禮物。

雖然訂婚的事已過去小半年，但顯然花束還沒「綻放」過一朵。蘇珞把它當做「捧花」擺在臥室裡，直到這次搬家，被老爸塞進了紙箱。

「老爸真是的，萬一搬家中途箱子破了，我可就社死了。」蘇珞越想臉越紅，還好他沒有當著搬運工人的面，把箱子豪氣地拆開。

「誒，要不把『花』拆了，都收抽屜裡吧。」蘇珞拆開花束的包裝，整理起保險套。光滑倍潤型、螺旋型、超強顆粒感……「燃燒の髮際線」送的保險套還真是什麼款式都有。

蘇珞臉紅紅地想，應該早點拆開來用的。

要說他和昊一為什麼沒用它，那就說來話長。

昊一只在一整晚的纏綿時，會用上保險套。

而保險套這種比抑制劑還隨處可買的用品，在他們家處於爆倉狀態。

一句話解釋——昊一買太多了。

如果只做一次愛，昊一都不會用保險套，他會在結束時射在外面。

但要是蘇珞堅持，昊一就會內射，當然事後，他會很細心地幫蘇珞洗澡。

只不過，有時也會發生意外狀況。

蘇珞想起上次學院舉行電子音樂節，他約了新認識的朋友一起去玩，都快遲到了昊一卻還摟著他的腰，在玄關依依不捨地「吻別」。

吻著吻著兩人都激情盎然，互相把褲子褪到腳踝，沒羞沒臊地做起來。

好在玄關放著一盒紙巾，蘇珞用紙巾包著自己的「弟弟」，才沒讓精液射得到處都是。

他也提醒昊一，不要射在裡面，因為沒時間再洗一次澡了。

所以幹嘛一定要在那種時候做啊？

儘管心裡這麼想，他對昊一卻是非常縱容，不但允許昊一抓著他的後腰頂撞，還允許他在沒有充分擴張的前提下一口氣插到底。

昊一的那個真的太巨大了，讓他眼淚不自覺地往下掉。

當昊一插入得太深，又極度沉醉，來不及拔出性器而猛地在穴內射出時，蘇珞已經看不清眼前的景物，整顆腦袋都是懵的。

他恍恍惚惚地任由昊一拿紙巾幫他擦汗，然後把一直推高到腋下的運動衫放下來穿好。昊一又拿起濕紙巾幫他清理了股間黏糊糊的精液，再幫他拉上內褲、牛仔褲，仔細地整理好。

直到坐在音樂節的折疊椅上，聽著激越的搖滾，看著沸騰的人潮，蘇珞才回過神來似地意識到……身體還是好熱，屁股裡也一直在收縮，就好像昊一的肉棒仍在裡面摩擦一樣。

緊接著，精液從深處緩緩流出來的感覺，讓熟悉的顫慄感瞬間貫穿全身。

這讓蘇珞羞恥到滿臉通紅不說，連眼淚都流出來了，還讓邊上的朋友誤會，以為台上正飆歌的偶像是他的真命天子……

「啊哈哈，那真是好笑。」想到自己當時百口莫辯，還被同學起哄著拉向舞台，去拿簽名、合照……啊，真的是……既搞笑又十級社死。

「好在這事已經過去很久了。」蘇珞拍著胸口安慰自己，丟臉已成歷史。

而且，根本沒有人發現他的異樣。

「等一下。」蘇珞像是突然意識到什麼似地拿出手機，查看起日曆。「那已經是兩個月前的事了？」

兩個月了！在和昊一激情的玄關親熱後，他們都兩個月沒有肌膚之親了。

震驚！所以就是這件事嗎？

蘇珞終於意識到哪裡不對勁了。

這麼大一個昊一呢？他們竟好久沒碰面了。

當然，也是因為昊一成為檢察官，並在公訴科實習後，一直在出差。

最近幾次談話，包括商量傢俱訂製的款式，都是在視訊裡完成，並且因為彼此都在連軸轉，竟然沒覺得哪裡不對。

根本錯大發了！

2

「不對不對！沒人說成為家人後，就必須一直黏在一起吧？」

蘇珞用力搖頭，同時想把腦袋裡濕答答的黃色廢料給甩乾。

「我一直都按時服藥，所以易感期什麼的也都平穩度過，就沒有非『做』不可的理由嘛。」蘇珞嘀咕著，可身體內部卻逕自熱起來。

『想做。』

『要試試看自慰嗎？』

『像這樣……用掌心托住陰囊反覆揉搓的話，龜頭也會變得更敏感……』

熱烘烘的腦袋裡不斷響起誘惑的低語。

蘇珞突然意識到，在沒遇到昊一前，他的閒暇時光都是在編程世界裡度過的。

即使有獨立的房間，打飛機什麼的也都是在易感期才會做，還要看著筆觸飽滿的漫畫書才行。

一度以為自己是低慾望Alpha的代表人物，但原來只是沒有遇到真心喜歡的人。在遇到昊一後，可沒少做色色的事。

尤其昊一這傢伙，一做起來就特別纏人，不僅會花很長時間為他手淫，還有說不完的甜言蜜語。

「他媽的，他真的好會。」蘇珞臉紅耳赤地道，忍不住低頭看了眼褲襠。

「我好像……真的有段時間沒安慰『弟弟』了。」

為了方便搬東西，他今天穿的是滑板褲，不知道是不是心理作用，總覺得前襠那兩條狀似八字的褶皺是「弟弟」在那哭唧唧。

「是啊……除了上廁所和洗澡，我就沒怎麼在意『你』。」蘇珞嗯嗯地點著頭，盯著自己的褲頭說：「可是，我也沒想到我會成為『0』啊。」

用不到的東西，自然會「閒置」。

蘇珞不禁思考起來，如果自己是「1」的話……

那麼，首先這些保險套就不會閒置。尺寸都挺適合他的，就是……正常男性

Alpha的大小。

蘇珞還記得自己入學時的體檢報告，顯示勃起時陰莖長十五．四公分。超過十二公分，有做「1」的資格。

可有誰會為了不浪費朋友送的保險套，就硬著頭皮做「1」啊。

「就是啊。」蘇珞咕噥，「沒有人會想在昊一面前自取其辱吧。」

那傢伙的「弟弟」目測得有十八公分，還往上。

十八．五？不會是十八．八吧？

——怪物一樣的傢伙。

『不過……巨屌什麼的長他身上就很合適，他的體格就是那種穿衣顯瘦，脫衣就很壯的類型。』

奇奇怪怪的想法在腦袋裡不斷發酵，尾椎處更是莫名地顫慄一下。

「呃！」這下蘇珞不僅是臉紅，連脖頸裡都在冒熱汗，他只能提起運動衫的領子透一下風。

「真是的～我在這……發什麼情呢。」蘇珞自嘲著，又不好意思地笑了。

「說起來，窗簾還沒訂呢。」從剛才他就注意到，客廳裡不是一般地敞亮。

首先他們住的樓層就高（二十七樓），廚房還是開放式的，餐廳區域擺著一張長餐桌，整個空間放眼望去真是格外亮堂。

「馬路對面就是酒店和商廈……這窗戶的隔音可真好啊。」

蘇珞走到落地窗旁，抬頭看著占整面牆的窗戶。說是透明的防噪玻璃卻帶點淺淺的茶色，使照進來的陽光都有種暖光濾鏡的效果。

「……還好剛才沒有一激動就ＤＩＹ了。」

對面樓裡的人應該會看見吧，他坐在客廳裡自慰什麼的。

想想就覺得丟人，還很變態！

「得抓緊時間去訂窗簾，今天先整理好浴室和廚房，然後回宿舍睡吧。」蘇珞喃喃地說，望了望馬路對面的大樓和商業街。

然後，他又轉身回去拆紙箱，在一只特別大的箱子裡，驚訝地發現老爸把折疊晾衣杆也放進來了。

蘇珞回頭看看落地窗，腦袋裡靈光一閃。

要是把箱子裡的床單撐開來擋在窗前的話，算不算窗簾呢？就算只能遮住一角。

『那樣的話，就算是自慰也沒關係吧？』

『快點做完就是了。』

非限定Alpha——米洛

『Alpha什麼的，果然是下半身的動物啊。』

正努力把床單掛上晾衣杆的蘇珞想到這，頓時有種想爆哭的衝動。

還好上午就把東西搬完了，直到他離開都不會有人來。

※

「是前面那條路嗎？」負責開車的Beta青年是檢察署公訴科的專職司機。

「是的，麻煩拐彎後靠邊停一下。」

像雪一樣清冷又乾淨的男低音在七人座的公務車裡響起，極為動聽。

後排三人座上依次坐著公訴科的女檢察官和書記員，他們都是Beta。

副駕駛位上坐著公訴一科的方副科長，五十多歲的中年男性，也是Beta。

只有第二排的昊一是Alpha。

他們一行六人是去鄉下做「露天法庭」，和醫院的醫生下鄉義診一樣，屬於公益性質的工作，出差了一週，才剛回來。

大概是考慮到最近這兩個月他們公訴一科出差得太頻繁了，所以方副科長一大早就大發慈悲地宣布要讓大家輪休。

昊一因為要搬新家，就安排在第一批休假，一共三天假期。

當然，是從明天開始計算。

突然到來的假期，無異於天降甘霖，尤其昊一本就在頭疼加班太久，私人時間總被額外的公務占用。之前還好說，但這幾天要搬家，所以他怎麼都得抽出時間去幫蘇珞。

他正盤算著如果方副科長不願放人，那就犧牲掉睡眠時間。

無論如何，他是不會把一堆重東西還有瑣碎的家務都推給蘇珞的。

更別說，蘇珞還要上課呢。

想到終於可以回家，昊一的心情就格外地好，甚至願意讓公務車送他回去，簡稱——就地下班。

「真羨慕昊檢察官啊。」眼看就要到目的地，方副科長望著沿街一排閃耀奪目的旗艦店道。「這麼年輕就能住上頂級豪宅。」

「有沒有一種可能，他本身就是豪門呢。」女檢察官打趣道。

「誒，這我當然知道啊，只是親眼目睹才更教人心酸~你們知道的吧，我住老城區，是爸媽的房子，一家六口擠三間房，每天早上光搶廁所就夠受了……哪像這裡，那麼寬敞的路、那麼高的樓……」方副科長喋喋不休地說。

非限定Alpha —— 米洛

他並無惡意。

或許他一開始是不怎麼歡迎這個半路殺出來的「Super Star」。

檢察官遴選筆試第一名，面試也是第一名。

超級有錢、長得還帥，頂級Alpha。

他想著這種新人可不好帶，科室得大亂，就沒給昊一好臉色。

但他沒想到昊一既勤懇能幹，人也很可靠，一點都不像含著金湯匙出生、眼高於頂的大少爺。

昊一對於身處社會底層的人們也能共情，處處為他們的利益考慮，是個善良的孩子。

這要是他的女婿該有多好。

可惜，這肥水早就流了外人田，便宜了一個臭小子。

「我先走了，各位路上小心。」昊一提著行李袋下車了。

車門一關上，後排的檢察官和書記員不約而同地看向昊一離去的背影。

「哇～這肩臂比穿制服是真的百看不厭啊。」

「對啊，真的很Man很有型！說起來因為他分到我們科，我每次走在大樓裡，都能感覺到其他科室的女生那種想扎死我的眼光。」

「哈哈，就是羨慕嫉妒恨吧，誰不喜歡這麼好看的男人天天杵在自己面前，感覺公務壓力都減輕不少。」

「公務壓力減少難道不是因為他特別能幹嗎？」方副科長挑起眉道，「你們這些傢伙，是不是仗著人家年紀小，就隨意差遣他了？」

「科長，您是在說笑嗎？您平時都沒差遣他，我們哪裡敢哦。」

「我沒差遣他，是因為他會主動找事做啊。」方副科長道，「那還要我說什麼？」

「就是就是，他真的很優秀啊，情商高、智商高，很會交際，完全不像是新人。啊……突然想到我老公，丟個垃圾都要我打電話催上幾次，不然家裡得發臭。」

「妳老公還會丟垃圾，那不比我男朋友強……他是垃圾桶翻了都不會彎腰撿一下。說起來，昊檢察官都會在下班時，順道把分類的垃圾倒掉，真的好乖啊……唉，我怎麼就找不到這樣好的男人呢。」

「開車開車！」方副科長受不了地道，「人家都走沒影了，還看呢。」

非限定Alpha —— 米洛

從電梯出來是寬闊的走廊，左邊盡頭是大門，右側盡頭的玻璃門通往花園，一層樓只有一間房，環境極為雅緻。

昊一在靠近大門的空地發現一疊折疊整齊並用尼龍繩捆紮好的紙箱。

他站那看了好幾眼，才轉身去開門。

只是拇指還未按上指紋鎖，眉頭就輕微地上挑。

門沒關。或者說，是沒有關緊。

鎖舌虛掩著，手指往門把上一搭，它就透開一條縫。

「嗯唔……唔、啊，快點啊……」

誘人的呻吟像糖漿一樣從門縫裡流淌出來。

昊一愣住，隨即輕推開門扉。

玄關直通向客廳，也沒有傢俱阻攔視線，他的目光筆直地投射過去，將那活色生香的場景盡收眼底。

「啊、討厭……還差一點就……啊嗚！」

蘇珞弓著背，渾身顫抖地跪坐在地毯上，運動衫撩到粉嫩的肚臍上方，滑板褲脫到膝蓋，白色內褲也被拉到大腿根。

因為蘇珞側著身的關係，昊一只能看到半邊屁股。又白又嫩像塊剛出水的豆腐，而隨蘇珞雙手用力套弄陰莖，屁股也一拱一拱的，越發顯騷。

砰！昊一手裡的旅行袋就這麼直接滑脫，掉落在玄關地板上。

然而這動靜並沒有吵到蘇珞，他仍舊垂著腦袋，雙眼緊閉地沉浸在自我撫慰的世界裡。

「呵……」

既然如此，昊一便欣賞起這迷人的風景，以及隨蘇珞一起，落入他視野裡的奇怪東西。

用兩根晾衣杆撐開在落地窗前的……布？

布上的棕色格紋十分眼熟，似是蘇珞臥室裡的床單。

蘇珞是說過已經有的東西就不用再買了，浪費錢，只是昊一沒想過這床單還能有多種用途，這麼一搭建，有些像露營帳篷。

「啊嗯……」蘇珞蜷躲在床單帳篷下，享受著私密且放縱的歡愉時光。

「誒！」昊一不由輕嘆口氣，以穩住胸口那股洶湧的醋意。

他很吃驚自己的器量已經小到，連一條充當窗簾的床單都容不下。

非限定Alpha——米洛

『能帶給蘇珞安全感的只有我。』

昊一嘴唇輕抿，想著方才在走廊盯著紙箱看時還在告誡自己：不要太纏著蘇珞。這次就只是搬家整理，不許對他出手。

只要碰了蘇珞，他就停不下來，像完全標記的Alpha對屬於自己的Omega那樣極度渴求。

他需要碰觸蘇珞，且占有欲非常強烈。

只要心底有一點點的醋意，都足以令他的欲望如十級暴風般席捲。

上次在蘇珞家過夜就是，明知道他只是約了新認識的同學一起去聽音樂會——蘇珞當然有交朋友的權力。對方是比蘇珞大兩歲的男性Beta，人很好，成績優秀，家庭背景也沒什麼問題，性取向是嬌小可愛的女性Beta。

可就算暗中調查得那麼清楚，看著蘇珞打扮得那麼帥氣（蘇珞ＯＳ：天，那是很普通的衣服好不好？）心裡仍是酸得不行。

他在玄關處摟著蘇珞親個不停，結果自然就勃起了。

明明可以在蘇珞的大腿間摩擦釋放，他卻故意插入後穴。能感覺到蘇珞的小穴吞得很吃力，卻借著「昨晚才做過，應該可以插進去吧」的想法，強行全部挺入。而且直到射出為止，他都使勁摟著蘇珞的腰。

之後開車送蘇珞去學校參加音樂節，坐在副駕駛席的蘇珞整個人都蔫蔫的，有累到的樣子。

昊一心裡不禁產生了強烈的罪惡感，昨晚就沒怎麼讓他睡，臨出門了還被幹，這也太可憐了。

進行深刻的自我反省後，昊一就開啟一項特別的忍耐力測試。

那就是他到底可以多久不去碰蘇珞。

以及時間久了，說不定能看到蘇珞主動向他求歡的樣子。

他還想知道，他在蘇珞心裡「不可或缺」的程度，是不是已高達百分之一百二十。

「呵～我真是想得美。」

很顯然，他親愛的另一半寧願自己解決，也不會想主動靠過來。

所以昊一對自己想出來的忍耐力測試這種反Alpha本性，還錯過與蘇珞相處時機的實驗，不由得出一個「我是白痴」的結論。

看著蘇珞完全沉浸於性愛、無視自己的樣子，他內心更生出一種「自作自受」的淒涼。

「啊哈……！」蘇珞正處在只差一口氣就能射出的關鍵時刻，此時此刻的他注意不到除「高潮」以外的任何事。

可不知道怎的，他越是想要得到「衝頂」的愉悅，就越難以射出，好像被無形的手掐住根部似的，僵持在那。

難道是用了保險套的關係？蘇珞不禁琢磨。

他不想把精液噴得地毯上都是，於是拆了一只保險套，戴上後才開始手淫。

原本以為積壓太久，很快就能射，然而從「弟弟」半硬的樣子到現在完全勃起，感覺過去了一個世紀。而且光硬著不射，簡直像「弟弟」有毛病似的。

「可惡，你小子給我振作點啊，我可不想一直在這撅著屁股……」蘇珞開始想像昊一平時是怎麼用手指揉搓自己的，頂端才變得黏糊起來，可還是差那麼點。

「啊……呵呼……可惡……都難受這麼久了，就算是生孩子也該……」蘇珞煩躁地抬起頭，像要尋找什麼似地東張西望，卻不想一眼就望到玄關裡站著的人。

他穿著檢察署公務員的專屬制服，一套暗藍色西裝。

西裝剪裁精細，完全貼合著裝者頎長的身體線條，西裝內是一塵不染的白襯衫和紅色真絲領帶。西服的衣釦、袖釦以及與制服相配的黑漆皮鞋上的裝飾品，都有著特製的浮雕。

蘇珞不懂為什麼檢察署的制服要那麼帥氣，明明是去辦案的。

然而下一刻，他搖曳的目光就被陽光下銀光閃閃的檢察署胸章吸引。它佩戴在那肌肉飽滿的左胸上……嗯？

『我想昊一想到產生幻覺了？』

蘇珞愣了愣，濕潤的眼睫再往上抬，就對上那雙彷彿能把人一口吞掉的深邃眼眸。那極淡的眸色明明該是拒人千里的效果，可在對上的那一刻，蘇珞像被很燙的東西燎到一樣。

「——咿！」臉孔瞬間滾燙不說，全身亦被熱浪掀翻，他表現得像隻被踩到尾巴的貓，驚慌不已地彈直腰杆，想要站起來，卻被掛在膝蓋上的褲子絆倒，又摔回原地。

更慘的是，他想不管一切地先提上褲子，可「蘇小弟」卻猛地射了。

在昊一那樣露骨的目光下，他雙膝著地、抻直腰身，兩手像要遮擋似地抓著「弟弟」，在那一股股地射著精。

「啊哈……討、討厭……不要……」想射的時候不射，不想射的時候卻停不下來，蘇珞的眼淚奪眶而出。

想不明白昊一怎麼會在這，他不是在出差嗎？

可惡！真的好羞恥，羞到渾身止不住地顫抖！

可能被陌生人看到都不會這樣淒慘。

是昊一的話，哪怕是在自慰，蘇珞也希望自己是帥氣的。

把帥氣的一面給他看，而不是如此倉皇狼狽。

看著保險套頂的尖尖逐漸被精液灌滿，蘇珞真是羞得想死。

砰！門被關上的聲音，讓蘇珞的腰身又是一顫。

「所以迄今為止，」昊一邊說著，一邊朝著蘇珞走過來，極其端正的臉上帶著和顏悅色的笑，「你都把這麼可愛的一面給藏起來了，是嗎？蘇珞。」

「誒？」蘇珞不禁抬起通紅的臉，困惑地看著昊一。不知為何，他有種大事不妙的預感。

4

「老公～歡迎回家♥」

打破尷尬處境的方法有N種，蘇珞大概是現下的腦袋不太夠用，且充斥著黃色廢料，所以就只會喊老公。

等喊完才發現他的臉孔正對著昊一鼓鼓囊囊的褲襠，再深色的褲子也沒辦法掩蓋其隆突的程度。

他不禁想，這要是在過安檢，絕對會被攔下搜身吧。

『可怕……鼓凸得像藏了電棍。』蘇珞舔著發乾的嘴唇，暗暗咂舌。『他不會是完全硬了吧？』

想著自己剛才兩手搓弄，「弟弟」也要一會兒才能完全勃起，不禁感嘆某人真是好命，「弟弟」粗壯得令人咋舌不說，還說硬就硬，威猛得很。

真是A比A氣死A呢。

「唔……」蘇珞只當自己在走神，卻不知道這眼底噙淚、臉孔泛紅且嘴巴微張輕喘的模樣，有多誘人。

而且，他腦袋裡的遐想全都顯露在臉上。

昊一看著蘇珞那副目瞪口呆又暗暗垂涎的樣子，笑著抬手摸上他緋紅的面頰。

『他知道自己有多可愛嗎？』昊一心跳不已。『好想狠狠操他，又怕嚇壞他……這麼可愛的老婆就只有一個，可不能折騰壞了。』

『哦，原來是這麼回事。』

昊一勾唇一笑，忽然能理解蘇珞為什麼會背著他自慰了。

那是過於在意對方才會有的體貼。知道對方工作太忙，連睡覺時間都快沒了，那當然是選擇自己動手解決需求。

這樣一想，昊一覺得蘇珞更可愛了。怎麼會有這麼萌又這麼軟的Alpha啊。

昊一將大拇指順著蘇珞微張的嘴唇插入，濕熱感立刻裹住指頭，他不由得暗暗吸口氣，又多加一根指頭挑弄蘇珞紅紅的舌尖。

對於自己的手很大這件事，昊一也感到抱歉，而且僅僅只是食指和中指探入，就讓蘇珞發出難以呼吸似的嗚咽。

「唔……唔……」

昊一看著蘇珞的嘴巴一再張大，就彷彿在給他口交一樣努力。

正因為蘇珞的配合，昊一的手指很快加入到第三根。

啵啾、咕唔……三根手指同時狎玩蘇珞的舌頭，像是極度纏綿的深吻。

「唔……唔昊……嗯！」口水很快打濕蘇珞的嘴角，他想說什麼，卻被手指逗弄得只能哼嘆。

「說吧，你這麼熱情地迎接我回家，是想要什麼？」指尖又開始搔弄起上顎，蘇珞的臉頰越發通紅，卻仍睜著一雙浸滿淚霧的眼，努力看向站著的昊一。

「唔嗯……我、想做……！」不知是不是舌頭被愛撫，蘇珞剛射過的「弟弟」竟又興奮起來，和他獨自在那搗鼓時的精神狀態完全不同。

大概也是意識到這點，蘇珞臉上露出欲哭無淚的表情。

「這樣啊……」昊一被蘇珞這表情勾得都差點忘記自己想說什麼。

他看了眼再次起立的「蘇小弟」，微笑著說：「我也很想做，可我們有段時間沒有親熱，現在插入的話，你的屁股會撐裂的……」

昊一說著，直勾勾地盯著蘇珞的臉，像沙漠旅者盯著好不容易尋獲的一汪清泉，極度渴望。

蘇珞的臉孔一下子羞得更紅潤了。

昊一看著他強壓下害羞的心情，抬手幫他解開西裝褲的皮帶，接著是拉下拉鍊。

顯然蘇珞是想以行動來回答，該怎麼解決那個「好久沒做」的問題，那就是先幫昊一口交。

「笨，我可沒說要讓你舔濕它。」昊一輕笑著說，左手中指輕輕一彈蘇珞的額頭，成功看到蘇珞用一種極為怨懟的表情瞪向他。

『啊，真是太可愛了，我的老婆。』

昊一將右手從蘇珞的嘴巴裡抽出來，又濕滑又熱的手指直接握上高挺的「蘇小弟」，就捏著保險套邊緣的手勢，將它一點一點褪下。

「蘇珞你不需要自己做啊，我會幫你含的，我用嘴比你用手舒服得多，是吧？」昊一用極其溫柔的語氣說道，「不過，也要麻煩你自己擴張一下後面，你知道該怎麼做，是吧？」

兩聲帶著撒嬌音的「是吧」，就跟灌給蘇珞兩大口迷魂湯沒有差別，只見他點了點頭，迅速脫光身上的運動衫和褲子。

接著在昊一的引導下，他岔開兩條腿，跪坐到躺下的昊一胸口。雖然有點不好意思，但蘇珞還是很聽話地把勃起的「弟弟」塞入昊一含笑的嘴裡。

「嗯。」昊一很輕鬆就吞進去一半，然後抬手掐著蘇珞的臀肉，示意他再往前坐些。

被濕熱的口腔含住的那刻，蘇珞舒服得跟貓兒似的直哼，所以他對昊一的催促不但沒有異議，還很主動地往前挺著腰，享受更緊緻的包裹。

然而，待迷魂湯的效力稍稍減退，蘇珞看清眼下的情況後，便「啊！」地叫出來。

他不知道什麼時候用大腿緊夾住昊一的頭，屁股就坐在昊一胸口上，這麼強勢的姿勢，讓「蘇小弟」幾乎整根捅進昊一的嘴裡。

昊一還將舌頭墊在門牙上，像H漫畫裡畫的一樣，以極為舒適的角度吞吐著「蘇小弟」。

「啊……啊啊……！」事實上蘇珞也爽翻了天，感覺整個下半身都快融化在昊一的嘴裡。

快要舒服死了，可他又不想這麼快射出來，因為昊一這樣子真的——很色！色到令人上癮。

尤其是昊一因為被捅到舌根而微微皺起眉頭的隱忍模樣，更是色到沒邊。

蘇珞原以為昊一會求饒，求他輕點來，嘴巴裡面都要被蹭破皮了。可結果昊一不但沒吭聲，腮幫子反而更用力往裡凹，吮吸的勁道更猛了，甚至還會用到喉嚨去夾。

『啊哈……他好會口啊……我的這個……就這麼好吃嗎……』

蘇珞腦袋裡熱成一團糨糊。他想自己的「弟弟」並不差嘛，昊一超喜歡的樣子。

啵啾、滋溜……昊一就像在舔食甜品，不想美味的奶油融化在唇舌以外的地方，一直很用心吸舔著。

蘇珞頓時有種自己的「弟弟」也能讓昊一爽到射的信心，便也跟著昊一舔舐的角度，用濕黏的頂端去蹭昊一的口腔內壁，看著他的腮幫子圓鼓鼓地突出來，便想到昊一的嘴巴內部確實很敏感，因為只要和他接吻，他的下半身就會硬起來。

「啊……」又想射了。

想看到昊一這張端正的臉孔被自己的精液噴得一塌糊塗的樣子。

然而，不知道為什麼，明明舒服得很，腦袋都麻了，「蘇小弟」卻變得矜持起來。

「靠……我的持久力有這麼好嗎……嗚……！」蘇珞焦躁得都快哭了，真不知道身體裡是哪根筋搭錯線，怎麼總是緊要關頭就廢。

5

就在這時，昊一掐揉起他的臀部，蘇珞以為是自己幹得太狠，讓昊一難受了，結果昊一的手指反而戳進他的股縫，揉按上小穴。

「唔啊！」蘇珞面紅耳赤地反應過來，這是在提醒他「擴張」。

之前不是說好的，他來口，他來擴。

蘇珞不得不看向右手一直攥著的那團東西——昊一幫他摘下的保險套。摘下後，昊一並沒有把它打結後扔一邊，反而塞進蘇珞手裡。略有點分量，畢竟有段時間沒做，「存貨」不少。

用精液擴張後面不是第一次，可明知有潤滑液，還用精液做擴張，蘇珞多少有點難為情。

但他也做不到離開昊一去拿潤滑液，所以在昊一「監工」似的目光下，蘇珞把保險套翻過來，套在兩根手指上，然後手往後伸，把濕黏的精液一點一點地塗抹到窄穴上。

這一番操作全在昊一的審視下，蘇珞不明白分明有更下流的事情，比如他的「弟弟」還在昊一嘴裡呢，為何用手指插入自己的屁穴這種事，更讓自己害羞。

「啊……」羞到他渾身怕癢似地輕顫，腰也不再囂張地扭動，全部注意力都來到後方。

『靠……真的……挺緊啊。』

套著濕透的保險套的食指和中指併攏前進，能插進去一個指節，疼痛倒不至於，就是感覺指頭被夾得很牢。

非限定Alpha —— 米洛

『這種地方……真的能放進去嗎……』

雖然都不知道放進去幾次了，可在用手指擴張的時候，蘇珞的腦袋裡還是會不自覺地產生疑問。

只是這疑問很快被另一種更刺激的感覺打斷。

「啊……呃！」像是迫不及待似的，被撫摸的身體內側湧起一陣令人酥麻的顫慄。

「啊……！」這讓蘇珞如被一盆冷水澆頭，無比清醒地意識到，射精前的那股焦躁感是從哪來的。

——他想被操後面。

——想要昊一的大陰莖插進自己的小穴裡，摩擦最爽的地方……醬醬釀釀的做。

『操……為什麼想到昊一就是大陰莖，自己的就是「弟弟」。』

大概是害羞過頭，蘇珞的思緒開始跑偏。

『這是事實啊，不管是尺寸還是年紀，你都是「弟弟」。』心裡又一個聲音響起。

「靠！」蘇珞生氣了，手指更用力地往屁股裡捅，還道：「就算沒有大雞雞，我也可以摸到那裡！」

昊一帶著一頭的問號，看著蘇珞臉紅得要命，呼吸也變得急促。

蘇珞卻不管昊一是怎麼看自己的，專心致志地擴張著後穴，並尋找那個一碰就會讓「弟弟」流淚的前列腺。

他記得是在這附近，至少昊一是那樣觸碰的。

每次插入前，昊一都會先用手指細緻地愛撫那裡，讓他舒服到忘乎一切。

可怎麼不對呢？

手指努力地深入，手腕都快要抽筋，卻還是差那麼一點……

「……啊！昊一！」昊一的手指突然就插入進來，兩根併攏的指頭緊緊貼著蘇珞的手指開疆拓土似地伸入，指尖更以極其霸道的姿勢撐開濕熱的內壁，並用指腹按壓似地戳向某個地方。

這一連串的動作不但流暢還不容抵抗，蘇珞像被強行摁下某個開關，難以忍受的快感如電流般竄出。

很快蘇珞從被摸的屁股裡面到前面高昂的「弟弟」，甚至整個小腹都酥酥麻麻．片。

「啊——呃呃呃！」他都沒來得及從昊一嘴巴裡拔出，「弟弟」就射了。

昊一不僅沒有躲閃的舉動，反而雙手按牢蘇珞的腰，像是不許他撤走一樣。

蘇珞硬邦邦的龜頭只能戳著昊一的上顎射精，並看著昊一一副理所當然的樣子，「咕嘟」吞下他的精液。

來不及吞下的液體溢出嘴唇，但也被昊一用舌頭舔走了。

「非要吃下去嗎？」待昊一鬆手，蘇珞像是再也忍受不了，全身泛紅地往後撤。

「怎麼，不行嗎？」昊一跟著坐起來，拇指撚了下濕潤的嘴唇，笑笑地說：「你餵它的時候，可沒有這樣介意啊。」又補上一句：「怎麼都比你射在保險套裡的感覺更好吧？」

「保險套怎麼可能和你的嘴一樣……」蘇珞滿臉通紅，正要說什麼，忽然意識到昊一是在吃保險套的醋嗎？

不是吧？我老公沒那麼幼稚吧？

「你的腰摸起來那麼瘦，」昊一突然就抬手摸上蘇珞仍在發抖的腰，「但是一往下走，尤其到屁股這，這弧線就會變得格外飽滿，還很緊緻……」

他的手指順著滑溜白嫩的臀縫，準確無誤地插入被精液抹得黏黏糊糊的小穴，蘇珞渾身一顫。

昊一又安撫似地吻上他通紅的耳朵，柔聲道：「你老公我就是這麼小氣又幼稚的傢伙，所以你應該已經做好覺悟了吧？」

「呃……」蘇珞想說，我操！你怎麼知道我心裡想什麼？

但現在的重點顯然不在於此。

蘇珞咬著下唇，多少明白接下來會被怎樣，如果不想接下去的假期都泡在H裡，那最好現在就向昊一討饒。

還有這麼多東西要整理，是吧？

蘇珞垂下眼睫，根本沒法去看昊一的臉，只是哆嗦著張開嘴唇：「那、那麼能……嗎？」

「你說什麼？」昊一摟著他的腰問。

「……我想你射在裡面。」蘇珞說。昊一射在外面的舉動，當然很貼心也更容易清潔，但是被昊一內射的話，就感覺……會更開心。

「那個、不是我好色啦，就是……想要全部的你。」蘇珞咕噥著，臉孔紅得像熟透的番茄。

昊一愣在那，呆呆地看著蘇珞。

大概也只有蘇珞能看到昊一這副可愛的模樣。

「咳，你不說點什麼嗎？」蘇珞皺著眉委屈地道，「我現在超想逃走。」

「啊、抱歉，你這樣告白，幸福來得太突然，所以……呵呵。」昊一笑著吻上蘇珞通紅的臉頰，「嗯，我知道了。」

說完，昊一就放開蘇珞，起身脫去襯衫、長褲，摘掉手錶。

唯有訂婚戒指不會拿下來。

蘇珞看著昊一用戴著閃亮戒指的手，握著他那個龐然巨物。

『幹！』蘇珞不由得吞咽口水，對著那青筋畢現、頂部深紅發紫的凶器擺擺手。

「嗯？」昊一不解。

「這、這裡不行，」蘇珞把目光移開道，「得換個沒窗戶的地方……」

這折疊晾衣杆臨時搭設的「帳篷」，可經不起他們折騰，萬一碰倒，就春光乍泄了。而且地毯還是新的呢。

想到地毯，蘇珞猛一低頭就看到自己的傑作。

濕透的保險套、成點狀噴濺的精液，把地毯絨毛黏結成團。

「ＷＴＦ……！」蘇珞眼睛都瞪大了。

「你不是喜歡在這做，才布置成這樣的？」昊一笑著抱住蘇珞的腰，「不過啊，蘇珞……」

「嗯？」蘇珞不自覺就被昊一飽含深情的目光吸引，也瞬時被他推倒在地毯上。右膝被昊一握住，向外側拉開，過分熾熱的東西抵到濕潤且粉嫩的穴口，昊一誘人地笑著。「我不想換地方，我現在想進去的只有這裡。」

6

「——唔啊！」只是陰莖頭部戳進來而已，蘇珞就感受到那份洶湧的，彷佛要將自己一口吞滅的恐怖慾望，連後腰都因為那頂戳而陣陣發抖。

蘇珞想要昊一插進來，和害怕那玩意並不衝突，畢竟在爽翻天之前，疼痛也是實實在在的。而且任誰看到那凶器都會驚呆吧。

「昊、昊一……輕、輕點……唔！」緊緻的穴口並不能阻止粗長的陰莖持續往裡鑽入。

就算屁股裡面已經弄濕，且吞下過四根手指，但那種一放進來就彷佛能塞滿小穴的厚實感，還是讓蘇珞又羞又驚得額頭冒汗，忍不住哼哼。

非限定Alpha —— 米洛

「啊……好大……！」

從被撐開的穴口到尾椎處都在瑟瑟發抖，可是身上卻又蕩漾著一股喜極而泣般的悅樂，甚至連這種壓迫感極強的疼，都變得像搔癢一樣。

讓人在意得不得了。

或許這才最難熬的地方。

『怎、怎麼會……！』

突然，蘇珞臉孔漲紅到脖子，甚至鎖骨都染著一層胭脂色。

昊一頂到他的前列腺了。那個他用手指怎麼摸都摸不對地方的敏感點。

肉棒至少有一大半沒進來，可就已經頂到了。是因為姿勢的關係嗎？

雖然自己是仰面躺著，但兩條腿都打開成類似「M」字的樣子，膝蓋更是衝著自己臉孔的方向半抬著。

昊一的一隻手還握著他的右腿膝窩，並將腿上舉，讓小穴暴露得更明顯。

插入的角度既不是平行也不是俯衝，而是微微傾斜的自上而下進入。

那又硬又燙還很大的龜頭，很自然地側重向身體裡的某個角度。

昊一是故意的？還是不小心那裡被頂著，蘇珞整個人不受控制地哆嗦。

「啊……先、先拔出去啦……！」蘇珞感覺眼角發燒似地燙，眼淚也自顧自地流出來，他抬著顫巍巍的手，推昊一的額頭。「我這個樣子……好奇怪……！」

「哪裡奇怪了？你的反應這麼棒。」昊一低頭吻了吻蘇珞顫抖的膝蓋，又把肉棒撤出一些，再次用力頂入。「不管是表情還是這邊……唔……吸得好緊……真的很舒服哦。」

「昊、昊一……啊啊……呃！」接連被頂到敏感點，蘇珞多少感到有點絕望，射過兩次的「弟弟」更是被昊一弄到再次勃起，這種感覺就像被強制進入易感期似的，快感洶湧得讓蘇珞有點招架不住。

不過是有段時間沒做而已，怎麼會這樣……心臟在胸腔下跳動得劇烈，震得腦袋都嗡嗡作響。

蘇珞不想要這麼強烈的快感，感覺自己正變成另外一個人。

一個正在發情的Omega，稍微一刺激就興奮得不得了，然後連續高潮！

「呵呼……太、太大了……啊哈……！」肉棒持續挺進，雖然大龜頭不再針對性地欺負他的敏感點，可昊一的肉棒這麼大，不管怎樣的角度都會觸碰到，而且柔軟的內壁被肉棒推碾的感覺真的……太色了。

「啊……慢、慢點……呵呃……！」蘇珞的臉上全是眼淚。他沒想要哭的，更甚至他都沒意識到眼淚正不斷溢出眼眶，口水隨著他張嘴的喘息，也弄濕著他的下巴。

啪～啪！昊一的腰杆很有力，頂得蘇珞整個人不由自主往上蹭，結果腦袋就碰到斜支在窗戶上的撐杆。

「啊。」杆子登時搖搖欲墜，嚇得蘇珞一把抓住杆腳穩住它。

他不敢再亂動，倒給昊一可乘之機。

昊一猛地挺腰，粗碩的肉棒又插進去不少，負距離也再次加深。

「唔啊……啊！」蘇珞滿臉通紅，渾身顫抖，都忘記手裡還抓著東西。

「喀啦」一聲，「窗簾」連同兩根折疊撐杆一起往左傾倒，所幸沒有砸在兩人身上。

下午四點左右的陽光不像正午那般耀眼，只是它依然明晃晃地照見兩人正在苟且的姿勢。

……昊一倒三角的腹肌以及身上的汗水也清晰得像放在放大鏡下。

「唔！」這畫面淫靡得讓人臉孔充血，蘇珞一下子懵住，又慌又亂的腦袋裡只有一句話——會被對面樓裡的人看見的！

「乖，別亂動。」昊一卻像什麼事也沒發生一樣，直接抓住蘇珞的右腳踝，將他一把拉得更近，肉棒也隨著強悍有力的挺動，一下子貫入大半。

「呃——啊啊啊！」蘇珞的眼前似乎冒出一團白光，他心跳得激烈，更激烈的是結合的地方，又燙又熱到肌膚都能燒起來的程度。

內臟都好像被頂上來似的，肚子裡感到非常撐。

蘇珞張著嘴巴，卻呼吸不到空氣。

「老婆你不知道嗎？」昊一隨之低頭吻上蘇珞的嘴唇，「這裡的窗戶是單向的，從外面看不見裡面。」

「誒？什麼？」蘇珞堪堪喘上氣，還沒來得及消化昊一說的話，雙腿就被抱住上提了提。

肉棒後撤，再次挺入，這一次是自上而下的俯衝。

而因為腿被提起的關係，蘇珞能看見昊一插入自己體內的樣子。

『我的天……這也太……！』

他張著嘴巴看著那巨大的肉棒往裡插，然後再撤出，撤出的時候，上面濕淋淋地閃著一抹水光。

不知道是不是因為這樣，蘇珞覺得昊一的陰莖比任何時候看起來都要大。

自己的小穴竟然吞吃著這麼粗的東西，尤其大腿根部的白嫩肌膚和昊一迸著樹根般青筋的性器相比，簡直像公主和惡龍。

最重要的是，蘇珞的腦袋已經不太清醒，當昊一一下子拔出大半，又一下子深插進來的時候，他終於聽見自己的浪叫聲。

「啊……啊……好、好厲害……老公的好粗……不行了啊～嗯啊……裡面舒服得……要融化了……咿啊啊啊！」

又嗲又騷的叫聲，就像此時又軟又酥又熱的身體一樣，根本不受蘇珞所控。

他知道就算外面看不見，可外面大樓裡的人依然存在，大街上依然熙熙攘攘。

可在這樣的時候，他分開著雙腿，接受濕淋淋的大肉棒貫穿，兩片臀肉也被操得一抖一顫，騷得不行。

啵滋～啵滋！濕黏的抽送聲和高亢的浪叫交相呼應，倒懸在小肚子上的「弟弟」濕得沒眼看，但它吐露的似乎不是精液，只是透明的液體。

「啊啊……昊一……不行……我、我又要去……啊哈！」

蘇珞被操得又要射了，他抓狂地想要昊一停一下，他想射。

「嗯，我知道的，寶貝。」可昊一非但不停，反而抓著他的胯部更猛烈地抽插。肉棒也攪得裡面的淫水擠也似地往外溢。

「啊……不……太猛了……！」蘇珞難耐地想要合攏雙膝，可這樣做只是夾緊昊一前後搖擺的腰而已，看起來倒像是催著昊一操射自己一樣。

7

「嗚——啊啊啊啊！」

高潮的時候，蘇珞爽得腳趾頭都蜷緊了，可「弟弟」並沒有射出什麼東西，反倒是體內止不住地猛烈收縮，強烈的快感像電流一樣激越，從深度結合的地方直竄顱頂。

後頸燙得像要燒起來，「弟弟」在極度亢奮中昂然翹挺，硬得不行。

這次「射精」讓蘇珞的意識都短暫地喪失了一會兒，直到昊一拉著他的胳膊，又托住他濕黏的臀部把他抱起。

「放鬆，蘇珞，你夾得好緊。」昊一耳語，沙啞的低吟真的跟頭惡龍似的，既邪惡又魅惑。

蘇珞汗濕的後背貼著玻璃窗，渾身酥軟發熱，他這才注意到天色已經暗沉下來，對面大樓裡亮起了燈。

而昊一粗碩的陰莖還插在他的屁股裡。

「去、去臥室……」蘇珞幾乎是乞求的語氣。雖然他乖乖抱著昊一的肩膀，雙腳也緊緊環在昊一的腰上，可還是道：「我不要這個姿勢……會……會瘋……」

「瘋？」

「就是……腦袋裡能想到的只有你……嗚唔！」光被昊一扭腰、輕輕抽插著，他整個人就不太對勁了，腰部控制不住地顫慄。要是昊一幹得再深，他就直接進入易感期了。接下去一整個星期，他都別想離開床。不，更精確的說法是——別想離開昊一的懷抱。

「這要是瘋的話，那我應該一樣吧，我腦袋裡想的也都是你。」昊一輕笑著，吻著蘇珞已經哭到紅腫的眼角，勾引道：「你知道的吧，我到現在都還沒全插進去……你難道不想我射在你最喜歡的地方？」

最喜歡的深處也是最折騰人的地方，很深，那裡有Alpha都羞於啟齒的器官——「生殖腔」。

儘管對於Alpha來說，它不起什麼生理作用，無法孕育後代，但它依然存在於身體裡。

即便在少數偏好ＡＡ戀的男性Alpha之間，那也是一被提及就會臊到滿面赤紅的「禁忌之地」。

一旦被侵入那個地方，激湧起的強烈快感甚至要遠超過愛撫前列腺。

說起來可能無法置信，蘇珞竟在網路上發現過，教Alpha怎麼碰觸最深處的快樂源泉的科普，像是怎麼選擇又粗又長的按摩棒，又怎麼用它去尋找最極致的快感所在。

那個短片被歸類在「ＳＭ」、「強制調教」、「Ｒ19」的標籤下。以它的好色程度和帶來的非同尋常的快感來說，這些標籤實至名歸。

畢竟，一般正常的Ａ誰會想去捅另一個Ａ的「生殖腔」啊。

『但不是有句話說，存在即合理。』蘇珞邊喘著氣，邊遐想著，還覺得昊一很厲害。因為他看科普影片才發現，昊一只要全部插入，就能輕鬆地頂到那裡，這也算是頂級Alpha天賦異稟？

而且，他們也不是第一次這麼做了，事實上，一旦他適應後，昊一都會插到那裡為止。

只是今天的反應太強烈，蘇珞多少有點擔心自己會承受不住，畢竟現在他就已經爽到沒邊了。

「唔……」蘇珞滾燙的臉埋在昊一的頸窩，小聲地說：「那、那你慢一

非限定Alpha —— 米洛

點……操我……太深了，我會怕～」

「你倒是知道怎麼撩我。」昊一聽了這話，深深地吸口氣，抱緊蘇珞的腿彎就用力地往上頂入。

啵滋！粗碩的陰莖全部插入了。

蘇珞白膩誘人的臀緊緊貼著昊一的胯間，雙手也像抓著浮木般，牢牢摟著昊一的後頸。

過了一陣，他才「……呃啊！」地叫出來。

那是一聲又甜又啞、過分灼熱的呻吟。

「唔，你裡面吸得好緊，這麼喜歡嗎？」昊一紅著臉，喘著粗氣，吸舔著蘇珞的耳朵。

接著，他便展開一波凶猛的抽送，蘇珞像被海浪幹翻的小船，一拋一顛一晃地被海浪捲進慾海的深處。

啪啪！啪啪啪……啪！濕潤的激烈交合聲，在客廳內迴響。

「啊啊啊、啊嗯……」

啪啪……啪啾……！蘇珞翹挺的陰莖反覆戳頂著昊一硬如磚塊的腹肌，沒幾下就激昂地噴射出大量精水。

沿著發紅的腹肌黏糊糊流下的精水，又淌入正在被抽插的地方，本就被攪得一片水潤的穴口，發出更下流的動靜。

這些淫靡的聲音持續縈繞在蘇珞的耳邊，把他撩得渾身通紅。

而昊一的肉棒始終重複著拔出一小半，再很用力地頂到底的節奏。

「嗚嗚……嗚啊……啊……咳咳……！」蘇珞似乎被自己的口水嗆到，多少有點慌張，他想更用力去抱昊一的脖子，可全身軟得像棉花糖，再被昊一舔一口就得化了。

在模模糊糊的一片高熱中，他好像聽到昊一說：「好棒……蘇珞……你好香……」好像是在說他的信息素，但蘇珞覺得，更香的難道不是昊一嗎？

那頂級麝香的味道，簡直讓人欲仙欲死。

「啊……昊、昊一……老、老公……再深……裡面……全都操到了……啊啊……好爽……操死我了……！」面對昊一野獸般的衝刺，肉棒幾乎是整根撤出又挺入，蘇珞都不知道自己在喊什麼，整個人都已經被快感屠戮到找不著方向。

「我要射了。」這麼說著的昊一，修長的手指幾乎掐進蘇珞的臀肉，與此同時肉棒也是狠狠往裡一深插，肚子裡脹得不行，弄得蘇珞叫得差點破音。

「……呵啊……啊……我要瘋了……！」蘇珞的腹部也跟著劇烈顫抖，他無法忍受似地還啃了昊一的胸肌一口。

這樣的痕跡，遍布昊一的鎖骨、還有肩膀。

昊一射精得持續好幾分鐘，在結束前，他都不會拔出分毫。

「啊……老公……真的……要死了……呵呼……」大口喘息的蘇珞覺得自己快要累死了，可是又好喜歡。

不管是被昊一填滿身體的充實，還是昊一噴在耳邊的火熱喘息，都有種他和昊一完全融為一體的狂喜。

當蘇珞兩條發麻的腿終於被放下來，站到地毯上，昊一的肉棒也撤了出去。

大量從股間溢出的精液自然滴落到地毯上。

蘇珞現在也不掙扎了，反正地毯總是會變髒的。

他只知道自己好久沒經歷這麼激烈的性愛，屁股裡是一陣陣發怵似的收縮，腰也痠痛。

當然，滿足感同樣非常強烈……

蘇珞正傻呆呆地站在那，昊一突然就把他的身體轉過去，已經勃起的肉棒也再次抵上蘇珞濕熱的後穴。

「呃……還、還要做？」蘇珞心頭一顫，不由往後看。

「老婆你真可愛，」昊一吻著蘇珞的後背，「這不是才開始嗎……？」

「什麼……」蘇珞這才意識到，某個人憋了兩個月後，已經不打算做人，專心只做惡龍了。

「而且……裡面都操開了，接下去只會更舒服，是吧？老婆。」昊一邊緩緩地插入，邊含笑說道。

「啊……！」被射滿精液的小穴確實比之前更能感受到昊一的存在，蘇珞潮紅著臉，雙手撐在玻璃窗上，根本反駁不了昊一的騷話。

因為昊一說得沒錯，自己雖然累，但也爽到不想停。

可同時，蘇珞也暗暗下著決心，以後不管再怎麼忙，每週至少要和昊一做兩次，不然的話，不管是昊一還是自己都會像今天這麼失控。

Alpha什麼的，可真喜歡做愛啊，尤其是和心上人一起時。

……至於搬家整理這件事，蘇珞覺得或許可以延到下週末，等那時候再做整理也不遲。

因為，這是他和昊一的家，它一直都在。

（完）

非限定Alpha——米洛

後記

大家好，我是米洛。

從構思這個故事到寫下「完」，用了差不多兩年的時間。

從結局回看初版大綱的話，哇！發生的變化可以說天翻地覆。

原本我想把更多重點放在兩人因為父母間的婚外情而產生的糾葛上，但後來覺得蘇珞應該不是一個笨小孩吧。

至少他給我的感覺是，能夠很快認清現實，不管處境多糟糕，都會為身邊的人、為關心自己的人，比如爸爸，而振作起來。

他知道生活不總是陽光燦爛。從這點來看，蘇珞是很早熟的孩子。

他能分得清自己的戀情和雙方父母間的關係不能混為一談。

昊一的話，初期設定就是六邊形戰士，頂級的Alpha。

但過於強大在AO世界也是一種危險，對他人和社會秩序而言，昊一就是潛在的威脅。

這也意味著昊一要比尋常Alpha付出更多「自控」的努力。

他努力做一個普通人，努力去做他認為正確且有意義的事。

他和蘇珞都屬於，在非常孤單的時候，遇到一個對的人。

一個可以一直陪伴身邊，讓自己變得更強大、更溫柔、更善解人意的存在。

另一個改動最大的是闊少秦越，他原本是作為副攻存在的，但寫著寫著變成搞笑角色了呢。

可能是他的「直男」屬性太強大，他和昊一只能做好兄弟，而不是情敵。

下次有機會的話，或許可以嘗試一下三角戀的主題。

很感謝您購買本書，也很感謝一直在網路上追看連載的各位，辛苦了！

直到現在我都有種：啊，已經到後記環節了嗎？不需要修改下週的稿件了嗎？可不能把稿件發給編輯後，又撤回來修改。

雖然那樣的事確實發生過，好像還不止一次。

很感謝編輯、插畫老師一直以來對《非限定Alpha》的支持。

很感謝大家兩年來的陪伴，我會繼續加油的。

期待下次再見
(づ￣3￣)づ

米洛

非限定Alpha 3

作者　米洛
插畫　黑色豆腐

2023年6月29日　初版第1刷發行

發行人　岩崎剛人
總監　呂慧君
編輯　溫佩蓉
美術設計　李曼庭
印務　李明修（主任）、張加恩（主任）、張凱棋

台灣角川

發行所　台灣角川股份有限公司
地址　104台北市中山區松江路223號3樓
電話　（02）2515-3000
傳真　（02）2515-0033
網址　www.kadokawa.com.tw
劃撥帳戶　台灣角川股份有限公司
劃撥帳號　19487412
法律顧問　有澤法律事務所
製版　尚騰印刷事業有限公司
ＩＳＢＮ　978-626-352-623-5

國家圖書館出版品預行編目資料

非限定 Alpha/ 米洛作 . -- 初版 . -- 臺北市：臺灣角川股份有限公司 , 2023.06-
冊；　公分
ISBN 978-626-352-623-5(第3冊：平裝)

857.7　　112005537